宋慈洗冤笔记

第二季

巫童 著

四川文艺出版社

果麦文化 出品

自 序

宋慈，一个入过太学、中过进士的读书人，一生六十四载，却没有留下任何诗词和文章，同时代的文人墨客也几乎没人在诗词、文章和书信中提到过他。

宋慈，一个南宋历史上的清官，文能善政安民，武能带兵平叛，拥有近十年的提点刑狱生涯，官至广东经略安抚使。作为经略一方的封疆大吏，正史却没有为他留下任何记载，只有地方县志一笔带过他的名字。

宋慈，一个开宗立派的人物，著成一部流传千古的《洗冤集录》，却从不炫耀自己查办过的种种奇案，只是冷冰冰地记录尸体和骨头，讲述各种死因和检验之法。

这样的人，想必是一个内向的人，一个孤独的人，一个旁人眼中的异类，无论在文坛还是官场，都是不受欢迎的人；这样的人，必然是不会钻营奔竞的，想来也是不识风趣的，以至于没人愿意与他结交，没人愿意为他留下片言只字。

除了刘克庄。

刘克庄，这位南宋末期的文坛领袖，这位豪放派的大词人，一生傲骨嶙嶙，狂放不羁，潇洒旷达，率真磊落。只有他为宋慈留下了一首词作，留下了一篇平实无华却感人至深的墓志铭。这让我不自禁地去想象：这两个性情迥异的人，他们何以能走到一起？又拥有过怎样的情谊？

于是便有了《宋慈洗冤笔记》第一季的故事。

第一季的故事出版后，受到了众多读者的青睐，也收到了不少热情的催更，我于是动了再来一季的念头。与第一季一脉相承，第二季依然是四个故事，独立成篇又伏脉相连。时间从数九寒冬更迭至仲夏时节，发生地也从大宋行在临安府，转移到了宋、刘二人生于斯长于斯的福建路。从宋慈的家乡建阳县，到建宁府，再到泉州和福州，宋慈、刘克庄二人携手扶持，共同处理一桩桩沉冤积案。

《洗冤集录》中，按照死因的不同，宋慈记录了二十多种尸体，如自缢死尸、打勒死假自缢尸、溺死尸、他物及手足伤死尸、自刑尸、杀伤尸、身首异处尸、火死尸、汤泼死尸、服毒尸、病死尸、针灸死尸、受杖死尸、跌死尸、塌压死尸、外物压塞口鼻死尸、硬物瘾痁死尸、牛马踏死尸、车轮拶死尸、雷震死尸、虎咬死尸、蛇虫伤死尸、酒食醉饱死尸、醉饱后筑踏内损死尸、男子作过死尸、遗路死尸等等。除此之外，他还记录了多种验尸方法，如红伞验骨、梅饼验伤、银针验毒、煮骨辨伤、墨染法、灌油法、蒸骨法、洗罨法等等。

可想而知，在宋慈的提刑生涯中，以上每一种尸体他都遇到过，以上每一种方法他也都亲自检验过，才能留下如此详尽的记录。以这些记录为主，结合《宋刑统》中那些有别于今天的罪名和律文，再辅以南宋时期的相关古籍，一个个细微的念头开始闪现，一条条独立的脉络逐渐交错，一桩桩沉冤积案最终呈现在我眼前。

有趣的是，我大学时的专业是法学，那时也学习过宋代法制史，却是不求甚解，敷衍了事，如今为了写这个故事，倒是很自觉地把厚厚一本《宋刑统》翻阅了不止一遍。

在这里，要特别感谢我的爱人，是她为我创造了一个舒适的写作环境，让我可以心无旁骛地进行创作；更要感谢每一位读者朋友，是你们对《宋慈洗冤笔记》第一季的支持和包容，才让这个故事得以延续。

巫童

2025 年仲夏

目 录

001　引子

006　第一章　仵作之死

"仵作?"宋慈刚将绣有兰草和翠竹的钱袋揣回怀里,神情一下子定住了。

"是仵作,我一早听说死了人,专门跑去西清巷看了。听人说,那仵作姓卞,叫什么三公……"牛万喜叫了起来,"二位客官别走啊!你们雇的车还要不要……"

032　第二章　走车马案现疑点

"那路人蓝春,"宋慈转而问道,"是当场便死了吗?"

"这我倒是记得,当时书铺里奔出一个童仆,说他家小姐受了伤,让我帮忙看看,他自己跑出去叫人了。我走进了书铺,见那路人躺在地上,满身是血,胸口扎着这么长的木头,"赵师秀两手一比,相隔一尺有余,脸上露出不忍之色,"这般场景,我怕是这辈子都忘不了。"

066　第三章　活字杀人案

"小店以活字印书,一册自是印得。"徐老先生道,"只是选字排字,太过劳神费时,公子只印一册,这价钱嘛,只怕要贵上不少。"

宋慈此行的目的之一,正是查活字的事,听得徐老先生说出"活字"二字,知道是来对了地方,道:"贵出多少?"

093　**第四章　无头尸体**

"梁县尉，"宋慈开口了，"你说今早发现的尸体，头颅被割去了，那你如何知道死的是雷老四？"

"尸体穿着囚衣，囚衣上有一道缝补过的口子，在肩膀后面，"梁浅在自己右肩上比画了一下，"那是之前抓雷老四入狱时，给他换上的囚衣。"

119　**第五章　煮骨辨伤**

等了好一阵，陶瓮中的醋开始滚沸起来。这时宋慈将草席上的骨头一一放入瓮中熬煮。待千百滚后，宋慈示意衙役移开火炭，让陶瓮静置片刻，随后捞出瓮中骨头，再次清洗干净，并逐一细看。倘若人生前骨头受到伤损，伤损处便会有血液渗入，经此法煮骨之后，会呈现出暗红色或青黑色。宋慈仔细辨认之下，最终在两根肋骨上找到了青黑处。这两根肋骨都有缺口，缺口处色呈青黑，可见这缺口乃是生前伤损。

147　**第六章　县学旧事**

"我二人正是要打听当年县学的事。"宋慈道，"听说当年储文彬与崇化里卯金堂的刘醒关系要好，不知是真是假？"

"刘醒？"蔡珪的脸上现出了一抹苦色，点了点头，"是很要好，那时他二人都在县学，常玩在一起。"

175　**第七章　消失的纨绔**

刘老爷身子一颤，低头看了一眼徐大志的尸体。徐大志被人杀死，连脑袋都被割掉了，比起宋慈所说的第一种设想，显然第二种设想可能性更大。他道："那是什么人控制了我儿子？"见宋慈闭口不答，当即转头看向缪白和杜若洲，"缪知县，杜县丞，我儿子出了事，衙门可不能坐视不管！"

208　第八章　越狱者冤死狱中

"你说那越狱出逃的死囚,是杀害蓝秀的凶手方崇阳,可我经查问得知,方崇阳入狱后,他在县学里的一位同窗,曾到县衙大牢里探视过他。那同窗亲眼所见,方崇阳被折磨得遍体鳞伤,双腿外翻,已经折断。"宋慈直视着梁浅的眼睛,"试问一个双腿断掉的囚犯,如何越狱出逃?"

226　第九章　凶手现身

杜若洲同样不动,道:"审案破案,当在衙门公堂进行。宋慈,你在这里破案,岂不是坏了法度?"

"我之所以这么做,是因为只能在这里才能破案,换在衙门公堂,这案子未必破得了。"宋慈拱手道,"还望各位大人多加谅解。"

258　第十章　最后一个活字

宋慈、刘克庄和辛铁柱等人冲了上去。梁浅仰天倒下,胸前鲜血染开,他双目圆睁,望着青天白云,再也没有闭上。他口中所咬之物,乃是一枚泥活字,其上一个"者"字,在阳光下分外夺目。

281　尾声

引 子

嘉定二年，五月初十。建阳城北，潭山客栈。

正值黄梅时节，雨水连绵。客房外，阵阵蛙声此起彼落；客房内，一盏青灯孤光微荧。已是深夜，赵师秀左手拈着棋子，右手掀起窗缝，朝楼下望了一眼。

楼下是漆黑的石狮子巷，伴随几下轻细的踏水声，一面绿伞下探出一盏昏黄的油纸灯笼，从巷道里快速掠过，消失在雨幕深处。这么晚了，还有人冒雨赶路，想是遇着了什么急事，又或是赶赴某个重要之约吧。赵师秀这样想着，坐回了凳子上，朝身前的桌子看去。空荡荡的棋盘已在那里摆放了许久，别人可以冒雨出门，与他相约之人却一直没有出现。他生出了些许烦闷，拿棋子敲击起了棋盘，嗒嗒，嗒嗒……

不知过去了多久，灯花无声落下，敲击声一下子断了。

像是忽然想到了什么，赵师秀放下棋子，急切地取来了笔墨纸砚。他在棋盘旁展纸研墨，笔墨落处，二韵已成：

黄梅时节家家雨，青草池塘处处蛙。

有约不来过夜半，闲敲棋子落灯花。

手捧纸张，凝视墨痕，赵师秀满脸喜色，再无半点烦闷之意。文章本天成，妙手偶得之，能得如此佳句，苦等这一夜又有何妨？

就在这时，楼下大堂传来了一阵急促的拍门声。

赵师秀以为相约之人终于来了，可当他走出客房准备下楼相迎时，却望见大堂里灯笼晃动，好几道人影闯了进来。来人个个戴笠披蓑，不断滴水的蓑衣之下，露出了黑漆漆的刀柄。

住在一楼的掌柜和大伙计都被惊醒，一边披着衣服，一边走了出来。见有人闯入，掌柜并不惊怕，反而加快脚步迎上前去，只因这些人所提的灯笼之上，都有一个用朱漆写就的硕大的"衙"字。

"梁县尉，这是……"掌柜认得来人，都是县衙的衙役，尤其为首之人，身长六尺，面方如田，那是本县专掌治安捕盗之事的县尉梁浅。梁浅雨夜前来，还带了这么多衙役，定是发生了什么不好的事。

果不其然，掌柜话还没说完，就听梁浅道："衙门捉拿逃犯，冷掌柜，你这客栈里有没有可疑之人闯入？"

冷掌柜忙摇头道："没有。"

"那你这大门为何没关？"

"大门没关？"冷掌柜朝敞开的大门望了一眼，见门闩歪斜在一边。他和大伙计还没起床开门，梁浅就带着衙役闯了进来，可见客栈大门并未关上。他有些着恼地看向大伙计，大伙计忙一脸委屈地道:"掌柜的,我睡觉前是关过门的,当真关了的……"

梁浅问话之时,一楼的几间通铺房里有不少住客被惊醒,相继走了出来。他并未在冷掌柜和大伙计的身上过多停留目光,看了看走出来的住客,随即向楼上望去。楼上有四间上房,其中三间亮起了灯火,拉开了房门,住客们大都披衣探头,想看看大堂里发生了什么事。梁浅的目光落在了左数第二间上房,那里乌黑一片,既不见掌灯,也不见开门。

"那间房住人了吗?"梁浅抬手一指。

"住了人的。"冷掌柜回头望去,见梁浅所指的是楼上的二号客房,"储大人难得途经本县,他家公子在小店歇脚,就住在那间房里。"

梁浅带领衙役连夜捉拿逃犯,在城北一带失了逃犯的踪迹,已将附近各条街巷搜寻了一遍,却一无所得。方才从潭山客栈外经过,眼尖的他发现客栈大门开着一条缝,并未关严,想到逃犯有可能闯入客栈躲藏,于是带人进来搜查。他大声拍响门板,意在惊醒客栈里的所有人,就是想看看哪间房没有动静,那里或许便是逃犯的藏匿之处。楼上二号客房住着储大人的公子,却既不见掌灯,也不见人出来。想到逃犯有可能藏身其中,储公子或许正面临危险,梁浅神色一紧,示意两个衙役留下来守住客栈大门,他则带领其他衙役疾步奔上了楼。

隔着二号客房的房门,梁浅一连叫了三声"储公子",房中没有任何应答。他的目光落在了门缝上,见房门虚掩着。他手按刀柄,猛的一下撞开房门,当先冲入房中,衙役们紧随其后,鱼贯冲入。灯笼光照射之下,客房里却空无一人。

"不是说储公子住在这里吗？"梁浅回头看向门外。

冷掌柜和大伙计跟着上了楼，与其他住客一起聚在二号客房外围观。

"储公子天黑时来投宿，是……"冷掌柜抬头瞧了一眼房门上的号牌，"是住在这间房。"

"难怪大门没关，"大伙计忽然插了一句，"莫不是储公子出去了？"

梁浅环顾整间客房，一切摆置完好无损，没有任何外人闯入的迹象。深更半夜，外面又下着雨，储公子不知因何事外出？梁浅没工夫细究这些事，既然逃犯没闯入客栈躲藏，那他也不必在此多作停留，招呼衙役便要离开。

"先前有人……冒雨赶路，从楼下巷子里经过，走得很急。"

这说话声来自门外观望的一个住客，其人打扮清雅，瞧着四十岁上下，正是赵师秀。得知衙门连夜捉拿逃犯，赵师秀不禁想起先前有人打着伞从石狮子巷里快步经过。深夜冒雨赶路，又走得那么急，多少有些可疑，赵师秀迟疑了一阵后，终究还是说了出来。梁浅急忙询问究竟，赵师秀据实以答，说那可疑之人打着一把绿伞，提着一盏油纸灯笼，说罢，赵师秀还走回自己的房间，朝石狮子巷的西侧一指，指明了那可疑之人的去向。

石狮子巷位于城北偏西一带，再往西去便是登高山。此山虽以登高为名，却并不算高，城墙依山而建，将大半座山体圈在了县城的西北角。登高山下有一口水潭，因而此山又被唤作大潭山。

逃犯急着逃跑，不可能还有闲暇提灯打伞，但此人深夜冒雨往登高山而去，多少有些可疑，更何况登高山上林木繁茂，是藏身匿迹的好去处,眼下四方城门皆已关闭,逃犯不可能出城,说不定便是躲入了登高山。梁浅谢过赵师秀,带上衙役离开客栈,穿过客栈背后的石狮子巷,行经蛙声起伏的水潭,来到了黑压压的登高山下。

众衙役各举油纸灯笼,沿着山路搜寻而上。夜雨下个不停,山路很是湿滑,加之一片漆黑,搜寻起来着实不易。如此一路上寻,快到山顶时,走在最前面的衙役忽然叫了起来。

梁浅立刻循声赶上,没发现有逃犯的影子,却见那喊叫的衙役面带惊色地指着地上。湿滑的山路上,积聚的雨水正在流淌,流水中透着丝丝缕缕的赤色。梁浅神色一紧,领着众衙役快步向上寻去,直至山顶。山顶建有一座凉亭,凉亭入口处有一段台阶,一盏熄灭的油纸灯笼歪斜在台阶的右侧,血水就来自台阶之上——那里躺着一具尸体,下半身在凉亭里,上半身倒在台阶外,胸前插着一柄油纸伞,伞面撑开着,碧油油的一片。不时有水珠从凉亭的滴水瓦上落下,打在伞面上,嗒、嗒、嗒……

衙役们都惊住了,纷纷在凉亭外定住了脚。

梁浅走近前去,举起灯笼往尸体上一照,不禁倒吸了一口凉气:"是储公子!"

第一章
仵作之死

天方亮，雨初歇，刘克庄背着行囊，从北门出了建阳城，踏上了濯锦北桥。

昨日抵达建阳城后，刘克庄已寻人打听清楚，宋慈的家不在县城，而在一水之隔的同由里。建阳城地处崇阳溪和麻阳溪的交汇之处，一出北门便是崇阳溪，对岸则是同由里，彼此有一座石拱桥相连。城里百姓常把衣物拿到桥下浣洗，据传在此洗过的衣物，尤其是锦衣，会变得艳美而有光泽，因此水上这座石拱桥就得名濯锦北桥。与之对应的是，南门外的麻阳溪上也有一座石拱桥，出于同样的缘故，得名濯锦南桥。

连日来的梅雨，使得崇阳溪的水上涨了不少，也浑浊了不少。虽说是一大早，但不少起早的乡人已行走于濯锦北桥上。这些乡人大都背箩挑担，急着去城里赶早市，其中有两人显得颇为不同——

一人拿着斗笠，披着蓑衣，蓑衣下露出了差服和刀柄，那是县衙的衙役；另一人跟在那衙役的身旁，是一个发髻花白的老头，几绺没能缩入发髻的白发，飘飘摆摆地垂在皮包骨头的脸上，整个人看起来形销骨立，枯如木偶，唯有一双眼睛格外有神。刚刚上桥的刘克庄忍不住朝那衙役和老头多看了两眼，见二人急匆匆过桥，由北门进入了建阳城中。

行过濯锦北桥，刘克庄踏上了同由里的乡路。

一路之上，不断有赶早市的乡人往县城去。刘克庄寻这些乡人打听，得知沿乡路往前走上二里地，过了七子桥的第一处屋宅，便是宋慈的家。刘克庄依言行去，不多时便到了一座小石桥前。桥头立着一块石碑，碑上的"七子桥"三字尚能看清，而那一长串捐资修桥的人名，历经岁月侵蚀，已经模糊难辨。

刘克庄抬眼望去，七子桥的对面有一座篱笆半围的小宅，掩映在一片竹林之下，依乡人所言，这座小宅应当就是宋慈的家了。与好友相见在即，刘克庄不免想起了三年前宋慈在临安时的不告而别。

当初宋慈走后，刘克庄又在太学多待了两年，眼睁睁地看着朝廷在北伐形势好转之际突然下诏罢兵，转而增加岁币银绢，去向金国求和。他忍受不了这等屈辱，愤而在太学墙上题下一诗："诗人安得有青衫，今岁和戎百万缣。从此西湖休插柳，剩栽桑树养吴蚕。"随后他故意将公试考得一塌糊涂，从太学退学，离开了临安。回到家后，被父亲刘弥正劈头盖脸地训了一顿。他向父亲表明了自己见不惯朝堂昏暗，实在无心功名，不愿踏入仕途的意愿，父亲却要他闭门反省，后来又说为他找好了出路，要他补将仕郎恩荫入

第一章　仵作之死　007

仕，转过年来又逼他成婚，说是为他相中了泉州知州林璟的女儿，要他今年之内完婚。他心里憋闷得紧，想到与宋慈三年不见，实在想念之极，于是寻机会溜出了家，往建阳来寻宋慈。

这一路寻来不易，想着马上要见到老友，他心中喜悦，抖了抖行囊，踏上了七子桥。

刚行至桥中央，刘克庄似觉桥下有人，探头一望。桥下是一条略显浑浊的小溪流，一人背负箬笠，坐于竹凳之上，身前两根鱼竿，一根握在手中，一根插在岸边，身旁则摆放着鱼篓，以及另一只竹凳。似觉桥上有人经过，那垂钓之人一抬头，与刘克庄对上了眼。

隔着一座石桥，两人彼此凝望，俱是一愣。

那垂钓之人容貌如旧，只是肤色黝黑了几分，不是别人，正是宋慈。只不过宋慈身着布衣，脚蹬草鞋，哪里还有往日身穿青衿服时的太学生风采，活脱脱就是一乡野农人。突然在自家门外的石桥上见到了刘克庄，听到刘克庄那一声再熟悉不过的"宋慈"，宋慈一下子站起身来，丢下鱼竿不管，快步赶上了桥头。雨后桥面湿滑，他上桥时脚底一溜，险些连草鞋都给蹬掉了。

"克庄，当真是你！"宋慈惊喜万分，上来便抓住刘克庄的肩膀，上上下下地反复打量，"这么久不见，你可是一点没变！"

"你不是说永远不见吗？"刘克庄笑道，"这才三年光景，我这不又见着你了？"

宋慈当初离开临安时，请桑榆代为传话，让刘克庄永远别来建阳找他。那时他查到了权臣韩侂胄的秘密，担心连累刘克庄，这才说出永不再见的话，如今韩侂胄既已被诛，其势力也已倒台，那他与刘克庄见面便再无顾虑。宋慈道:"我就知道你不会听我的。快,到屋里坐!"他接下刘克庄的行囊,推开小宅的门,将刘克庄引入家中。他问刘克庄可吃过早饭,得知刘克庄一大早急着来寻他,饭还没来得及吃,于是赶忙热了清粥和馒头,又端来了咸菜和煎鱼。刘克庄也不客气,当即大吃了起来,一边吃一边赞不绝口,只觉这数日行程之中,从没吃到过如此可口的饭菜。

两人久别重逢,当真有说不完的话,从彼此家人的康健,聊到各自都从太学退学的事,又聊到太学的诸位同斋和学官,再后来聊到了开禧北伐,以及辛铁柱从戎一事。刘克庄将辛铁柱跟随毕再遇北伐,驰骋沙场屡建奇功,一度扭转北伐局势的经历讲了出来,叹道:"那时稼轩公刚刚过世,北伐局势稍有好转,朝廷便下诏罢兵,转而向金人求和。辛兄心灰意冷之下,拜别毕将军,离开了军营。后来他到临安找过我,与我喝了一场酒,他心中悲苦之意,更胜往昔。"

宋慈听着刘克庄的讲述,想象辛铁柱跃马沙场、浴血杀敌的场景,又想到辛铁柱最后热血凉尽、心灰意冷地离开,不禁感慨道:"辛公子大义,你我远不及他。"

刘克庄点了点头,道:"此次我离家之前,特意给辛兄捎去了信,邀他来建阳一叙。也不知他在不在铅山家中,只盼他能收到信前来赴约。"

宋慈道:"辛公子若能来,当真再好不过,我对他甚是想念。"

刘克庄朝周围看了看,道:"你一个人在家?"聊了这么多,他才想起自打进入宋慈家中,就一直没见到宋慈的父亲,"令尊不在吗?"

第一章 仵作之死 009

"我爹去泉州了。"宋慈道,"他过去任广州推官时的主官如今在泉州任职,前些日子差人来请,说是遇到了一桩难办的案子,请他前去帮忙查案。"

"难怪你一大早就去钓鱼。一个人在家,无拘无束,倒是悠闲。"刘克庄这么说着,不由得想起了自己退学回家后的诸多烦恼。

"这么说,你回家这些时日,似乎并不悠闲?"宋慈一下子便猜中了刘克庄的心思。

刘克庄不吐不快,当下将父亲逼迫自己入仕和完婚的事说了出来,想着或许能换来宋慈几句宽慰话。哪知宋慈听罢,却点起了头,道:"一州知州的千金,想必是位有学识的大家闺秀,应该不会差。"

"什么叫应该不会差?有没有学识,是不是大家闺秀,我都不会去完这个婚。"刘克庄朝宋慈肩上给了一拳,"还说我呢!你不是还有位桑榆姑娘吗?可别以为我忘了。"

一提到桑榆,宋慈突然不作声了。

"怎么了?"刘克庄察觉到了异样。

"没什么。"宋慈摇了摇头,岔开了话题,"恩荫为官,世上多少人求之不得。你有此机会,何不就此入仕?他日为官一方,造福百姓,也不失为好事。"

"我自然知道机会难得,但我心中所愿,你一向是明白的。罢了,不说这些闹心事了。"刘克庄取来行囊,当着宋慈的面打开,"你来看看,这些东西,可还认得?"

行囊里装着不少衣物和书籍,宋慈一眼看去,每一件都很熟悉,那是当年他仓促离开临安,没来得及带走的物品,没想到时隔三年，刘克庄竟一直好生保管，还将这些东西完好无损地带来了。看着这些旧物，宋慈只觉鼻子发酸，眼眶不禁有些湿润了。

刘克庄瞧在眼里，怕宋慈当真流下泪来，忙道："这些东西在我那里，一直保管得很好，没想到这次来到建阳，让那个什么梁县尉搜查行囊，倒险些给弄坏了。"

"梁县尉？"宋慈语气不由得一奇，"他如何会搜查你的行囊？"本县的县尉名叫梁浅，是过去这三年间，建阳县衙里少有的还算有良心的官吏，虽然干着缉捕盗贼的活，面相看起来也不好相处，但对百姓甚是和善，处事也很公正，以至于百姓们见到这位县尉时，很少以"大人"相称，都是呼其为"梁县尉"。只可惜这样的好县尉，却没个好命，一家五口先是父亲于多年前暴病而亡，后来是年幼的儿子在濯锦南桥看灯会时落水受惊，从此体弱多病，成了药罐子，日日以药石续命，熬了好几年后，到底还是病死了，再后来是妻子思念亡子，哀伤成疾，没两年竟也撒手而去，到了上个月，其奉养多年的老母也病逝了。好好的一家五口，最后只剩了梁县尉孤零零一人。母亲去世，按制当守孝三年，等朝廷安排的新县尉一到，梁县尉便要离任了。百姓们每每谈及此事，感慨梁县尉好人没好命的同时，想到新来的县尉未必会是什么好官，都不免为之叹气。这样的县尉居然会搜查刘克庄的行囊，也难免宋慈会觉得奇怪了。

"你还不知道吧，建阳城里死了人，就在昨晚。"刘克庄道，"那梁县尉昨晚追拿什么逃犯，半夜闯进我住的客栈搜寻一通，把人都给吵醒了。好不容易睡下了，谁知快天亮时，那梁县尉又来查问一位住客的事，听说那位住客是什么储大人的公子，昨晚在登高山上被人杀害了。"

"储大人的公子死了？"宋慈神色一惊，"当真有此事？"

"那梁县尉和客栈掌柜提到那位住客时，都说是储大人的公子。"刘克庄道，"莫非你认识这位储公子？他有什么来头？"

"储公子还好，是他父亲储大人有来头。"宋慈道，"这位储大人名叫储用，曾做过本县的知县，如今是时隔十年，重回建阳。"他说起了储用的来历，原来这储用曾出任建阳知县，在任上广施惠政，彼时寓居建阳的朱熹对其大加赞誉。后来韩侂胄发起庆元党禁，斥理学为伪学，打压以朱熹为首的理学人士，储用就因为受到过朱熹的赞誉，被认定是伪学逆党——一纸御批下来，将其罢官为民。再后来开禧北伐不利，韩侂胄被诛杀，史弥远掌控朝堂大权，转而降金乞和，达成嘉定和议，其屈辱一如靖康之变，为天下人所不齿。为收揽人心，史弥远追封朱熹官爵，大力起用理学人士，罢官十年的储用也因此得以起复，奉诏入对，升文华阁直学士，出任广州知州。储用自临安南下赴任，途中经过建阳。此时建阳知县名叫缪白，上任三年以来，昏庸怠政，贪赃枉法，百姓们苦之久矣，都很怀念当年储用任父母官时的日子。

储用进入建阳县地界后，因为天时已不算早，便住进了城北十里的驿舍，打算第二天再入城。然而储用回到建阳的消息，当天便从驿舍传出，不胫而走，很快全城百姓都知道了，就连县城周边几个乡里的乡民，也都听说了此事。到了第二天，也就是昨天，哪怕天公不作美，下起了雨，市井百姓仍纷纷冒雨赶到城门处迎接，既是在表达对储用的感念，也是在发泄对缪白的不满。但储用最终并未现身，只让其儿子来到建阳城中，转告他绕道南下不再入城的消息,安抚百姓们各自散去。

"昨天同由里也去了不少乡邻,没能等到储大人现身,大家很是失望,回来后抱怨连连,都说定是缪知县从中作梗,阻挠储大人前来城中。"宋慈道,"当年储大人任知县时,我才十岁出头,常去县衙旁观审案,储大人为官清正,我是亲眼见过的。储大人的这位公子,过去在县学念书,我后来也入了县学,不过那时储大人已经离任,储公子也已离开了县学。但县学里的先生们常常提起储公子,说他学业出众,对其交口称赞。这位储公子名叫储文彬,听说他当年便人如其名,文质彬彬,昨天听回来的乡邻们说,如今储公子更是英俊非凡,一表人才,为人更加儒雅谦逊。这样一位公子,时隔十年重回建阳,想不到竟会有人加害于他。"

"原来储大人是一位好官。"刘克庄叹道,"他家公子竟遭此横祸,当真是好人不长命啊。"

宋慈想了一下,忽然道:"你方才说,储公子是客栈里的住客?"

"对,我昨天傍晚到的建阳,因为天快黑了,雨又下个不停,便住进了城北的潭山客栈。储公子也住在这家客栈里。"

"昨天下午过半,乡邻们便陆续回来了,可见储公子安抚百姓们散去,应该是更早的事。彼时天时尚早,储公子应该回去与储大人会合才对,为何却独自一人住进了城里的客栈?"

"这我就不得而知了。"刘克庄道,"我只知道昨晚客栈大门没关,似乎储公子有什么事,深夜外出了。"说着将昨夜之事向宋慈原原本本地讲了一遍。

"这就奇怪了。"宋慈听罢,凝起了眉头,"深更半夜,又下着雨，储公子何以会外出？"

"这事想来确实奇怪。梁县尉也查问过此事，还把客栈里所有人都盘问了一遍，所有行李也都检查了一遍。当时我这行囊也被打开搜查，让他那帮衙役一通乱翻，你的这些东西，尤其是这些书，险些让他们给弄坏了。天亮之后，城门刚一开，我便出了城，那时便有衙役守在城门下，检查每一个出城之人。这桩命案，看来很是紧要。"

宋慈点了一下头，像是想明白了什么，说了句："难怪如此。"

"难怪什么？"

"今早我陪师父钓鱼，刚在岸边坐下，忽有一衙役急匆匆赶来，说城里发生了命案，叫我师父去验尸，还说衙门催得急，要我师父赶紧走。这些年缪知县当政，县衙办案一向怠慢，这次却这么急，我还觉得奇怪，原来是储大人的公子遇害了。储大人身为新任广州知州，其儿子在建阳城中遇害，此案非同小可，看来一贯怠政的缪知县，这次也是不敢怠慢了。"

刘克庄想起宋慈垂钓之时，身旁放着一只没人坐的竹凳，还插着另一根鱼竿，显然有人曾与他一同垂钓，奇道："我怎的不知道，你竟还有师父？"

宋慈解释道："我师父卞三公，是这建阳县里的仵作，我那些验尸法子，有不少是从他那里学来的。不过他从不让我叫他师父，也不许我对外提起此事，这些年我没告诉过任何人，连我爹也不知晓。"

如此秘密之事，宋慈一见面便告诉了自己，对自己可谓毫不隐瞒，刘克庄不由得心中大慰，忽又想起一事，道："你师父是不是发髻花白,脸上垂着几绺白发,眼睛特别有神?"

"你见到过他?"宋慈语气一奇。

"方才在濯锦北桥上,我见到一老者跟随一衙役急匆匆地进城,没想到竟是你师父。"

"我师父做了二十多年的仵作,一直没有成家,如今年纪大了,身边缺人照看,这几日我爹不在,我正好多陪陪他。他老人家也住在同由里,离我家不过半里地,闲暇时会来七子桥钓鱼。你刚才吃的煎鱼,便是他昨日钓上来的。"

"我就说嘛,"刘克庄咂巴着嘴道,"难怪那煎鱼如此美味!"

宋慈为之一笑,道:"我师父虽是仵作,却很有学识,为人又很随和,我与他相处,不似师徒,更像是朋友。等他回来了,我引荐你与他认识。"

"能做你宋慈的师父,必定不是一般人。"刘克庄正色道,"到时我一定向他老人家多多请教。"

此后两人聊谈不止,时光过得飞快,转眼便到了午后。宋慈这才想起去七子桥下取回钓具,随后生火炊饭,又拿出了一壶黄酒。宋慈极少饮酒,这黄酒原本是为下三公准备的,是父亲走后他特意进城买来的,当时买了三壶,另两壶已让下三公喝掉了。刘克庄一向好酒,见到此物自是高兴,尤其宋慈还特意陪他饮了两杯。到了下午,宋慈引着刘克庄在同由里行走,将这些年他常去的好去处、常看的好山水,都领着刘克庄游逛了一番。不觉天光渐暗,一日光景将尽,绵绵梅雨又下了起来。两人返回住处,吃过晚饭后,就着雨声蛙声,又是一番秉烛畅谈,直至深夜方才入睡。

翌日一大早,雨水停歇,宋慈带着刘克庄去往半里地外的一处农舍，那是卞三公的家。他本想带刘克庄登门拜访卞三公，然而房门紧锁，家中无人，想是储公子遇害一案案情紧要，验尸繁复，卞三公应当是在衙门留宿了。拜访不成，宋慈也不打算去县衙打扰卞三公，于是提出带刘克庄去崇化里转转。崇化里位于建阳县的西边，不止在建阳县地界有名，便是在整个大宋境内也是颇具名气，尤其为读书人所熟知，只因这地方以雕版刻印闻名，聚集了数十家书坊书肆，各地书商往来如织，民间许多书籍都是出自这里，多年来号为"图书之府"。大凡文人墨客来到建阳，都会慕名前往崇化里游览，一睹书籍刻印之盛况。刘克庄久闻其名，欣然随宋慈前往。

　　此去崇化里有五六十里地，两人行经濯锦北桥，由北门进入建阳城中，打算去车马行雇车前往。入城之时，一如昨日那般，城门下有衙役值守，只检查出城之人，对入城之人则不过问。

　　两人来到离北门不远的牛记车马行，早有伙计前来迎接招呼，很快便商谈好了雇车的价钱。就在价钱定下之时，车马行的掌柜牛万喜皱着眉头从门外走入，见到有生意上门，近前来询问了几句，得知这趟生意是去崇化里的，于是叮嘱那伙计道："出车时别走西清巷，那里走不通。"

　　西清巷位于县衙西侧，巷子南边与通往西门的西街相连。崇化里位于城西，自然要走西门出城，就牛记车马行的方位而言，走西清巷去往西街，会比走其他路更方便一些。刘克庄伸手入怀，打算付车马钱，但宋慈抢先摸出钱袋，付钱给了牛万喜，随口问道："西清巷如何走不通了？"

　　"西清巷里死了人，衙门的官差拦在那里，围观的人又多，车马根本过不去。"牛万喜一边清点车钱,一边说道,"昨天刚死一人,今天又死一人,不知是哪个天杀的,在城里随处杀人,这可吓人得紧!"

昨天刚死一人,指的应该是储文彬。宋慈奇道:"西清巷死了谁?"

"是衙门里的仵作,"牛万喜应道,"死在西清巷的夹墙里,让人一棍子给捅死了。"

"仵作?"宋慈刚将绣有兰草和翠竹的钱袋揣回怀里,神情一下子定住了。

"是仵作,我一早听说死了人,专门跑去西清巷看了。听人说,那仵作姓卞,叫什么三公……"牛万喜叫了起来,"二位客官别走啊!你们雇的车还要不要……"

牛万喜的话还没说完,宋慈已掉头飞奔出了车马行。刘克庄听到死的是卞三公,惊讶之余,来不及替宋慈收回车钱,也紧追宋慈而去。

宋慈一口气赶到了西清巷,只见巷子里人群围聚,几乎到了水泄不通的地步。他急慌慌地拨开人群,往里面挤。刘克庄随在其后,听到人群中责怪声不断,不住地道:"对不住了,各位借过,借过一下……"

好不容易挤到围观人群的最里面,宋慈被衙役拦了下来。这些衙役挡在一道夹墙外,不让围观之人靠近。宋慈一眼望去,隐约可见夹墙里躺着一具尸体,那尸体头朝内,脚朝外,看不到脸。夹墙里还蹲着一人,时不时地挪动方位,像是在查看尸体,好一阵才从夹墙里走出,是县尉梁浅。梁浅向候在夹墙外的几个衙役点了点

第一章 仵作之死 017

头。两个衙役走入夹墙，将尸体抬了出来，另有衙役呵斥开道，将尸体抬往不远处的县衙侧门。

宋慈和刘克庄距离夹墙很近，尸体一抬出，看得是清清楚楚。那尸体的胸口插着一截木棍，身上布衣染红了大半，其人形容枯槁，发髻花白，几绺白发垂在耳边。刘克庄认出死者正是昨日在濯锦北桥上遇到过的老者，眼见宋慈惊愕失色，便知死的是卞三公无疑。

从夹墙的位置向南数十步，便是县衙的侧门。宋慈呆立在原地，望着卞三公的尸体被抬走，任凭追看热闹的人群推搡自己。卞三公的尸体被抬入县衙后，侧门紧跟着关上，围观人群见没热闹可看，也就相继散去。宋慈仍旧呆立在夹墙外，刘克庄轻抚其肩头，以示安慰。

宋慈忽然向那道夹墙走近了几步。衙役离去之时，已在夹墙入口处横贴了封条，不让人进入。宋慈隔着封条，朝夹墙里望去。

这道夹墙位于两座民宅之间，宽不过两尺，身形稍壮之人通行其间，稍不留神便可能擦碰墙壁，因此一向少有人通行。渐渐地，这里便成了抛扔废弃杂物的场所，诸如碎砖片瓦、破布烂席之类，扔了一堆又一堆，一直没人清理，甚至有人起急时在这里屙屎撒尿，也一直没人管。就在这道肮脏污秽的夹墙里，在一团湿漉漉的破烂草席旁，血水混杂着雨水，淌得满地都是，两侧墙壁上也都是飞溅的血迹，虽然经过一夜雨水冲刷，却仍是那么触目惊心。

回到县衙后，卞三公的尸体被抬至县衙西侧的停尸房外，梁浅站在一旁，脸色颇为难看，身后跟着的一群衙役，神色也都跟着发紧。

　　短短两天，先后有两人被杀，一个是旧任知县储用的公子，另一个是本县的仵作，前者被伞柄捅进了胸口，后者被木棍刺进了胸口，死法竟如此相似，很可能是死于一人之手。昨日收到储文彬遇害的消息后，储用一行人已赶来建阳城中，就在眼前这间停尸房里，年近花甲的储用老泪纵横，哭得几度昏厥。储用只有这么一个儿子，临到老了却白发人送黑发人。他寸步不离地守着儿子的尸体，在停尸房里待了一天一夜，从始至终没有合过眼。知县缪白和县丞杜若洲多次劝慰，也当着这位新任广州知州的面，保证竭尽县衙之力，一定在短期内查破此案，拿住凶手，给储用一个交代，但储用还是不肯离开。

　　梁浅身为县尉，这查案追凶的职责自然落在了他身上。他明白此案关系重大，若是短期内抓不到凶手，就无法给储用一个交代，缪白和杜若洲的日子固然不会好过，他梁浅也不会好过，手底下的一帮衙役自然更不会好过。昨日他已带着衙役全城挨家挨户地搜寻查访，闹得满城风雨，没有查到任何有用的线索。转过天来，凶手竟再度行凶，还是在离县衙只有几十步远的地方，显得他和一众衙役是那么无能。眼下要将下三公的尸体抬进停尸房里，自然要再一次面对储用，面对陪伴劝慰的缪白和杜若洲，也无怪乎梁浅的脸色会不好看了。

　　梁浅领着抬尸的衙役，跨过门槛，进入了屋内。

　　在这间不算开阔的房屋里，储文彬的尸体停放在里侧，用白布盖住了身子，只留一张脸露在外面。一头白发的储用坐在尸体旁，呆呆地望着儿子的脸，身边是几个面带悲色的家眷和仆从，以及候

第一章　仵作之死　019

在一旁的缪白和杜若洲。见梁浅进来，储用坐着一动不动，缪白和杜若洲则是靠了过来。

缪白身子偏胖，胡子稀疏，瞅了一眼躺板上的尸体，两道粗短的眉毛拧了拧，道："昨日还好端端验尸来着，今日怎么就死了？"卞三公的尸体在污秽肮脏的夹墙里放了一夜，带上了一股臭气，缪白说话之时，脸上露出了嫌厌之色，脚下稍稍退了退。

杜若洲身材略高，细眼长须，他倒是凑近看了看，见卞三公胸口插着木棍，道："又是这般死法，莫非嘴里也……"欲言又止，看向梁浅。

梁浅点了点头，上前捏开了卞三公的嘴巴。

杜若洲探眼一瞧，脸色为之一沉，道："凶手是谁，眼下可有查得眉目？"

听得杜若洲问起凶手，缪白又看了过来，长时间木然不动的储用，也将他那张刻满皱纹的脸转了过来。

县丞位在县尉之上，辅佐知县处理一县政务，算是知县的副手。杜若洲去年上任建阳县丞，这是他二度来建阳为官。早在当年储用任建阳知县时，杜若洲便曾在建阳县做过县尉。大宋的官员通常是三年一任，十年前储用被罢官时，杜若洲也调任了他县，此后做过两任县尉和一任县丞，去年才被朝廷改任回建阳县，出任了本县的县丞。杜若洲这么一问，梁浅不敢隐瞒，道："属下已带人多方查访，前天夜里下雨，没人去过登高山一带，除了潭山客栈的客人赵师秀，再没人瞧见过可疑之人。"向卞三公的尸体看了一眼，"至于卞三公，昨夜又逢下雨，街巷里早早便没了人，他又是死在西清巷的夹墙里，连尸体都是今早经野狗拖拽，才被路人发现，只怕昨晚也没人目睹行凶。我已派人去夹墙两侧的张、王二家，查问昨晚夹墙里是否有过动静，只盼能查得线索。"

"这么说，"缪白的声音有些发尖，"那是一点眉目也没查到了？"

梁浅只得点头道："回知县大人的话，暂时还没查到。"

缪白摸了摸稀疏的胡子，哼了一声，神色颇为不悦。

储用老脸上满是失望之色，回过目光，呆望着儿子的尸体。

杜若洲瞧见缪白和储用的反应，道："储大人寸步不离地守在这里，知县大人也一直为此案劳心费神，梁县尉，你可别让二位大人等上太久。没有眉目，那就加派人手多加查访。仵作死了，那就去邻县找仵作来验尸。就算没日没夜地追查下去，就算把本县翻个底朝天，也要将凶手抓到！还有，追捕逃犯的事，暂且放在一边。我知道你派了人在各道城门搜查逃犯，把这些人都叫回来，全力查储公子的案子。"

梁浅为难道："一旦放宽城门搜查，让逃犯逃出城去，只怕再难抓他回来。"

"不就是雷老四嘛，他长什么模样，人人都知道，还能让他逃没影了？"杜若洲刻意提高了声音，"一个是斗殴伤人的犯人，一个是残害人命的凶手，死的还是储大人的公子，孰轻孰重，你自己掂量清楚！"

梁浅点头应道："是，我这便叫回所有衙役，全力追查储公子的案子。"他吩咐衙役将下三公的尸体停放好，准备即刻外出查案。

就在梁浅一脚跨出门槛时，一个衙役忽然从外赶来，隔了老远便道："梁县尉，外面来了两人，说能助你查案。"

"助我查案？"梁浅眼前一亮，"莫非有线索？"

"小的盘问过了，但那两人不肯说，只说是为储公子的案子而来，还说能助县尉查案，让小的进来通报。"

"有线索？"杜若洲听见后，快步来到门口，大声说道，"你赶紧去，把那两人带进来。"

"是，县丞大人。"那衙役急忙领命而去。

杜若洲做事，眼中一向只上不下，从来只知投上官所好。当年储用任知县时，为官清正有贤名，杜若洲时任县尉，精明强干，深得储用的信任。后来缪白做了知县，为官昏庸贪婪，百姓们多有怨言，所以一年前当杜若洲回到建阳出任县丞时，百姓们一度欣喜万分。哪知杜若洲上任一年来，竟换了副嘴脸，想方设法榨取民财，极力讨取缪白的欢心，令百姓们大失所望。可以说有什么样的上官，杜若洲便做什么样的属官。此时杜若洲追出来吩咐那衙役，还故意把话说得这么大声，那是为了让屋里的两任知县听到，以显出他对储公子一案极是关心。梁浅暗暗摇头，候在原地，等那衙役将人带来。

过得片刻，那衙役去而复回，将两个年轻人带到了杜若洲和梁浅的面前。两个年轻人都是二十出头，其中一人五官方正，肤色偏黑，那是宋慈；另一人神貌俊朗，面白如玉，则是刘克庄。

"你二人有何线索？赶紧说来。"杜若洲道，"只要能助衙门破案，抓住杀害储公子的真凶，必定重重有赏！"

梁浅站在一旁，细细打量了一番。他认得刘克庄，前天夜里他去潭山客栈搜查时，查问过此人，还搜过其行囊，至于宋慈，其容貌神态似曾相识，但一时想不起在哪儿见过。

"在下宋慈，家住同由里，见过县丞大人，见过梁县尉。"方才在西清巷见到卞三公尸体时的惊愕和悲痛，此时已被宋慈压在了心底。他身为本地人，自是认得杜若洲和梁浅，向二人分别行了一礼，"这位是在下的好友刘克庄，前两日从莆田来建阳探望在下。关于储公子的案子，我二人并无线索。"

"既然没有线索，那还说什么能帮忙查案？"杜若洲眉头一挑，面色不悦。

"在下过去在县学求学，常听先生们提起储公子，虽然从未见过储公子本人，但久闻其名，甚是仰慕。听闻储公子遇害，在下想尽己所能，协助衙门查案，只盼能早日查出凶手，还储公子一个公道。"宋慈是为了卞三公的死而来，嘴上却只提储文彬的案子，只因他知道县衙这些年的办案风气，卞三公只是一个受人轻贱的仵作，其死无足轻重，但储文彬是新任广州知州的儿子，其人死在建阳，衙门必然极为看重。他若是一上来便提卞三公的案子，换来的只会是嗤之以鼻，唯有提储文彬的案子，方有可能引起县衙的重视。

"尽你所能，还协助衙门查案？"杜若洲有些不屑，"瞧你年纪轻轻，有什么能耐，敢说出此等大话？"

"家父宋巩，曾在广州做过节度推官，在任上多有验尸断狱之举，在下跟随家父，学过一些验尸之法。"宋慈应道，"今早听闻仵作卞三公遇害，他乃本县唯一仵作，眼下只怕无人查验尸体，若是去相邻州县外请仵作，一来一回必有耽搁。案情紧要，多耽搁一刻，凶手便多一分逃匿的可能，因此特来请求二位大人，能允许在下暂代仵作之职，协助衙门验尸查案。"

杜若洲听到宋巩的名字，脸上不觉闪过一丝厌恶之色。他去年回到建阳出任县丞时，曾专程拜访了本地的权贵豪强，尤其是那些出了高官显爵的家族，以及那些赋闲归乡的官员，其中便有宋巩。宋巩曾任广州节度推官，虽说只是从八品，但只要做过官，背后多少会有官场人脉。然而那次登门拜访，宋巩客气了几句便闭门送客，让杜若洲觉得受到了轻慢。事后他打听清楚了，宋巩家族中没出过其他高官显贵，这更让他觉得受了气。他拜访那些哪怕有高官在朝的家族，都会受到礼遇，区区一个毫无背景的节度推官，却不把他当回事。此时一听宋慈自报家门，他立刻想起了此事，对宋慈顿生厌恶，道："当真是胡闹！就凭你三言两语，便让你来衙门验尸查案，当这县衙是市井集市不成？衙门查案自有法度，别说你一个平头百姓，便是你那做过推官的父亲来了，也干涉不得。"

"宋慈可不是平头百姓。"刘克庄说话了，一双眼睛看向宋慈，"他曾经身受皇命，在临安做过提刑，破过好几起大案。他一心为储公子讨回公道，县丞大人若是准许他查案，定能对破案缉凶有所助益。"

杜若洲知道宋家没出过高官显贵，见宋慈一身乡人打扮，看起来也就二十出头，倘若如此年轻便身受皇命在临安做过提刑官，此事必然早就传开了。但宋慈在临安得罪了韩侂胄，他做提刑官奉旨查案的经历，归家后对外绝口不提，本地根本没人知晓，杜若洲自然探听不到。杜若洲不信刘克庄的话，只觉得可笑，轻蔑地哼了一声。

长时间没有说话的梁浅，这时开口道："既是如此，县丞大人，不如就让他二人暂且留在衙门，帮着一起查案……"

"这种鬼话你也信？"杜若洲斜了梁浅一眼，冲宋慈和刘克庄道，"没有线索，那就趁早滚出县衙。身受皇命之言，岂可乱讲？再敢妄言乱语，当心抓你们起来治罪。"

事已至此，宋慈知道是时候离开了，再继续待下去，说不定会被杜若洲当成是别有用心，若是当真被衙门抓了起来，自己一个人受苦也就罢了，可是时隔三年，好不容易才与刘克庄重逢，岂能如当初在临安那般，又连累刘克庄跟着入狱受罪？他早就听说过杜若洲的为人，如今亲眼一见，更加确信有这样的县丞在，县衙根本不可能用心追查下三公的案子。为今之计，只有回去后另想他法，以求取查案之权。

宋慈向杜若洲和梁浅行礼告辞，拉了刘克庄准备离开。刚转身要走，身后却传来一苍老声音道："二位公子留步。"二人回过头去，见是白发苍苍的储用，在仆从的搀扶下来到了门口。

"储大人，当心脚下啊。"杜若洲赶忙上前帮着搀扶储用迈过门槛。

储用并未停下脚步，一直走到宋慈和刘克庄的身前，嘴里道："宋慈，宋慈……"

宋慈毕恭毕敬地行礼，道："在下宋慈，见过储大人。"当年他常去县衙旁观审案，储用审案时意气风发的样子深深印在他脑海中，如今再见，储用却老态尽显，竟给人一种风烛残年之感。

"你就是宋慈？我应诏入京，听说过你的事……"储用此次得朝廷起复，奉诏入对，在临安待了数日。在此期间，他听说了不少关于太学生宋慈奉旨查案的事，时隔三年，临安百姓竟还在传扬宋慈对抗当朝权贵的事迹。得知宋慈是建阳人，曾在建阳做过知县的储用，便将这一名字记在了心中。此番南下赴任，他特意取道建阳，一来是为了重回故地，拜访一些故旧，二来便是为了去寻宋慈见上一面，好亲眼瞧瞧这样一个不附权贵、敢对抗权臣韩侂胄的人物是何模样。只是在建阳城北的驿舍歇息一夜后，储用从驿丞那里得知了众多百姓怨恨现任知县缪白、冒雨出城迎候的消息。他担心自己入城会引发事端，便临时改变了计划，让儿子储文彬独自前往建阳城中，一来转告他不再入城的消息，安抚百姓们散去，二来让儿子代他拜访各位故旧。他本打算等储文彬回来后，便继续南下，哪知等来的却是儿子身死命断的噩耗。他赶到建阳城中，守着儿子的尸体等了一天一夜，县衙查案却毫无进展，验尸的仵作也以相似的作案手法被杀害了。

缪白是怎样的知县，他此前已有所闻，短短一天接触下来，更是看了个明白，有这等昏庸无能的主官当政，他很难寄希望于县衙能早日破案，就算哪一天抓来了凶手，只怕未必就是杀害儿子的真凶。他方才坐在停尸房里，心中又是悲痛又是愁苦，突然听到外面有人提到了"宋慈"这个名字，他才想起建阳县还有一个在临安做过提刑屡破奇案的宋慈。他连日来深陷于悲痛之中，竟然忘了此人的存在，这才让仆从扶他出来。此时他望着宋慈，忽然颤巍巍地弯下腰去，竟似要朝宋慈行礼下拜。

宋慈忙阻拦道："储大人，这可使不得。"

"我儿死得凄惨……"储用抬起一双布满血丝的眼睛，眼中老泪涌动，"宋慈，宋提刑，我可算是见着你了……还请你为我儿查明冤苦，拿住真凶，让我儿可以瞑目啊……"

杜若洲听见储用称呼宋慈为"宋提刑"，不禁讶然变色，一对细小眼睛在宋慈身上来回扫看,没想到这样一个年纪轻轻的布衣乡人,竟当真有在临安做过提刑的经历。他口风转得极快,道:"储大人,既然此人当真有验尸查案的本事,您老也没有意见,那不如就让他暂且留下,协助衙门查案。"转头向跟着储用走出来的缪白道,"知县大人,您看行吗?"

"衙门里原是没这般法度,"缪白道,"不过储大人都开口了,自无不可,就让他二人暂留衙门吧。"

刘克庄瞧得生气,想到天下官吏大都是杜若洲这般见风使舵之辈,心中对入仕更为反感。宋慈倒是对此毫不计较,道:"多谢各位大人,宋慈定当竭尽所能,早日查破储公子遇害一案,不负各位大人所托。"话音一顿,便朝屋里望去,"储公子的尸体可是停放在此?"

储用含泪点头,梁浅则应道:"就在里面。"

宋慈当即跨过门槛,进入屋内。屋内弥漫着一股腐臭味。他看见了卞三公的尸体,停放在左侧的角落里。但只看了这么一眼,他便朝房屋里侧走去,来到储文彬的尸体前。刘克庄紧随在宋慈的身后,其他人也相继跟了进来。

"这就是储公子吧?"宋慈是第一次见到储文彬的模样。

梁浅应了声"是"。

"仵作卞三公,"宋慈问道,"昨日可有验过储公子的尸体?"

梁浅应道:"验过了。"

"有填写检尸格目吗?"

梁浅又应道:"填写了。"

宋慈转头看向梁浅,道:"我想看一看检尸格目,劳烦梁县尉差人取来。若是方便的话,还请多取一份空白格目。"

梁浅立刻唤来衙役,吩咐去书吏房取检尸格目。

衙役领命去后,宋慈又道:"听闻储公子是雨夜死在登高山上,尸体是由梁县尉和一众衙役最先发现的。当时是如何发现尸体的?还望梁县尉能详加告知。"

梁浅当即将事情的来龙去脉,原原本本地讲了一遍。

宋慈听罢,道:"住客赵师秀看到的可疑之人,打着绿伞,提着油纸灯笼,而储公子胸前插着绿伞,凉亭里也发现了油纸灯笼,不知事后可有请赵师秀对此二物加以辨认?"

"辨认过了。"梁浅道,"赵师秀说当晚巷子里昏黑,加上又在下雨,那可疑之人急匆匆走过,他还是从上往下看,看得不太真切,不敢确定。倒是潭山客栈的掌柜和伙计,认得那绿伞是储公子的东西。当天储公子投宿之时,便是撑着那把绿伞走进的客栈。至于那盏油纸灯笼,则是潭山客栈的东西,是储公子投宿之后,让店里的伙计取一盏送到客房的。"

宋慈道:"这么说,赵师秀看到的可疑之人,很可能是储公子本人?"

梁浅点头道:"不错。"

"那储公子遇害之后,身上可有发现什么遗物?"宋慈又问道。

梁浅答道:"没多少遗物,腰间有一钱袋,里面装了些散钱,怀里找到了几张行在会子和一块手帕……"稍微顿了一下,梁浅朝杜若洲看了一眼,"此外便没有了。"

"储公子住过的客房里,可有留下什么东西?"宋慈继续发问。

梁浅摇头道:"客房里搜过了,都是客栈原本就有的物什,储公子什么也没留下。"

在此期间,衙役取来了储文彬一案的检尸格目,初检和复检各一份,此外还有一份空白格目。宋慈一并接了过去,将储文彬一案的两份检尸格目看了一遍,道:"依格目所录,是昨日辰时在登高山上初检尸体,后回到衙门,再在申时复检尸体?"

梁浅点头道:"确是如此。"

"卞三公两次验尸,"宋慈问道,"各是怎么验的?"

梁浅回忆昨日情形,细细道来:"卞三公家住同由里,平日没差遣时,他大都回家去住,少有留在衙门的情况。发现尸体后,我差衙役张养民去同由里寻卞三公,等卞三公赶到登高山时,已是辰时。卞三公就在尸体旁蹲下来,先检查了储公子胸前的伤口,再检查了四肢和脑袋,最后捏开嘴巴看了看,说道:'储公子周身无他伤,唯胸间一处,贯穿至后背,应为致命伤。手脚无异状,口中有异物。'当时知县大人和县丞大人都在场,就问储公子口中有何异物。卞三公捏开储公子的嘴巴,从中取出了一段小方条,看起来像是一枚印章。后来储公子的尸体被运回了衙门,待储大人认尸后,又征得了储大人的同意,由卞三公当着众人的面对尸体进行了复检。

"复检是在下午申时。卞三公把那柄捅进胸膛的油纸伞取了出来,又除去了储公子的衣物,再煮热糟醋,洗敷了尸体。这一次他验看得更加仔细,不但验了前身后背,还验看了足底和发间。他说在尸体周身没有验出其他伤痕,但是另有发现。问他有何发现时,他说道:'储公子胸前伤口,上下皮肉各有齐整之处,应是被人先拿利刃刺穿,再将伞柄沿同一伤口插入,伪造成是用雨伞杀人。其实凶器并非雨伞，而是刀剑类的利刃。'复检完后，我记得当时天快黑了，卞三公填写好了检尸格目，送去了书吏房，此后便没再见过他。直到今天早上，有人来报西清巷里发现野狗在拖拽尸体，我带衙役赶去，才发现死的竟然是卞三公……"

"三公"这般称呼，放在他人身上，多是对家族里排行第三的老者的尊称，但卞三公之所以被唤作"三公"，是因为其本名就叫"三公"。此名取自"三公九卿"之意，只可惜卞三公没有这么好的命，虽说早年间读过不少书，但始终没能考取功名，最终不知如何阴差阳错，反倒成了一个仵作行人。梁浅说到最后，转头看着死去的卞三公，想到昨日其人还好端端地在这里验尸，如今却变成了一具冰冷的尸体，不禁暗暗摇了摇头。

"你方才说，储公子的口中含有一段形似印章的方条状异物？"宋慈低头看了一眼检尸格目，上面有关于尸体口中发现异物的记录，写的是"形似印章"。

"看着像是一枚印章，约莫半根手指长短，也如手指这般粗细，"梁浅竖起了一根指头，"不过印面有些奇怪，上面只刻了一个字。"

"什么字？"

"一个'于'字，'于是'的'于'。"

"'于是'的'于'？"宋慈重复了一遍。

"不只是储公子的口中，"梁浅又道，"在卞三公的口中，也发现了相似的异物。只因没有仵作验尸，一时还未取出。"说罢，他走向卞三公的尸体，捏开其嘴巴，让宋慈来看。

宋慈深吸了一口气，来到卞三公的尸体前，向其口中看去，随后伸指入内，小心翼翼地夹取出了一段半根手指长短的矩状物，看起来确实形如印章。他将唾液血沫之类的污秽之物擦去，只见矩状物的一端刻了两道凹痕，彼此交叉，形如十字，另一端是指甲盖大小的印面，上面阳刻了一个"死"字。

宋慈请梁浅将储文彬口中发现的异物取来，梁浅立马差衙役飞快取到。宋慈将两枚形如印章的矩状物拿在手中，翻来覆去地比较，二者的质地并非金石，倒像是泥砖，一端有十字状的凹痕，无论长短大小，皆是如出一辙，唯一的区别是印面那一端的刻字不同。两枚矩状物的棱角都有不少磨损，可见是有些年岁的旧物。

"克庄，你来看看，"宋慈将两枚矩状物递给刘克庄，"这是印章吗？"

刘克庄接了过去，翻来倒去地看了好几遍，道："比起印章，我看倒更像是活字。"

第二章

走车马案现疑点

"我记得本朝文人沈括,百余年前著有《梦溪笔谈》一书,书中提及了版印书籍,说是庆历年间,有一个叫毕昇的布衣,改雕版为活版,用胶泥刻字,每字为一印,以火烧制,令其变得坚硬,是为活字。印书之时,取出相应活字,排布于铁板之上,即可印制文字。此法无须费力于雕刻书版,每一活字皆可反复取用,印书甚为神速。"刘克庄边说,一边将两枚矩状物交还给了宋慈,"我虽没见过此等活字,也没见真有人以活版印书,但我看这两枚东西,质地与泥砖相似,又是一字一印,很像是《梦溪笔谈》里提到的活字。而且这印面是纯黑一色,不见半点朱红,就算不是活字,那也不大可能是印章。"

宋慈点了点头,看向梁浅道:"梁县尉,本县有诸多书坊书肆,尤其是崇化里,一向号为'图书之府',不知可有以活版印书的书坊书肆？"

"我粗人一个，这方面是半点不懂。"梁浅向杜若洲看去，杜若洲本是文人出身，又是县丞，少不了要与本县的各大书坊书肆打交道，这方面自然更为熟悉，"不知县丞大人是否知晓？"

"本县的书坊书肆，每一家每一户，都是以雕版印书。你们所说的活版和活字，"杜若洲瞧了宋慈和刘克庄一眼，"我还真就没听说过。"

宋慈不再问活字的事，将两枚矩状物交还给梁浅，随后在卞三公的尸体前俯下身子，查看卞三公的死状。

"宋慈，你不是说要查储公子的案子吗？"杜若洲道，"你既然会验尸，那就该去验储公子的尸体。这卞三公的尸体，过后再验不迟。"

宋慈并未停止验看，嘴里说道："据我所知，卞三公做仵作已有二十余载，一向精于验尸之道，他已对储公子的尸体检验两次，依方才梁县尉所述，其检验之法并无不妥，所得结论也尽数录于检尸格目之上，因此储公子的尸体，暂且无须再验。倒是卞三公，他的死状与储公子相似，嘴里又有同样的异物，杀害两人的凶手很可能是同一人，此案当与储公子的案子并查。卞三公的尸体还未经检验，该当即刻查验才是。"说完这话，他从头到脚地把卞三公的尸体验看了一遍，除了胸口被木棍刺入的致命伤，卞三公周身的衣物和皮肉还有多处破损，这些地方的伤口皮肉不紧缩，应该都是死后被野狗啃咬拖拽所致。除此之外，他还发现卞三公的右手攥成了一团，紧紧抓着一只灰扑扑的钱囊。

宋慈识得这只灰扑扑的钱囊——半只手掌大小，用粗布缝制而

第二章 走车马案现疑点 033

成，囊口穿着一根黑色系绳，系绳上还挂着一枚铁钱——这是卞三公的钱囊。宋慈是不会认错的，自打十二年前他初识卞三公起，这只钱囊便一直挂在卞三公的腰间，因为使用年岁太久，有过多处破损，以至于缝补过好几次。富贵人的钱囊，大都用锦缎丝绸织就，绣以华美图纹，饰以金玉吊坠，而穷苦人的钱囊，大多以粗布缝合而成，稍微讲究些的，会把自家姓氏绣在上面，或是挂上一二钱币作为吊坠。卞三公的这只钱囊，便绣上了一个"卞"字，挂上了一枚铁钱当作吊坠，卞三公的右手紧紧抓着这枚铁钱吊坠，才没让钱囊离手。

宋慈想将这只钱囊取下来，却发现卞三公的右手抓握得实在太紧。卞三公的尸体先经野狗拖拽，后经衙役搬抬，这只钱囊竟始终攥在手中没有掉落，可见卞三公临死之际，是拼了命地攥住钱囊不放，想必凶手是抢夺过这只钱囊的。"凶手杀人，莫非是为了抢夺钱财？"这样的念头刚从脑海里冒出来，便被宋慈打消掉了。若是图财害命，凶手杀人后必然会抢走钱囊，不可能任由其留在卞三公的手中。然而凶手明明抢夺过钱囊，为何最终还是没有拿走呢？莫非凶手想抢夺的不是钱囊，而是钱囊里的某样东西？

宋慈这样想着，心里暗道一声："师父，对不住了。"加大了手劲，将卞三公的手指掰开，取下了这只钱囊。他将钱囊打开，见里面放着一些铁钱，倒出来一看，有二三十枚，其中小平、折二、折三、折五、折十钱各有数枚。这些钱都好端端地放在钱囊里，更加说明凶手杀人不是为了夺财。除了铁钱，钱囊里别无他物，至于凶手是不是从钱囊里拿走了某样东西，他眼下无从得知。

宋慈将铁钱悉数放回钱囊之中，先收起来保管好。他将卞三公胸前的木棍缓缓拔出，木棍上沾满了血，他眉心紧皱，好似那木棍是从自己心口拔出来的，然后才小心翼翼地脱去卞三公的衣物，继续验看尸体。

缪白身为知县，平日里懒散惯了，有什么事自有杜若洲代为处理，他本人少有出现在凶案现场，更别说亲自观看验尸了，若非储用一直守着储文彬的尸体不肯走，他根本不可能在停尸房里待这么久。昨日他已看过卞三公验尸，只因查验的是储文彬的尸体，他才强忍着看完，此时见卞三公的尸体赤裸在眼前，瘦骨嶙峋，皮肉老皱，他当即撇开了头，一眼也不再多看。杜若洲也面露嫌厌之色。与之相比，梁浅倒是毫不回避地看着，储用亦是如此。

宋慈将卞三公的身体仔细查看了一遍，确认身上多处皮肉破损都是野犬啃咬所致，除此之外，周身上下只有胸前那一处伤口。这处伤口上下两侧的皮肉开口齐整，应该也是先用利刃刺入胸膛，再将木棍沿伤口捅入。至于那根木棍，只是一截发黑的木条，并没有什么奇特之处。

宋慈验看完尸体后，在先前取来的那份空白检尸格目上填写了所验结果，随后陷入了一阵沉思。凶手用利刃杀人，却又改换木棍捅入，莫非是为了掩盖凶器？但宋慈验看了伤口，并不需要花费多少工夫，便能确认是利刃捅刺所致，哪怕换了别的仵作，只要稍微仔细些，便能验得出来，可见此举并不能掩盖凶器。若不是怀此目的，那凶手何以要多此一举呢？这一点萦绕在宋慈心中，一时难以解透。

"梁县尉，你先前说，卞三公昨日复检尸体后，将检尸格目送去了书吏房。"宋慈沉思之后问道，"在那之后，不知衙门里可有人见过卞三公?"

"我是没有见过。"梁浅看向缪白和杜若洲,"不知知县大人和县丞大人……"

杜若洲不等梁浅把话说完,道:"昨天验尸之后,知县大人便回了后堂。后堂是知县大人起居办公之地,仵作之类的杂役是不能擅入的,知县大人自然没再见过他。我也一样,没有见过他。"

"县衙这么大,官吏差役应该不少,"宋慈道,"难道自那之后,衙门里就没一人再见过卞三公?"

梁浅应道:"衙门里吏员、衙役、狱卒有数十人,至于有没有人见过卞三公,还没来得及查问。"

"那就有劳梁县尉把这些人都叫来,我想查问一下。"宋慈道,"还有一事,储公子一案中的绿伞和油纸灯笼,还有其他随身遗物,也都请梁县尉差人取来。"

梁浅立刻命人去取,又吩咐将衙门里所有当差的都叫来。

过不多时,储文彬一案的证物和遗物放在了宋慈的面前。宋慈细看这些东西,那绿伞上,尤其是伞柄上,有不少已经发干的血迹,此外伞面上有一团碗口大小的污迹,看起来像是墨痕。至于那盏油纸灯笼,灯罩上溅了几处血点,提杆上绑着一条红穗。遗物是一只翠绿色的钱囊和一块四四方方的手帕。钱囊被血染透了大半,里面的几张行在会子也都染了血色。那块四四方方的手帕同样浸红了大半,上面题有一句"见善则迁,有过则改",还能勉强辨认出字迹。

在此期间,所有衙役、狱卒和吏员都聚集到了停尸房外。宋慈查看完所有证物和遗物后,走出屋外,问及昨日申时之后,有没有谁见过卞三公。衙役们都说没见过,狱卒和吏员们也纷纷摇头,唯有一个头戴方巾的年轻书吏道:"昨日卞三公存放检尸格目时,是我守在书吏房。当时天快黑了,到了该休息的时辰,卞三公说要把两次验尸的格目整理一番,我嘱咐他整理完后别忘了灭灯关门就走了。"

宋慈问那书吏的姓名,那书吏应道:"我姓付,叫付子兴。"

"付书吏,"宋慈问道,"昨日你离开书吏房后,还有回去过吗?"

"我昨晚没回去,是今日一早才去的。"

"那你今早去时,书吏房的房门可有关上?"

"是关上了的。"

宋慈稍微一想,道:"还请付书吏带路,我想去书吏房看看。储公子一案的检尸格目,还有我这份新填的检尸格目,正好一并拿去存放。"

付子兴眼珠子一转,朝杜若洲看去,见杜若洲轻轻点了一下头,这才应了声"是",带着宋慈和刘克庄前往书吏房。储用仍旧守着储文彬的尸体,缪白以有公务处理为由回了后堂,杜若洲则跟着去了书吏房。梁浅带着几个衙役,也一起去到了书吏房。

书吏房同样位于县衙的西侧,紧挨着县衙大牢,离西清巷的那道侧门很近,由一明一暗两间房屋连接而成。这两间房屋,一间在外,一间在里,彼此之间有一门相隔。外面那间光线明亮的房屋,是书吏处理公文的场所,摆置着一案一椅,案上放有笔墨纸砚,一盏熄灭的油灯置于案角。里面一间光线昏暗的房屋,并列着几排木架子,其上分门别类,堆放着各种案件的证物,以及县衙历年来诸如公文、案卷之类的案牍。

宋慈踏入书吏房,环顾一圈后,目光落在了案角的油灯上,问道:"付书吏,你今早来时,可有动过这里面的东西?"

付子兴回答道:"今早没有公文处理,只有方才衙役来取过检尸格目,这里面的东西我都没有动过。"

"那这盏油灯,"宋慈朝着油灯一指,"上次添置灯油是几时,你可还记得?"

"是昨晚才添的灯油。"付子兴道,"衙门夜里少有办公,这油灯平时不常用。昨晚卞三公要整理检尸格目,我才拿出这盏灯,往里面添满了灯油,拿给卞三公照明。"

"是昨晚添满的灯油,"宋慈道,"你当真记清楚了?"

"这当然记得清楚,昨晚的事,怎么可能忘?"

宋慈朝那油灯多看了两眼,灯盏里的灯油只剩余一半,可见昨晚这盏油灯燃烧了很长时间,卞三公昨晚在这间书吏房里应该待了很久,那也难怪衙门里没人见过他。可是宋慈看过卞三公填写的两份检尸格目,其上没有任何增删修改的痕迹,可见卞三公并未过多整理两份检尸格目,那卞三公为何会在书吏房里待上那么久呢?

宋慈的目光转向了房屋里侧的那道门。他走上前去,将那道门推开了,几排堆放证物和案牍的木架子出现在眼前。他走了进去,一股尘土气味弥漫其间,木架子上、案牍上落了不少灰尘,可见已有好些日子没清扫过了。在几排木架子之间,他开始缓步走动,目光在案牍之间缓慢游移,似乎在寻找着什么。

刘克庄、梁浅和杜若洲等人不知宋慈在做什么,都不免奇怪地望着宋慈。

宋慈一边走动，一边问道："付书吏，这屋子里存放的案牍，近些日子有取用过吗？"

付子兴应道："没有。"

"检尸格目是放在哪里的？"

"就放在这里。"付子兴站在门口，朝最近的木架子上一指，"衙门里的案牍，越久远，放得越靠里面，近的则都放在外面，方便取用。"

宋慈点了点头，往更里面的木架子走去，目光继续在案牍之间缓慢移动。卞三公昨晚在书吏房里待了那么久，倘若不是在整理格目，那他又会做什么呢？会不会是在查看案牍？宋慈留意着案牍上的积灰。既然衙门近期没有取用过案牍，那若是某份案牍上出现了积灰不完整之处，就意味着卞三公有可能翻看过这份案牍。

就这么在几排木架子间走了一遍，宋慈最终从房中退了出来。他摇了摇头，似乎没有什么发现。随后他去到案前，请付子兴取来两份空白的检尸格目。依照法度，凡查验尸体，需填写检尸格目一式三份。宋慈亲手研好了墨，拿出之前初检卞三公尸体时填写的检尸格目，交给了刘克庄，让刘克庄照着填写两份，又在刘克庄耳边轻语了几句，最后道："格目一式三份，你切记填仔细，不可弄错了。"

刘克庄执笔在手，道："放心吧，这事交给我就行，不会有错的。"他蘸了墨汁，就在空白的检尸格目上书写起来。

宋慈又道："弄好后，你把格目留在此处，到侧门等我。我还要回去见一见储大人。"嘱咐完这话，他径直走出了书吏房。

"宋慈，"杜若洲连忙问道，"你回去见储大人，是还有什么事吗?"

"我方才有些话,忘了与储大人说。"宋慈脚下一顿,"对了,梁县尉,劳烦你把刚才那些差役和吏员都叫回停尸房,我还有些事,需向大家问上一问。"说罢迈步便走。

杜若洲挤了挤一对细眼,脸色颇不耐烦,跟着宋慈去往停尸房。梁浅倒是不厌其烦,吩咐衙役再去召集众人,也随宋慈而行。

很快回到停尸房,宋慈见储用仍旧坐在原处,木然不动地守着储文彬的尸体。他走上前去,道:"储大人,我想查看一下储公子的尸体,不知可否?"待储用点头同意后,他才轻轻揭起白布,储文彬赤裸的尸体呈现在眼前。储文彬死去一日有余,尸体已有些微腐坏之状,一股腐臭味扑鼻而至。宋慈先前没有查验储文彬的尸体,这一次则是从头到脚地验看了一遍。验看完尸体后,他定在原地,像是在想着什么。

"宋公子,"储用以为宋慈有什么发现,颤巍巍地起身,家眷和仆从赶紧上前搀扶,"我儿他……"

"储大人,此案我已有些眉目,只是眼下案情不够明朗,请恕我暂时不能告知。"宋慈道,"人死不能复生,停尸之地常积聚污秽之气,您守在此处,于身心都没好处,还是回去休息吧。"

储用摇了摇头,又要坐回原处。

"储大人,凶手还逍遥在外,倘若您想亲眼看到凶手归案,此时就该保重身体,切莫哀伤成疾。"宋慈拉起白布,盖住了储文彬的尸体,这次连同储文彬的脸也一并盖上了,"您既然信任我,许我追查此案,我必定竭尽全力,早日查出真凶,不让您等上太久。"然后他朝房门的方向抬手道,"储大人,请回吧。"

杜若洲巴不得储用赶紧离开，不然他和缪白时不时便要来这停尸的地方陪着，当即附和道："是啊，储大人，这时候您更该保重身体才是。下官早就在建溪客栈安排好了房间，那里离县衙不过一街之遥，有宋提刑查案，下官也时刻盯着案情进展，一有消息，立刻派人通禀大人，大人不必担心。"

梁浅也道："储大人，您一天一夜没合眼了，就去客栈休息吧。"

储用不舍地看向储文彬的尸体，儿子的脸已经看不见了，映入眼中的只有那白惨惨的遮尸布。他呆立了片刻，最终闭上眼，轻轻点了一下头。家眷和仆从也都有离开之意，便搀扶着储用，慢慢走出了停尸房。

储用一行人离开后，梁浅道："宋公子，衙门里的人都叫回来了，眼下都等在外面。"

"有劳梁县尉了。"宋慈走出房屋，见县衙里的所有衙役、狱卒和吏员，包括付子兴在内，全都等候在外。众人刚散去不久，又被叫了回来，脸色都不大耐烦。

宋慈一句话也不说，在众人之间来回走动，目光在各人身上游移。有的被瞧得莫名其妙，有的被瞧得心生忐忑，都不知宋慈此举是何意。

在此期间，几个衙役从外面赶了回来，向梁浅禀报，说已经查问了夹墙两侧的张、王二家，两家人昨晚都没有听到过任何响动。

这时宋慈已把所有人瞧了不止一遍，也不忘询问那几个刚回来的衙役昨晚有没有见过卞三公，得到否定的回答后，他走到梁浅的身前，道："梁县尉，可以了。"

"宋公子，你不是有事要问大家吗？"梁浅有些诧异。

宋慈却摇摇头："没什么事了，让大家都散了吧。"

梁浅有些不明所以，但宋慈这么说了，他也只好吩咐众人散去。众人个个都是丈二和尚摸不着头脑，或低声议论，或抱怨连连，都准备散了。

"把人全叫来，却又说没事，当真以为衙门清闲，人人都任由你消遣来着？"众人听到杜若洲这话，纷纷停下了脚步，听杜若洲继续道，"宋慈，别以为储大人让你查案，这建阳县衙就能由着你为所欲为了。人命攸关，案情重大，你既然向储大人保证早日破案，那就给个明白的时限吧。总不能你说查半年，就让你查半年，你要查一载，就由着你查一载吧？"

"县丞大人说的是，"宋慈看向杜若洲，"不知县丞大人能给我多少时限？"

"先前知县大人回后堂时，私下里交代了，本案是看在储大人的脸面，才让你一个外人来查，已是开了先河。衙门可没那么多工夫来耽搁，"杜若洲翘起两根食指，交叉一比画，"最多能给你十天。"

"寻常案子，少说要一两个月才能查明，碰上疑难案子，花费一年半载，也可能悬而不决。"梁浅身为县尉，深知查案之艰，向杜若洲道，"县丞大人，十天时限，怕是……太短了些。"

杜若洲白了梁浅一眼，正准备数落梁浅几句，却听宋慈道："无妨，县丞大人许我十天查案，那就以十天为限。"

"好！"杜若洲道，"这可是你自己说的。"

梁浅忙道："宋公子，十天未免太短……"

"梁县尉好意，宋某心领了。"宋慈道，"时限之内，我会尽力破案。查案期间，少不了需要衙门相助，到时只怕还要劳烦梁县尉。"

"查案本是我这个县尉的事，这次却要劳烦宋公子。但凡有用得到我的地方，你只管开口。"梁浅从腰间摘下一块牌子，"这是我的腰牌，在建阳县境内还是管用的。你且拿去，坊间走访也好，差遣衙役也罢，多少有些用处。"

腰牌不大，半个手掌尺寸，其上黑底红墨，书有"建阳尉"三字。"梁县尉有心了。"宋慈接过腰牌，揣入怀中，"对了，前夜看见可疑之人的赵师秀，眼下还住在潭山客栈吗？"

"还住在那里。"梁浅应道，"赵师秀当夜看到的可疑之人打着绿伞，提着油纸灯笼，储公子遇害之处，正好有这两样东西。他算是本案难得的证人，我便叫他多留些时日，他答应了。"

宋慈不再多言，向梁浅拱手一礼，在众人各色眼光注视之下，独自朝县衙侧门去了。

宋慈估计刘克庄应该已做完了事，等走到县衙侧门时，见刘克庄果然等在这里。

"格目都填写好了吧？"

"两份都填写好了，连同你最初的那份，一并留在了案上。"

宋慈点了点头，踏出侧门，走在西清巷中。刘克庄与他并肩而行。

"你等我一下。"经过那段发现下三公尸体的夹墙时，宋慈停下了脚步。夹墙入口处贴有封条，这时他已获查案之权，于是从封条下钻了过去，进入夹墙内查看。

他来到卞三公尸体躺过的位置，这里有一团湿漉漉的破烂草席，此外是遍地的血迹，以及杂乱的脚印。这段夹墙本就狭窄肮脏，又经过一夜雨水冲刷，再加上今早野狗在这里拖拽过尸体，衙役后来搬运过尸体，现场可谓一片混乱，哪怕昨晚凶手行凶时留下过痕迹，也早已遭到了破坏，唯有两侧墙上残留的血点，可以推想凶手应该就是在这里行的凶。在那团破烂草席的旁边，他看见了几根发黑的木条，看起来已丢在这里很久了。卞三公胸前插着的那根木头，与这些废弃的木条一个模样，想必昨晚凶手杀害卞三公后，随手捡起了这里的木条，顺着胸前伤口插了进去。

宋慈站在夹墙之中，朝两头看了看。卞三公的尸体是头朝内，脚朝外，也就是脚朝着西清巷的方向。书吏房离县衙侧门很近，卞三公昨晚离开书吏房后，应该是从最近的侧门离开了县衙。西清巷是南北走向，这段夹墙则是东西向的，卞三公若是回同由里，会沿着西清巷往北走，不可能进入这段夹墙，那么他只可能是被凶手拖进了这段夹墙。夹墙两侧的张、王二家没人听见响动，可见卞三公没能出声呼救，很可能是被凶手从背后捂住了嘴巴，拖到这个位置再用利刃杀害。宋慈想象着卞三公遇害时的场景，不自禁地攥紧了双手。

好一阵后，宋慈退出了夹墙，与刘克庄一起往北而行。

很快走到西清巷的尽头，宋慈回头望了一眼，确认没有人跟随，这才低声问道："怎样？"

"你只管放心，"刘克庄也低声道，"我是做过你书吏的人，你叮嘱过的事，我自然办得齐妥。"

"到底是什么样的案子？"宋慈问道。

原来之前在书吏房时,宋慈于案牍之间行走,发现了积灰不完整的地方。那排木架子位于最里侧,上面放置的案牍,积灰有错乱之处,看起来曾被人翻找过,尤其中一份案牍,几乎不见任何积灰,可见近期曾被人找出来翻看过。书吏房中存放的案牍大都有贴条注明,以方便查找取用。就着昏暗的光线,宋慈看见这份案牍的贴条上,写有"庆元二年六月,走车马案"的字样。

宋慈记下了贴条上的字,让刘克庄填写检尸格目时,曾在其耳边轻语了几句,嘱咐刘克庄在众人走后,找出这份庆元二年六月"走车马案"的案卷,查阅其中的内容。此后宋慈返回停尸房劝慰储用,又让梁浅召集众人,意在将所有人从书吏房支开,方便刘克庄一个人留下来查阅案卷。

刘克庄牢记宋慈的嘱咐,待众人随宋慈离开后,便悄然进入存放案牍的房间,按贴条寻找,很快找到了这份"走车马案"的案卷。

"那是发生在庆元二年六月初九,崇化里的一起马车撞死行人的案子。"刘克庄一边走,一边说道,"死者名叫蓝春,是三贵里人,时年十六岁,当日在崇化里的东大街上,让卯金堂的一辆马车给撞死了。"

在崇化里的数十家书坊书肆当中,原本以蔡、刘、余、熊、虞五姓人家最为有名,其中以蔡家刻坊最多,规模最盛,但十多年前一场大火后,蔡家从此衰颓,一蹶不振,剩下的四姓刻书大族中,以刘家的卯金堂和余家的万卷堂规模最大。宋慈问道:"此案是故意驾马车撞人致死,还是不小心误撞行人?"

"是不小心。"刘克庄道,"当日下着雨,卯金堂的刘醒乘车外出游玩，途中犯病晕倒，车夫赶着送其就医，一时驱车太急，加之路面湿滑，马车失控，撞向街边的书铺。这蓝春也是倒霉，正好从书铺外经过，被马车撞了个正着，连人带车地撞进了书铺。书铺里的几排木架被撞坏，蓝春被一根木条戳中了胸口，死在了当场。"

宋慈脚步一顿，道："木条戳胸而死？"

刘克庄点头道："的确是这般死法，与那储公子，还有你师……"突然提到卞三公的死，生怕触及宋慈伤痛之处，他顿时打住了话头。

一抹悲色在宋慈的脸上掠过，他道："这般死状，的确与储公子和我师父的死很相似。"缓步向前走去，嘴里接着问道，"案卷里有检尸格目吗？"

刘克庄把头一摇，道："案卷里没有检尸格目，不过写了经仵作验尸，验得死者身上有多处瘀伤，都是被马车撞击所致，致命伤位于胸口，就是被木条戳中的地方。"

"验尸的仵作，"宋慈声音一颤，"可是我师父？"

刘克庄本不愿提及卞三公的名字，但宋慈如此明白地问了出来，他只得点头应道："案卷上是写着你师父的名字。"

宋慈默然了一阵，如此经过了一条行人熙攘的街道，他又问道："此案是如何结案的？"

"这起案子是因公私要速而走车马，误撞行人致死，最后定了个过失之罪，以卯金堂赎铜一百二十斤结案。"刘克庄叹了口气，"一斤铜，官价才二百来钱，一百二十斤铜，不过二十几贯。一条大好人命，就只值这么些钱。这蓝春是独身一人，家中并无亲族，案卷上写了，这一百二十斤赎铜，最终纳入了衙门府库。"

大宋刑统里有"走车马伤杀人"一律，规定有公私要速而走车马致人伤亡，并依过失收赎之法。所谓公私要速，"公"是指公事要速，比如身奉敕令的使者乘邮驿车马赶路；"私"是指私事要速，比如身患疾病急求医药而走车马赶路。至于过失收赎之法，是指凡因过失伤、杀人，诸如投掷瓦石误有伤、杀他人，攻击禽兽误伤、杀他人，追捕盗贼误伤、杀旁人等等，可以赎铜一百二十斤抵罪，倘若罪行较轻，可减罪二等，赎铜六十斤抵罪。

所赎之铜，交付伤亡者家属，若伤亡者已经无亲人在世，赎铜便纳归官府。卯金堂的马车，是为了送犯病的刘醒就医而撞死了行人蓝春，属于有公私要速而走车马杀人，当依过失收赎之法，赎铜一百二十斤便可抵罪。人命大如天，虽说区区一百二十斤铜，远远抵不了一条鲜活人命，但这是大宋刑统明文定下的律法，蓝春纵然死得冤枉，也只能如此了。

"车夫是谁？"宋慈又问道，"案卷里有写吗？"

刘克庄应道："写了，车夫叫徐大志，是卯金堂的家丁。"

"马车上除了徐大志和刘醒，还有其他人吗？"

"没有了，就这两人。"

"刘醒当时犯了什么病？"

"案卷里只写了刘醒犯病晕倒，到底犯什么病，并未提及。"

宋慈稍微想了一下，道："案卷里的内容，较之储公子和我师父的案子，除了死者的死状，还有没有其他相似之处？"这起走车马案的案卷没有积灰，很可能昨晚被卞三公找出来翻阅过，但令宋慈好奇的是，卞三公翻阅这份案卷到底出于何种目的？卞三公是在复检完储文彬的尸体后，便去书吏房找出案卷进行查阅的，而当年这起走车马案中,死者蓝春的尸体也是由卞三公查验的,会不会是卞三公发现了两起案子存在某种关联,这才连夜查阅案卷?

刘克庄回想案卷上的内容,道:"倒是有一处,算不上相似,但在这些案子里都有,就是活字。"

"当年那起走车马案也有活字?"宋慈语气一奇。

"就在马车撞进去的那家书铺里。"刘克庄道,"案卷上有写,那家书铺叫可竹书铺,是万卷堂的铺面,被撞坏的木架上原本摆放了几版活字,被撞得散落一地。"

"案卷上当真写了'活字'二字?"

刘克庄很确信地点头:"写了。"

宋慈一时没再发问,凝着眉头,一边默默行走,一边暗自思索。庆元二年是十三年前,彼时十岁的他,对县里不少事情已有印象,记得当时杜若洲是本县的县尉。当年那起走车马案,既然撞到了可竹书铺里的活字,还明明白白地写入了案卷,那么作为负责治安缉捕的县尉,杜若洲少不了要经手此案,不可能不知道活字是什么,为何先前自己提起活字时,杜若洲却说从没听说过呢?他师父卞三公,当年只负责验尸,不负责其他的事,或许不清楚活字是什么,才称之为异物,但杜若洲身为县尉,当年为储用效力,是干了诸多实事的,只要经手了此案,就不应该对活字一无所知。与之相似的还有储用,当年身为知县,案子都由其审理,应该也是知道活字的,可之前提起活字时,储用没有说话,并未表现出知道的样子。

刘克庄一路随行,见宋慈凝着眉头的样子,便知宋慈是在思虑案情。时隔三年,他又一次见到了宋慈这般模样。他也不出声,轻步走在宋慈身边，直到好一阵后，见宋慈开始张望四周，显然已从沉思中走了出来，他才开口道："你对这起走车马案如此关心，之前在书吏房时，为何不亲自查看？"

宋慈将自己的推想说了出来，道："我师父复检完储公子的尸体后，便到书吏房翻阅了这起走车马案的案卷，有可能是因为这起旧案与储公子的死有关。凶手敢在离衙门这么近的地方杀害我师父，不排除是衙门里的人。所以我没有当场翻阅案卷，而是把衙门里的人都支走后，留下你一人查阅，以免打草惊蛇。"

"原来如此。"刘克庄这才明白过来，想到宋慈只凭这点蛛丝马迹，便推想出了这么多事，心中对宋慈大为佩服，他朝前方望了一眼，"我们这是要去潭山客栈？"前方街景甚是熟悉，昨日投宿时他便走过这里，他记得往前不远拐个弯便是潭山客栈。

"潭山客栈迟些再去。"宋慈道，"先去登高山，到储公子遇害的现场看看。"

两人加快脚步，穿过潭山客栈背后的石狮子巷，踏着林木间的山路，往登高山的山顶而去。

此时的登高山上，凉亭外五六丈远的地方，两把捕刀搁在树下，两个衙役以石头为凳，坐在山路旁，正往地上抛掷铁钱。

这两个衙役奉了梁浅的差遣，留在这里看守命案现场，以防闲杂人等擅闯。昨日储公子遇害一事传开后，有不少好事之人登上登高山，想看看凶案现场是何样子，都被这两个衙役赶下山去。随着有衙役看守现场的消息传出后，今日便少有闲人上山来。两个衙役闲来无事，便玩起了关扑，拿出铁钱投掷赌钱。铁钱一共五枚，两人各赌钱财，轮流抛掷，谁掷出的铁钱正面更多，谁便赢下赌注。

两个衙役无论输赢，都大呼小叫，正赌在兴头上。忽听山路上传来了人声，两个衙役起身一望，只见有两个人影正走上山来。

长脸衙役被扰了兴致，起身叫道："别往上走了！没听说这上面死了人吗？去去去，赶紧走！"不耐烦地挥了挥手，坐下抓起五枚铁钱，"别以为四海升平就赢定了，看我扔个五谷丰熟！"正要掷出铁钱，却被另一个短胡子衙役拦住了。短胡子衙役并未坐下，朝山路上努了努嘴："上来了。"

那长脸衙役一回头，见宋慈和刘克庄没听劝阻，竟沿着山路走了上来，当即把铁钱一放，将捕刀一抓，道："叫你们二人下山去，耳朵聋了吗？"他向二人迎面走去，正要发作，却见宋慈从怀中取出了一块腰牌。

"两位差大哥，我二人奉储大人之命，协助衙门追查储公子一案，前来查看凶案现场。"

那长脸衙役愣了一下，见宋慈和刘克庄一副书生模样，年纪轻轻，却说是协助衙门查案，实在令人难以相信，但那腰牌上的"建阳尉"三字，他再熟悉不过，的的确确是梁浅的腰牌，道："有这等事？"

刘克庄道："我二人查案一事，缪知县和杜县丞都是许可了的，你若不信，可立马回衙门，一问便知。"

那长脸衙役与短胡子衙役对视一眼，将信将疑地让开了道路："那你们过去吧。"

宋慈拱手一礼，与刘克庄一起走向凉亭。两个衙役并不放心，跟了过来。

来到凉亭前,只见台阶上有少许丝丝缕缕的血迹。前天夜里连雨不绝,昨夜也下了一场雨,台阶应该被雨水淋过,血迹才会呈流淌状。走上台阶,便是凉亭的入口,地上的石砖有滴滴点点的血迹,看起来是溅上去的,因为淋不到雨,还保持着原貌。这些血迹都已发干,从其分布来看,这里应该就是储文彬遇害的地方。但奇怪的是,这些血迹间空出了一片,好似一把撑开的扇子,从中间断裂开了,看起来并不完整,仿佛被擦掉了一般。

宋慈小心翼翼地挪动脚步,尽可能不踩到血迹,在凉亭中走了一圈,仔细查看了一番,最终在凉亭的最里侧站定了。这是一座单檐四角凉亭,斗拱和檐柱上的漆皮剥落了大半,木制的美人靠有不少破损之处,可见已有多年不得修缮。宋慈记得小时候来这里时,这座凉亭还是漆色如新,如今缪白主政本县,连修桥补路都不曾有过,更别说来修缮这登高山上的凉亭了。此时宋慈站定之处,是凉亭最里侧的一段美人靠,美人靠上有一处破损,破损处挂着一小绺布条。他弯下腰去,将那一小绺布条小心取下,拿在眼前细看,见有手指长短,乃是赭色的麻布。

刘克庄凑近过来,道:"这是什么?"

"像是有人在这里坐过,衣物上被挂下来一块布料。"

"会与储公子的死有关吗?"

"登高山是本县放怀远望的好地方,这座凉亭平日里常有人来,谁都有可能坐在这里,被刮破衣服,未必与储公子的死有关。"宋慈嘴上这么说,但还是取出随身携带的手帕,将那一小绺麻布包裹好,收入怀中。他回头看向两个衙役,问道:"二位差大哥,储公子遇害之后,不知其尸体是何死状?"

那长脸衙役朝台阶上一指，道："就倒在这里，脚在亭子里，身子在台阶外。"又朝上方的滴水瓦一指，"他胸口插着把伞，雨水从上面滴下来，打在伞面上，那模样，那声音，瘆人得紧。"

"储公子是仰躺着，还是俯卧着？"宋慈又问道。

那长脸衙役应道："他脚高头低，仰面朝天。"

"听说这凉亭中发现了一盏熄灭的油纸灯笼，不知灯笼是在何处发现的？"

那长脸衙役指着台阶的右侧，道："就在这里。"

宋慈想了一想，走下台阶，在附近捡了一截树枝，去到了凉亭的侧面。他站在与凉亭入口平齐之处，在身前地上画了几道横线，道："克庄，你过来一下。"

刘克庄闻言走了过去。就在他走到宋慈身前时，宋慈突然右手一送，手中的树枝一下子刺出，抵在刘克庄的胸口，道一声："倒！"

刘克庄愣了一下，随即明白过来，往地上一坐，顺势朝后一倒，躺在了宋慈方才画过的几道横线上，心里暗道："好你个宋慈，过去是陪着你验尸、画尸图、写格目，现在倒好，直接拿我当尸体了。也罢，谁让以前在太学时，我答应过做你的书吏……"

刘克庄就这么躺了一阵，直到宋慈伸出手来。他握住宋慈的手，宋慈一把将他拉了起来。

"我这尸体没白躺吧？"刘克庄道，"怎样？可有什么发现？"

宋慈看向凉亭的入口，道："从储公子的死状来看，他应该是刚一走入凉亭，便被凶手刺中了胸口，身子向后倒下，才会脚在凉亭之内，而头在台阶之外。想必当时他是右手提着灯笼，灯笼才会摔灭在台阶的右侧。凶手应该是提前便藏身于凉亭之中,趁夜色昏黑突然袭击了储公子。可问题是,储公子为何要深夜来到这座凉亭呢?"他转头远眺,目光越过林梢,能望见山下的建阳城,以及绕城流淌并在远处交汇的崇阳溪和麻阳溪,"这座凉亭建在登高山顶,常有人来此登高望远。倘若白天来这里,那还可能是故地重游,眺赏风景。可储公子是在深夜,还是在下雨的深夜来到这里,那便不可能是游玩赏景。"

"会不会是储公子约了人,在这座凉亭里见面?"刘克庄道。

宋慈点了点头,道:"有人与他相约夜里在这座凉亭见面,所以即便下雨,他也冒雨来了。真是这样的话,那他入住潭山客栈,还特意向店伙计借了一盏防雨的灯笼,也就说得通了。他是为了尽可能离登高山近一些,方便深夜来此赴约。"

"那与储公子相约见面之人,"刘克庄语气一紧,"会不会就是凶手?"

"相约之人若不是凶手,得知储公子遇害之后,应该会现身,向衙门告知当晚约见一事。但此人一直没有现身,那便很有可能是凶手。"宋慈道,"只不过此人要杀害储公子,那二人之间必然结有仇怨,储公子为何还要冒雨前来赴约呢?"

"世上之人,知人知面难知心。"刘克庄道,"储公子定是不知道相约之人有谋害之心,这才会来赴约。"

"也许是吧。"宋慈点了点头,朝凉亭周围环望了一圈,"这里都看过了,去潭山客栈吧。"他向两个衙役道了谢,与刘克庄并肩下山。登高山的山路有好几条,连接石狮子巷的山路只是其中之一,二人沿着来路返回,去往潭山客栈。

自打储文彬遇害之后，潭山客栈的冷掌柜便犯起了愁。一连两日，不分昼夜，衙役们多次大张旗鼓地出入客栈，又是搜查，又是盘问，住客们怕招惹是非，纷纷退房走掉了，有打算投宿的新客，听说了此事，也都改投了别家客栈。偌大一个潭山客栈，上上下下那么多间客房，便只剩了赵师秀一个客人。赵师秀作为证人，被梁浅要求多留几日，梁浅还说一切食宿花销，都归在衙门头上。可冷掌柜清楚得很，寻常人欠了钱都难以讨回，更何况是向衙门要钱，虽说梁浅一向公正，但世事难免万一，搞不好到头来便成了供赵师秀白吃白喝，至于自家客栈的生意，更不知要到何时才能恢复正常。

所以当宋慈和刘克庄走进客栈时，冷掌柜立马走出柜台笑脸相迎，还以为总算来了新客人，尤其是那刘克庄，前天曾在自家客栈住过，他是认得的。所以当宋慈亮出"建阳尉"腰牌，表明是为查案而来时，冷掌柜的那张笑脸立刻冷了下去，道："二位公子当真是衙门的人？这两日衙门来过不少人，该查的都查过了，该问的也都问过了，真不知你们还要查什么？"

宋慈拱手道："我二人是奉储大人之命查案，此番前来贵店，是为了确认一些查问过的事，不会叨扰掌柜太久。"

眼见宋慈颇有礼数，又听说是奉了储大人的命令，冷掌柜的脸色好看了不少，道："既是如此，你们有什么便问吧。"

"前日储公子来你这里投宿，听说打了一把绿伞，还从客栈里借了一盏油纸灯笼。"宋慈问道，"这两样东西，衙门后来有请掌柜辨认过吗？"

冷掌柜点头道："昨日上午，梁县尉是带了这两样东西来叫我和伙计们辨认。我一眼便认得那盏油纸灯笼,提杆上绑着红穗,是我这客栈里的东西。伙房里有个伙计叫廖二狗,是他把那盏油纸灯笼借给储公子的。至于那把绿伞嘛,有些旧了,伞面上还有一大团污迹。我记得储公子来投宿时,便是打着那把伞,我迎他进门时,他是当着我的面把伞收起来的。我当时还在想,储大人的公子就是不一样,明明有个做大官的爹,却还打着一把有污迹的旧伞,实在是难得啊。储大人这样的好官,只怕打着灯笼也找不到,他家公子却……唉!"

宋慈点了点头,道:"借油纸灯笼给储公子的廖二狗,眼下在客栈里吧?"

"在的。"冷掌柜当即吩咐大伙计去伙房,唤来了一个胖乎乎的年轻伙计。

宋慈道:"小二哥,听说是你借了油纸灯笼给储公子?"

廖二狗瞧瞧宋慈和刘克庄,又瞧瞧冷掌柜。

冷掌柜道:"这二位公子是衙门的人,来查储公子的案子,问你什么你便回答,瞧我做什么?"

廖二狗"哦"了一声,这才应道:"是的。"

"储公子是几时借走的灯笼?"宋慈问道。

"吃过晚饭,天刚黑下来时。"廖二狗回答道,"那时小人往储公子房间送去了热水,下楼时掌柜叫住小人,说储大人是真正的青天大老爷,对本县百姓有过大恩德,叫小人再给储公子送些上好的糕点,都是不收钱的。小人便取了糕点送上楼去,退出房间时,储公子叫住了小人,问有没有防雨的灯笼,说想借用一下。小人便下楼去后堂取了一盏油纸灯笼,又给储公子送了去。"

"这么说，你不止一次进出储公子的房间？"

"小人给储公子送了饭菜、热水、糕点，还有灯笼……"廖二狗掰着指头道，"拢共去了四回。"

"那你每次进出房间时，储公子都在做什么？"

"储公子没做什么，就在桌前坐着，只有送去糕点那次，他掀开了窗子，在看外面的雨。"

宋慈略微想了一下，储文彬借油纸灯笼是天刚黑时，可见其早有夜里出门的打算，倘若此行真是为了赴约，那这场约地点选在登高山顶，显然不是什么寻常见面，否则直接在客栈里相见即可。他道："那你送东西时，储公子神色如何？"

"神色如何？"廖二狗有些没听明白。

"他是脸色如常，还是有什么异常之色？"

"哦，小人记得每次送东西进去，储公子都是笑着起身来接，还说有劳小人之类的客气话，实在是太看得起小人了。"廖二狗说起这事，仍不免觉得受宠若惊，"不过每次小人拉拢房门退出去时，都瞧见储公子脸上的笑容一下子没了，皱着眉头，看起来有心事的样子。"

宋慈听得这话，更加确信自己的猜想。

"对了。"廖二狗像是突然想到了什么，"小人最后一次送去灯笼时，储公子在桌前坐着，右手一下子捏了起来。小人把灯笼交给他时，他是伸左手来接的。小人当时埋着头，见储公子右手里有纸角露出来，像是……像是捏了一团纸。"

宋慈神色一紧，道："那后来呢？储公子遇害之后，房间里找到过这团纸，或是揉捏过的纸张吗？"

廖二狗摇头道："进房间搜查，那都是官差老爷们的事，其他人都不许进去，小人哪里能知道？"

宋慈记得梁浅说过，储文彬没有在客房里留下任何东西，随身遗物中也没提到有什么揉捏过的纸张。他抬头望向二楼，见左数第二间客房门上贴有封条，不用问便知那是储文彬住过的房间。他径直走上楼梯，揭去封条，推开了房门。尽管梁浅早已带衙役搜查过这间客房，但他还是要亲自查看过才能放心。

房中一派整洁模样，卧床、桌凳、立柜、浴桶、镜台、灯具等器物摆置齐整，好似没住过人一样。宋慈询问冷掌柜，得知储文彬遇害那晚，梁浅带着衙役进入这间客房搜寻逃犯时，房中便是这般模样，事后并未清扫过房间，也没有动过房中的任何东西。当晚刘克庄也住在潭山客栈，他道："前夜我也在场，梁县尉带人冲进这间客房时，我便在门外围观，房中一切摆置确实是这样。"

宋慈点了点头。尽管整间客房一眼望尽，但他还是在房中来回走动，不放过任何角落地查看了好几遍，最终还是没有任何发现。

就在宋慈于客房里查看时，相邻客房中的赵师秀听见动静，走了出来，来到二号客房外观望。刘克庄记得赵师秀的模样，低声向宋慈道："那人便是赵师秀。"

宋慈走出房外，行礼道："阁下是赵师秀吧？"出示了"建阳尉"腰牌，"在下宋慈，奉衙门之命来查储公子遇害一案，正想叨扰阁下。"

自从储文彬遇害后，赵师秀不止一次被问询目击可疑之人一事，见宋慈拿着县尉腰牌来查案，道："赵某当夜所见，已尽数告知衙门，不知公子还有什么要问的？"

"当夜有人冒雨行经石狮子巷一事,"宋慈道,"还想请阁下再细述一遍。"

赵师秀倒是不厌其烦,将当夜之事讲了一遍,又请宋慈和刘克庄进入自己那间客房,掀起窗户,将那可疑之人的去向指给宋慈看了。

宋慈立在窗边,探出了头,目光沿空无一人的石狮子巷远去,朝西北方林木繁茂的登高山望了一眼。

这时身后忽然响起刘克庄的声音:"'有约不来过夜半,闲敲棋子落灯花',真是妙绝!如此好诗,当垂千古之名啊!"

宋慈回过头去,见刘克庄站在桌边,手捧一纸诗作,神情激动难抑。

赵师秀见刘克庄所捧,乃是自己前夜所作的新诗,道:"这位公子过誉了,赵某一时闲笔,实在不值一提。"话虽这么说,嘴角却带着笑。

刘克庄望着赵师秀,眼中满是钦佩,道:"赵师秀?莫非阁下是……永嘉赵紫芝?"

赵师秀道:"原来公子知道赵某。"

刘克庄颇为惊讶地"啊"了一声。方才他进入这间客房时,见一旁桌上摆放着棋盘,棋盘上黑白交错,落了不少棋子,便没跟着宋慈和赵师秀去往窗边,而是凑近棋盘看了一眼棋势。便是这一眼,让他注意到棋盘旁放了一张纸,纸上笔墨如飞,题有一诗。他平生所好,第一为酒,再者为诗,当即将纸上题诗看罢,只觉这七绝二十八字,清新隽永,浑然天成,读来令人回味无穷。能写出如此佳作,绝非泛泛之辈,他琢磨起赵师秀的名姓,忽然想起浙东永嘉有一诗人，也是叫赵师秀，其人字紫芝，在文坛颇有诗名，这才有此一问，没想到正是其人。他笑道："'官是三年满，身无一事忙'，久闻紫芝兄大名，有缘在此得见，实在荣幸之至！在下刘克庄，这里有礼了！"将诗作放回原处，向赵师秀揖手为礼。

"官是三年满，身无一事忙"，这句诗出自赵师秀数年前的诗作《官舍初成》，没想到时隔这么久，竟从一个素未谋面的年轻公子口中吟出。他倍感惊喜，回礼道："得识刘公子，赵某深感幸会。"

"紫芝兄应该早已仕进，如何会在这建阳城的客栈之中？"刘克庄早就读过《官舍初成》一诗，知道赵师秀早已为官，正因如此，前夜见到身为羁旅之人的赵师秀时，他才根本没想过此人会是大名鼎鼎的赵紫芝。

赵师秀闻此，轻叹了一口气。如刘克庄所言，他二十岁出头便考中了进士，初入仕途时有过雄心壮志，然而十多年来沉沦宦海，只在州县衙门当过主簿之类的小官小吏，始终不得重用，一直郁郁不得志，那句"官是三年满，身无一事忙"，便是为此而作。他道："不瞒刘公子，我此前在筠州为官，如今是辞了官位，准备回到故里，做那闲云野鹤，过些自在日子。"

辞官种种，正合刘克庄的心意，他正要感慨几句，却听宋慈道："赵兄说的是江南西路的筠州吧？从那里回永嘉，只怕不应该经过建阳才对。"宋慈也曾听闻赵紫芝的诗名，但他并不似刘克庄那般欣喜，只是改口称其为赵兄，语气则是一如既往的冷静。

赵师秀应道："宋公子说的是，我自筠州归家，当走上饶，来建阳的确是绕了远路。"

"赵兄何以要绕远路？"宋慈问道。

赵师秀解释道："我是特地绕道建阳，来这里走走故地，见见故人。"

宋慈朝桌上的诗作看了一眼，虽然隔了些距离，看不清纸上的文字，但他方才听刘克庄吟诵过诗中的句子，道："'有约不来过夜半'，想来赵兄约的便是这位故人吧？"

赵师秀点头道："只可惜前夜雨大，故人久候未至。"朝桌上诗作看去，眼神甚是欣喜，"不过能得此诗作，枯等一夜，那也算不枉了。"

"这么说，赵兄约故人相见，是在前天夜里？"

"是啊，正是前夜我独自等在这房中下棋，才看见了楼下有人经过。"

"赵兄这位故人是谁？"宋慈道，"不知能否见告？"

"二位公子从衙门来，想必认识我这位故人。"赵师秀应道，"他叫杜若洲，是这建阳县的县丞。"

"原来赵兄的故人是杜县丞。"宋慈道，"赵兄远在筠州为官，如何会与杜县丞相识？"

赵师秀道："不瞒二位，杜县丞曾相助过我，于我有恩。十多年前我离家赴任，途经建阳时，牵扯进了一桩命案，被绊了数日，好在得杜县丞相助，我才能尽早抽身上任。此番归家，我听说杜县丞回到了建阳县为官，便特地取道来此，想再见他一面，好好感谢他当年相助之恩。只可惜杜县丞公务繁忙，白天不得相见，说夜里会差人来请，却是久候未至。"叹了口气，"想不到再次途经建阳，竟又撞上了命案，被绊在了此地。"低头看了一眼桌上的棋盘，那是他之前无聊时摆置的棋局，只觉世事便如这棋势，令人难以捉摸。

"敢问赵兄，当年是被什么命案绊了数日？"宋慈一听是命案，自然要追问到底。

赵师秀道："我记得是一起马车撞死人的案子。"

"马车如何撞死了人？"宋慈眉头一动，"赵兄可以详细说说吗？"

"太多年前的事，我未必记得多么清楚。"赵师秀一边回想，一边说道，"这建阳县的崇化里，是有名的刻书之地，我当年赴任时取道于此，就是想去崇化里看看。我刚到崇化里那天，走在街上，不想一辆马车从我身边疾驰而过，冲进了街边的店铺，还将一个路人撞死了……"

宋慈听到此处，与刘克庄对视一眼，两人眼中都有惊色。

"那被撞死的路人，"宋慈语气一紧，"叫什么名字？"

赵师秀想了一下，摇头道："太久了，记不起来了，就记得那路人被撞死了。"

"是不是叫蓝春？"宋慈忽然道。

赵师秀眉头一皱，细想之下，点头道："对，好像是叫蓝春，是这个名字。"他不免诧异地看着宋慈，见宋慈不过二十出头，没想到竟能说出十多年前那被撞死的路人的姓名。

宋慈不久前才得知下三公死前查阅过走车马案的案卷，眼下居然碰到了这起案件的亲历者，心中暗道："世上竟能有如此巧的事！"他怕弄错了，追问道："赵兄所说的十多年前，是不是庆元二年？"

赵师秀一听，不由得更为惊讶，遂道："不错，我赴任那年是庆元二年。"

如此便与当年那起走车马案算是完全对上了。宋慈问道："那辆撞死蓝春的马车，当时为何会突然冲向街边的书铺？"

"我记得那天下着雨，那辆马车迎面而来，卷起的风把我手里的伞都给刮歪了，随后我便听见身后有很大的撞击声，等回过头去时，那辆马车已经冲进了街边的店铺。"赵师秀略微停顿了一下，努力回想，"记得后来衙门审案时有说，那马车是赶着送人就医，一时赶路太急，才撞到那路人，冲进了书铺。"

"所以你没有亲眼看到马车撞到路人？"

"没有看到。"

"当年这起案子，衙门的人在现场是如何查案的，赵兄还记得吗？"

"宋公子，你不是来查储公子的案子吗？"赵师秀实在难忍好奇，"为何却一再追问这起十多年前的旧案？"

宋慈尚未答话，刘克庄接口道："紫芝兄有所不知，我这位宋兄，曾身受皇命，在临安做过提刑，破过好几起大案。此次宋兄是受储大人，也就是储公子的父亲所托，来查储公子遇害一案。宋兄查案，向来是事无巨细，无论关联大小、新旧远近，都要查问到底，以免有任何遗漏，还望紫芝兄不要介意。"

赵师秀见宋慈如此年轻，竟在临安做过提刑，比之他为官十余年，一直是无足轻重的小官小吏，那是远远过之。他拱手道："原来宋公子如此年少有为，赵某失敬了。"回忆起当年所见，慢慢道来，"崇化里那起案子，时隔太久，我确实记不太清了。我依稀记得，那路人是死在书铺里，满身都是血。后来没过多久，杜县丞便带着衙役赶到。当年杜县丞还是县尉，至于他在现场是如何查案的，我确实不记得了，只记得当时因为下雨，街上行人稀少，就我一人目睹了此事，算是唯一的证人，被带去了衙门查问。杜县丞审理此案，我据实以告，后来被留了数日，最终是杜县丞念我赴任在即，怕耽误我行程，不等最后结案，便许我提前离开，我这才得以如期赴任。"

"审理命案，该当是知县之责，何以却是杜县丞审案？"

"没记错的话，是知县生了重病，没法审案，才由杜县丞代为审理。"

"知县生病，由县丞代为审案，这是没错，可当年杜县丞是县尉，审案之事，应该轮不到他。"

"这我就不清楚了。"

"那路人蓝春，"宋慈转而问道，"是当场便死了吗？"

"这我倒是记得，当时书铺里奔出一个童仆，说他家小姐受了伤，让我帮忙看着，他自己跑出去叫人了。我走进了书铺，见那路人躺在地上，满身是血，胸口扎着这么长的木头，"赵师秀两手一比，相隔一尺有余，脸上露出不忍之色，"这般场景，我怕是这辈子都忘不了。"

"书铺里还有一位小姐受了伤？"宋慈语气一奇。

赵师秀道："是一个小女孩，被撞到了墙角，小小的身子，手脚弯折，看着很吓人。那小女孩当时昏迷不醒，流了不少血，不过后来听说救活了性命。"

宋慈侧头挨近刘克庄，低声问了一句："小女孩的事，案卷里有写吗？"

刘克庄记得案卷上只写了蓝春被撞死，没写其他人被撞伤，摇头应了声："没有。"

宋慈略作思索，向赵师秀道："那路人是躺在地上？他身子没有扭曲，手脚没有弯折？"

赵师秀又回想了一下，道："我记得是躺在地上，没有扭曲弯折。"

宋慈眉头一凝，一个人被剧烈撞击而死，躯体和四肢多多少少都会出现扭曲弯折，如蓝春那般躺在地上，不见任何扭曲弯折之状，几乎是不可能的。他道："当时马车上的人有受伤吗？"

"这我就记不得了。"

"撞死人后，马车上的人有下来吗？"

赵师秀回想了一阵，道："应该没下来吧。我走进书铺后，绕到马车前看过一眼，当时车厢倾斜，一个公子露了一下脸，立马钻回车厢，放下了帘布。"想了一下，又补上了一句，"后来我没见到那公子，应该是没有下车。"

"那公子长什么模样，你可还记得？"

"这如何能记得？只是稍微有些印象，那公子应该年纪不大。"

"杜县丞赶到现场后，马车上的人也没下车吗？"宋慈追问道，"倘若下了车，马车上一共下来几人，赵兄可还记得？"

赵师秀摇头道："当时书铺里外围了不少人，周围又吵又乱，你说的这些，我都记不得了。"

宋慈暗自思虑了片刻，道："赵兄方才说，马车撞死人后，没多久杜县丞便带衙役赶到了？"

赵师秀应道："是啊，我记得围观之人聚起来没多久，杜县丞便带人赶到了。"

宋慈的眉头轻轻一皱，转口说道："赵兄，储公子遇害当晚，你看见过的绿伞和油纸灯笼，最终都出现在了命案现场，你算是本案目前唯一的证人，只怕这次又要耽误你的行程了。"

"梁县尉对我说过此事，这倒是无妨。"赵师秀道，"当年我是赶着赴任，又绕了远路，实在不敢耽搁太久，如今是辞官归家，那是一点也不着急了。"

宋慈朝赵师秀躬身一礼："那就先谢过赵兄了。"

刘克庄也行礼道："为了查案，却要耽误紫芝兄的行程，还望紫芝兄多加担待。"

赵师秀回礼道："二位公子客气了。查案事大，我就盼着衙门能尽快破案，别让无辜之人枉死。"

第三章

活字杀人案

离开潭山客栈后,宋慈和刘克庄一路南行。

走出了好长一段距离后,宋慈看了一眼街上往来的行人,低声对刘克庄道:"当年那起走车马案发生后不久,杜县丞便带着衙役赶到了现场,要知道此去崇化里有数十里地,即便快马加鞭,也须一个时辰方能赶到,杜县丞何以会那么快到达现场?"

"你是说,"刘克庄也不自禁地压低了声音,"杜县丞早就带着衙役等在崇化里了?"

宋慈应道:"很可能是这样。你之前翻看过案卷,马车上除了车夫徐大志,便只有犯病晕倒的刘醒。可赵师秀分明看见一个年轻公子露了面。倘若那年轻公子是刘醒,他既然犯病晕倒,还到了要立马送医的地步,又如何能起身露面?倘若那年轻公子不是刘醒,那就说明马车上还有其他人。总之无论如何,案卷应该被人做过手脚，没有如实记录案情，提早赶到现场并代储大人审案的杜县丞，只怕与此事脱不了干系。杜县丞后来不等结案，便放赵师秀启程赴任，怕也不是替赵师秀着想，而是想让这个唯一的证人尽早离开建阳。"顿了一下又道，"我总有一种感觉，当年的走车马案，与如今储公子的遇害，还有我师父的死，似乎存在某种关联。我打算即刻去崇化里，一来查清楚活字的事，二来追查当年的走车马案。我一旦重查这起旧案，想必用不了多久，杜县丞便会知道。"

"你担心杜县丞会阻挠？"刘克庄道。

宋慈点了点头，望向暗沉沉的天际，眼看又一场梅雨要落下来了。"此案要想查出真相，只怕不会那么容易。"他不无担忧地道，"此次你随我查案，定要多加小心。"

刘克庄把头一扬，道："当年天子脚下，何等大风大浪，还不照样过来了？你用不着为我担心。"

宋慈却道："汪洋大海，的确风大浪大，山野小潭，也有可能深不见底。"

"我明白潭小水深的道理，自会当心。"刘克庄道，"你只管把心思放在查案上。此案若真与杜县丞有关，无论多难，你我都要查他个水落石出，还这建阳县一片朗朗青天。"

一番奔走下来，正午已过。两人寻了家食店，各自吃了碗面，随即赶往清晨去过的牛记车马行。

宋慈没忘记付过的雇车钱，掌柜牛万喜倒也没赖账，见宋慈和刘克庄找上门来，当即招呼伙计出车，送二人前往崇化里。

马车自县城西门驶出，沿着官道一路西行。此去崇化里要途经三贵里和崇泰里,前后数十里地,以马车那不快的速度,只怕需要两个时辰左右才能抵达。午后最是困倦,摇摇晃晃的车厢之中,刘克庄身子歪斜,靠着车厢壁板,没多久便合上了眼。宋慈却毫无睡意,摸出卞三公的钱囊,低着头,静默无声地看着。

这只钱囊是卞三公的随身之物,自从验完卞三公的尸体后,宋慈便一直将它揣在怀中,直到此时方才取出。轧轧作响的车轮声中,他看着这只再熟悉不过的钱囊,摸着钱囊上那枚铁钱吊坠,早年间的一段回忆不由自主地涌入了脑海……

"来吧,再猜!"

一枚铁钱腾空而起,翻转落下,被两只干瘦的手掌压在了中间。

"连着四次背面了,我猜这次是正面。"

干瘦的手掌揭开,铁钱赫然是背面朝上。

"又猜错了,拿来吧。"

面对卞三公摊开的手掌,年幼的宋慈从衣兜里摸出了最后一枚折十钱,不情愿地放在了卞三公的手中。这已是他连续猜错的第五次,此番带来的五十文钱,片刻间已全归了卞三公。

"又没钱了?"卞三公抓了一把宋慈空落落的衣兜,"等下次攒够了再来找我吧。"

眼看卞三公将钱囊一收,返身进屋便要关门,宋慈终于忍不住了,道:"钱就只有两面,为何我每次都猜不中?三公,你……你是不是在钱上作了假,故意不给我猜中?你就是不想教我本事……"

"作假?"卞三公忽然不关门了,右手一抛,一枚铁钱飞向宋慈,"就你这么个不经事的小子,还用得着我作假?"

宋慈接住飞来的铁钱。那铁钱的正面铸有"庆元通宝"四字,背面铸有"春二"二字,正是那枚抛掷猜面的铁钱。他拿在手中翻转检查,却找不出任何作假的痕迹,确确实实是一枚真钱。

"真以为只有两面就好猜了?"卞三公脸色阴沉,语气发厉,"小小年纪,放着好好的书不念,却来学什么验尸断案。你以为死人不会翻面,验尸就很容易,可背后那么多冷眼讥嘲、闲言碎语,你受得了吗?还有断案,断案就是断人心,钱有两面,人也是如此。世人都把背面藏起来,只拿正面给你看,你怎么去断?连一枚钱的两面都猜不中,还想着学验尸断案?我看你还是回去好好地读圣贤书吧。"他一把夺过宋慈手中的铁钱,回屋,"砰"的一声关上了门,只留下宋慈一个人呆立在门外……

回想着这段经历,不觉之间,宋慈眼已含泪。当年卞三公之所以不肯教他验尸断狱,是因为与尸体打交道,会受人轻贱,遭人冷眼,个中艰辛与酸楚,卞三公深有体会,不愿他小小年纪便接触这一行,想让他好好走念书的路子。卞三公原以为他是少年心性,一时新奇,才想学验尸断狱,于是故意刁难,赢走他的钱财,想让他知难而退。但他不分寒暑地上门相求,求了整整一年,最终告知自己这么做是为了将来查明母亲之死,并且保证不落下学业,卞三公才终于松了口。

在答应教宋慈验尸断狱的那一天,卞三公将之前赢去的钱财拿了出来,一文钱都没少,全部还给了他。自那天起,每逢县里发生凶案,卞三公都会尽可能地通知他赶到现场,让他站在围观人群中旁观验尸,事后再加以指点纠正,也会趁义庄无人时带他去接触尸

第三章 活字杀人案

体和骸骨，教他如何检尸验骨，数年下来，卞三公将自己所会的验尸之法，毫无保留地教给了他。但卞三公一直私下教授，不许他对外透露彼此的师徒关系，说到底，还是不愿看到他遭人非议，被人嘲笑。此时他摸着钱囊上的铁钱吊坠，这正是当年那枚用于抛掷猜面的铁钱，诸般回忆难断，眼中泪水滚落了下来。忽然间，他眼神变了，将泪水一抹，把铁钱吊坠拿近，盯住了上面的铸字。

这枚铁钱以尺寸来看，乃是一枚折二钱。钱有小平、折二、折三、折五、折十之分，小平钱是一文，折二钱抵两枚小平钱，也就是两文，折三钱、折五钱和折十钱分别抵三文、五文和十文。因为卞三公把玩多年，这枚铁钱上的铸字早已磨得锃亮，其中正面的铸字是"庆元通宝"，背面的铸字是"蕲二"。"蕲"是指钱监，"二"是指年份，可见这枚铁钱是蕲春钱监于庆元二年所铸。

"庆元二年，春……"宋慈默念道。

这些铸字宋慈早已见过，但他此前从没觉得这枚铁钱有什么特别之处，以为卞三公只是随便拿了枚铁钱系在钱囊上用作吊坠。直到此时知晓了十三年前的走车马案，他才忽然意识到这枚铁钱似乎没那么简单。十三年前正是庆元二年，死者蓝春又正好单名一个"春"字，当年还是卞三公验的尸，卞三公又在死前翻阅了此案的案卷……

滴滴答答的响声渐起。宋慈紧握着铁钱吊坠，从车窗的缝隙望出去。水线铺天盖地地落下来，歇了半日的梅雨又开始下起来了。

一路上雨大时避雨，雨小时行车，迟至傍晚时分，马车才终于驶达崇化里。

比起同由里那样的乡间村落，崇化里街巷纵横，更像是一座不设城墙的城。这里书坊书肆遍布，平日里书商往来不绝，因此客栈、酒楼、车马行等店铺应有尽有。天时已晚，加之雨水不停，宋慈和刘克庄只好在崇化里东头的书林客舍投宿，打算等第二天再查案。

　　翌日雨停，天刚蒙蒙亮，宋慈和刘克庄拿出昨晚备好的干粮，就着水吃了，随后离开书林客舍，并肩走在崇化里的东大街上。

　　当年那起走车马案里的马车是卯金堂的，宋慈打算直接上门查问这起旧案。他身为建阳人，来过崇化里几次，知道卯金堂位于崇化里的西大街。两人闻着满街的书墨气味，顺着东大街一路西行。天时尚早，街上行人稀少，沿街书铺和刻坊大多还关着门，石板铺就的大街上深刻着两道凹槽，那是经年累月走车马留下的车辙印。此时两道车辙印里积满了水，映着天上密布的阴云，如同两条暗沉沉的线，永不相交地指向灰蒙蒙的远方。

　　沿街行了一阵，宋慈忽然定住了脚步，朝街对面一家店铺投去了目光。刘克庄顺其目光看去，见那家店铺较为窄小，悬挂着一块白木招牌，上书"可竹书铺"四个墨字。刘克庄记得这个店名，走车马案的案卷里有写，当年卯金堂的马车正是冲进了这家书铺。

　　宋慈当即跨过两道车辙印子，走到可竹书铺前，叩响了门板。

　　很快，书铺里传出一声"来了"，伴随着拆卸门板的声响，一块门板被挪开了，一个二十来岁的精壮汉子出现在门内。"二位公子赶这么早，"那精壮汉子很是客气地问道，"是要印书吗？"

　　"你这里有书卖吗？"宋慈说话之时，朝那精壮汉子的身后望了一眼，书铺里光线昏暗，什么都看不太清。

第三章　活字杀人案　071

"小店只印书，不卖现成的书。"那精壮汉子朝旁边一指，"二位公子来错地方了，若是买书，可以到隔壁看看。"说罢便要关门。

宋慈伸手把住门板，道："你这里能印什么书？"

"小店什么书都能印。"那精壮汉子道，"只要公子说来，但凡是知道的书，便能印得。"

"《疑狱集》能印吧？"

"《疑狱集》？"那精壮汉子一愣，"这书倒是没听说过。"

"那《折狱龟鉴》呢？"

那精壮汉子皱眉摇头。

"印得，都印得。"那精壮汉子的身后忽然传出一个老迈的声音，"前朝和凝父子的《疑狱集》，还有本朝郑克的《折狱龟鉴》，都是罕见的偏门书。阿生年轻识浅，不知晓这两部书，还请公子莫怪。"

那唤作阿生的精壮汉子让开了身子，回头叫了一声"徐叔"。一个头发花白的老者披着长衣，从暗处走了出来。

那徐姓老者长眉低垂，容貌慈祥，脸上一道道皱纹甚是清晰，身上长衣沾染了不少墨迹，看起来似乎颇有学识，宋慈打量了一眼，道："老先生竟然知道这两部书，看来我是找对地方了。"

"公子这话倒是没说错，崇化里书铺虽多，但印的多是常见的书，如此偏门的书，怕是只有小店才印得。"徐老先生道，"本店虽小，印书却不便宜，一册书印下来，须四百钱。不知公子想印多少册？"

"两书各印一册，"宋慈道，"不知可否？"

"小店以活字印书，一册自是印得。"徐老先生道，"只是选字排字,太过劳神费时,公子只印一册,这价钱嘛,只怕要贵上不少。"

宋慈此行的目的之一,正是查活字的事,听得徐老先生说出"活字"二字,知道是来对了地方,道:"贵出多少?"

"单印一册,少说也要六百钱才行。"

宋慈年少时翻阅父亲关于验尸断狱的藏书,早就读过《疑狱集》和《折狱龟鉴》,前者字数偏少,全书只有一册,后者字数却多了数倍,全书有六册之多。这两部书一共七册,全印下来,价钱在四贯以上。他本就不缺这两部书,方才只是随口一问,正打算以太贵为由回绝,哪知刘克庄见他微有迟疑之色,接口便道:"六百钱就六百钱,只要你能把这两部书印出来,贵出多少都行。"

徐老先生道:"这位公子真是爽快人。"

宋慈有些吃惊地瞧了刘克庄一眼,向徐老先生道:"《折狱龟鉴》不急着用,就先印一部《疑狱集》吧。"

徐老先生咧嘴一笑,道:"好说。"朝两侧门板一指,"阿生,客人都已经上门了,你还不快些把门都打开。"

阿生赶忙将剩余门板尽数拆卸下来,一一搬至墙角堆放。这一下光线透入,整间书铺顿时明亮了许多,只见好几排木架贴墙放置,上面摆放着一个个方格子,每一个方格子里又码放着许多方形泥块。

宋慈走入书铺,随手从木架上拿起一枚方形泥块,只见其长短大小,与在储文彬和卞三公嘴里发现的矩状物几乎一模一样。他看了看方形泥块的两端,又随手多拿起几枚方形泥块看了,都是一端阳刻着字,另一端刻有十字凹痕。刘克庄也走近看了,眼神里不免流露出惊讶之色。宋慈则是神色如常,向徐老先生道:"老先生,这些就是你说的活字吧?"

徐老先生应道:"不错,这些都是泥活字。本店的书,正是用这些泥活字印成的。"

"你们这里只用活字印书,不用雕版吗?"宋慈将几枚泥活字一一放回了原处。

"雕版刻印,那是量大从速,印的都是些常用的书、好卖的书。我家小姐说了,有常用的、好卖的书,自然就有不常用、不好卖的书,这类书若是没人印制,世上可就绝了。只是这类书印量太小,雕刻书版太过麻烦,也太过耗钱费时,我家小姐便改用活字来印,已经印了十多年了。"徐老先生说起自家小姐,脸上现出了自豪之色,"二位公子要印《疑狱集》这样的偏门书,可见是懂书之人,必能明白我家小姐的良苦用心。"

宋慈过去来崇化里,从没到过这家可竹书铺,一直不知道还有专门用活字印书的书铺。此时他亲眼所见,亲耳所闻,这家可竹书铺使用活字印书已有十多年之久,可见杜若洲说自己从没听说过活字,十之八九是说了假话。他道:"老先生不是这家书铺的主人?"

"我只是个刻字印书的匠人,"徐老先生道,"我家小姐才是这里的主人。"

"你家小姐是万卷堂余家的人吗?"宋慈记得刘克庄说过,案卷里有写可竹书铺是万卷堂的铺面。

徐老先生愣了一下,脸上的和蔼之色收起了些许,没答宋慈的问话,道:"公子既然要印书,还请先付一半定钱。五日之后,可来取书。"

宋慈还想着继续追问。刘克庄却从怀中摸出一沓行在会子，从中抽出一张价值一贯的，道："何必这么麻烦？直接付足你六百钱，到时可别印不出书来。"

徐老先生接过行在会子，道："二位公子稍等，我这便去找钱。"让阿生先招呼二人，拿着那张行在会子，自行走进了后堂。

阿生搬来两条凳子，请宋慈和刘克庄坐。

宋慈道了声谢，没有坐下，而是仔细打量了一下阿生，见其头裹黑布，身形虽然精壮，面相却甚是敦厚，道："这位小哥，你家小姐印了十多年的书，只怕年纪应该不小了吧？"

"公子有所不知，我家小姐九岁便开铺印书，今年不过二十有二。"阿生应道。

宋慈故作惊讶之状，道："九岁便能开铺，那可是闻所未闻，想来你家小姐一定很是能干了？"

"那是自然。"阿生说起自家小姐，厚实的脸上一笑，"我家小姐放着万贯家资不要，自己来开书铺，既能传书，又能挣钱。她不但能干，还吃得了苦，人还长得美，心里还良善，这四邻八乡的女子，没哪一个及得上她。"

"不要万贯家资，却自己开铺挣钱，"宋慈故意说道，"世上还有这样的奇女子？"

阿生笑道："公子可别以为我在胡说乱道，我家小姐姓余，芳名可竹，本是万卷堂余老爷的千金小姐……"

"乱说什么呢？昨天的书还没印完，还不赶紧忙去。"徐老先生拿着一串钱从后堂走出，打断了阿生的话头。阿生吞了吞喉咙，到一旁的木架前，埋头挑拣泥活字去了。徐老先生将那串钱交给刘克庄，道："请公子点一点，看看对不对数？"

那串钱都是折十钱，有数十枚之多，刘克庄只看了一眼，也不清点，直接揣入了怀中。自打昨日来到崇化里后，他已听宋慈讲过崇化里的不少事，余姓家族是这里的刻书大族，所开设的万卷堂，算是崇化里数一数二的大刻坊。崇化里的刻书称为建本，与临安的浙本、眉州的蜀本齐名，刻印出来的书籍行销天下。万卷堂这样的大刻坊，自是称得上资财巨万。

刘克庄过去在临安待了多年，见过不少富家小姐，不管貌美与否，都是涂脂抹粉，养尊处优，从没见过哪个富家女子在外抛头露面，自己做买卖营生。他不免生出了好奇，很想亲眼瞧上一瞧，这位万卷堂的千金小姐到底是何模样。他知宋慈此行不为印书，而是为了打听十三年前的走车马案，也记得赵师秀曾提及当年卯金堂的马车撞伤了可竹书铺里的一位小女孩，此时听得余家小姐开铺时年仅九岁，如今二十有二，中间正好隔了十三年，也就是说余家小姐开铺之初，便发生了那起走车马案，当年被撞伤的那个小女孩，很可能便是这位余家小姐，于是说道："老先生，你家小姐在不在铺上？我二人有些事，想冒昧叨扰她一下。"

徐老先生微微皱眉，道："我看二位公子，来小店不是为了印书吧？"寻常上门印书的客人，不管是文人墨客，还是书商贩子，除了定好书目和谈妥价钱，还会翻阅书铺里现成的印书，提出刻印的各种要求，宋慈和刘克庄却在这方面全无所求，反而不断探问自家小姐的事，他早就有所察觉了。

刘克庄应道："书自然是要印的，不过有些关于你家书铺的事，想向你家小姐打听打听。"

"小店自开铺以来，我便在这里做活了。"徐老先生道，"二位有什么事，直接问我就行。"

刘克庄朝宋慈看了一眼，见宋慈微微点头示意，于是不再拐弯抹角，道："十三年前，这东大街上是不是发生过一起命案，一个路人被马车撞了进来，死在了你家书铺？"

徐老先生听了这话，额前的皱纹一拧，道："公子问这事做什么？"一旁挑拣活字的阿生也投来了目光，脸色似乎有些不悦。

"你既然这么说，那就是确有此事了？"刘克庄道。

"年岁太久，就记得有过这么件事，别的都记不得了。"徐老先生摆手道，"刻字印书，还有够忙活的，二位公子没别的事，就先请回吧，别忘了到时来取书就行。"说完便要送客。

宋慈本就觉得当年的走车马案存有蹊跷，如今上门打听，刚一提及此事，还没开始发问，徐老先生便说记不得，还要催促他二人离开，不禁疑心大作。他站在原地没动，出示了县尉腰牌，换了一脸严肃神情，道："当年那被撞死的路人，死得有些蹊跷，如今衙门要重查这起旧案，我二人是为查案而来。"

徐老先生眯缝着眼睛，看清了腰牌上的字。"二位是衙门的人？"他没再催促二人离开，额前的皱纹又是一拧，"衙门当真要重查这起案子？"

宋慈不置可否，问道："当年马车撞死路人时，老先生在场吗？"

徐老先生摇摇头，道："我当时有事出门了，不在书铺。这么久远的事，就算在场，谁又能记得呢？"

"这么说，当时书铺里有人在场？"宋慈道。

徐老先生略显迟疑,没有立刻答话。一旁的阿生有些气恼,道:"就是因为在场,我家小姐才……"徐老先生转头瞪了阿生一眼,阿生咽回了后面的话,脸上仍是带着怒色。

"你家小姐到底在是不在?"宋慈朝后堂望了一眼,语气也如脸色那般严肃起来。

"昨日赶印书籍,我家小姐忙到很晚才回家休息,今日只怕来得晚。"徐老先生道,"二位要见小姐,还请晚些时候再来。"

宋慈却道:"既是如此,那我二人就在这里等她。"直到此时,他才在搬来已久的凳子上坐下。

刘克庄道:"老先生要忙活刻字印书,只管忙活去。你家小姐无论来多晚,我们等她便是。"说罢,也挨着宋慈坐了下来。

徐老先生见宋慈和刘克庄一副坐定了不走的样子,又因为二人是衙门的人,实在不便强行撵人,摇了摇头,颇有些无奈地道:"也罢,你们愿意等,那就等着吧。"取了一册《春秋繁露》在手,翻开其中一页,自去木架上挑拣泥活字。

宋慈和刘克庄对视了一眼,也不觉得尴尬,一动不动地坐着。

本以为会等上许久,哪知不过一刻钟,书铺外忽然传入一个轻柔的声音道:"徐叔,今天这么早就开门了?"一个身穿布裙、不施粉黛的女子随声走了进来,见到宋慈和刘克庄在入门处坐着,笑容可掬,"二位公子来得好早,是来印书的吧?"

"小姐,你昨晚那么迟才回去,今天该多休息才是。"徐老先生放下手中的泥活字,向那女子迎了过去。阿生瞧了那女子一眼,便如不敢多看一般,继续埋头挑拣泥活字。

"这《春秋繁露》还剩最后两卷,今天早些来,早些印完,明天装订成册,后天便可给蔡公子送去。"那女子便是余可竹,问徐老先生道,"这二位公子是来印什么书?"

自打余可竹走入书铺,宋慈和刘克庄的目光便落在其身上。刘克庄本以为世上的富家千金,都喜欢待在闺阁之中,醉心于梳妆打扮,如余家小姐那般在外抛头露面,还自己开铺做生意的,想来不会是什么佳人,至于阿生说自家小姐人美心善,只怕心善是真的,人美可就未必了。然而此时见到这位余家小姐的真容,见其虽然裙衫朴素,又以素面示人,却丝毫掩不住眉目的清秀,反而更衬出其天生丽质。只是刘克庄也注意到了,余可竹走进书铺时,微微有些跛足,想到如此佳人却腿脚不便,他心下甚觉可惜,不禁暗暗为之叹息。

"说是来印《疑狱集》,"徐老先生朝宋慈和刘克庄各瞧了一眼,"又说是衙门的人,是来查案的。"

"查案?"余可竹有些好奇地看向宋慈和刘克庄。

刘克庄急忙起身整理衣冠,很是端正地施了一礼,道:"在下刘克庄,见过余小姐。"

宋慈起身道:"在下宋慈,奉衙门之命前来查案。"行礼之际,取出县尉腰牌,示与余可竹。

"二位公子有礼了。"余可竹看过腰牌,回礼道,"不知二位公子是来查什么案子?"

宋慈同样注意到了余可竹的跛足,想到当年被马车撞伤的小女孩很可能就是余可竹,道:"是一起旧案,说出来,只怕对余小姐多有冒犯。"

"不知是什么旧案?"余可竹道,"宋公子但说无妨。"

宋慈这才道："庆元二年六月，有一路人，被一辆马车撞死在这可竹书铺之中。"

余可竹神色一怔，低下眼去，瞧了一眼自己的右腿，道："这么久了，衙门为何要查这起案子？"

"这起案子存有疑问，是以要重查。"

"有疑问？"余可竹抬起眼来，目光中带着好奇。

"个中存疑，关系甚大，实在不方便透露。"宋慈道，"还请余小姐见谅。"

余可竹点了点头，道："这我明白。不知宋公子想查什么？"

"当年那马车是如何冲进了书铺，"宋慈道，"还望余小姐能详细告知。"

"我当时年纪小，未必记得多么真切，倘若有记不起来的地方，请公子莫怪。"余可竹请宋慈和刘克庄坐下，慢慢地讲起了这件事。虽然嘴上说未必记得真切，但余可竹的讲述，宛如往事历历在目，无比清晰。

庆元二年，那是可竹书铺开铺的第一年。这家书铺的店名，取自余可竹自己的名字，这是她父亲定下的。她父亲余仁仲，而立之年便从祖辈手中接过了万卷堂，一改过去刻印从速的刻书风格，转而精益求精，每一部书都是反复校勘，务求精审，直到绝无错漏才刻版入梓，以至于万卷堂所刻之书，越发受到文人墨客的青睐，渐渐积累起了"字划端谨，楮墨精妙"的美誉，天南地北的书商纷纷慕名赶来，争相求购刻书。万卷堂这家创建了百余年的私家刻坊，就此在余仁仲手中一跃成为闻名于世的大刻坊。

身为余仁仲最小的女儿，余可竹生于刻书世家，又受到父亲的影响，自小便对刻印书籍展现出了浓厚的兴趣。从在雕版上涂涂画画，到拿小刀仿刻雕版，再到后来亲手制作泥活字，才刚满九岁的余可竹，便显现出了远比几位兄长更高的刻书天分。余仁仲看在眼中，欣喜之余又倍感可惜，几个儿子不长进，只恨这个小女儿不是男儿身，否则自己一手创下的这份偌大家业，便算是后继有人了。

那时余可竹迷上了活字印书，觉得比起费时费力且一旦刻成便无法更改的雕版，活字一经制成，随取随用不说，还可反复使用，只需准备足够多的活字，天底下任何书都可以印制，当真是好生便利。小小年纪的她，将这一想法告诉了父亲，还说这样一来，天底下大大小小的书，哪怕是那些偏门到没人印的书籍，都可以印出来了。

余仁仲经营万卷堂多年，熟知各种刻印之法，早就知道活字的便利，深知此法虽然便于印书，但并不适用于经营刻坊。只因经营刻坊，说到底是为了卖出更多的书，从而赚取更多的钱财，使用雕版印书，虽然每印一种书都需要重新刻版，但只要刻好，这种书便可一劳永逸地印下去。

反观活字印书，先要烧制泥活字，印书时还要逐字逐句地挑拣活字，排列成页，再用松脂固定成版，印完后又要融化松脂，取下活字清洗，再晾干加以保存，所费功夫并不逊于雕版。再加上不同的匠人刷墨，所用的力度难免会有差别，活字即便用松脂固定成版，字块间也难免存在间隙，不同力度按压之下，印出来的文字就有可能歪斜变形，书籍的品质便难以保证，因此大大小小的刻坊都很少改用活字印书，依旧沿用雕版刻印。

余仁仲笑了笑，并没有认可女儿的想法，但也没有反对她用活字印书。余可竹便继续私下鼓捣活字,花费了两三个月,在仆人阿生和徐匠人的帮助下,自行用活字印出了几十册《诗经》,还在万卷堂门口搭起了小木桌,卖起了自己印的书。路过的文人墨客瞧着新奇,短短几天时间,竟将她那几十册《诗经》尽数买了去。

经此一事,余可竹更觉得活字印书可行,小小年纪的她,竟萌生了开一家活字书铺的念头。过年时,她趁着父亲高兴,撒着娇央求父亲,余仁仲拗不过她,便将自家一处闲着没用的小铺面腾了出来,交给了她打理。余仁仲很清楚开铺印书有多辛苦,本以为女儿年纪尚小,只是一时兴起闹着玩,体会到了个中苦累,便会放弃,哪知余可竹开铺之后,竟做得有模有样。虽说生意有一阵没一阵的,但这家活字书铺到底坚持了下来,一开就是半年。

转眼到了六月,这一年的梅雨比往年更为长久,断断续续地下了近两个月,好不容易放晴了两天,又在初九这天下起了雨。因为这场雨,东大街上几乎见不着什么书商和文客,再加上前一夜北大街的蔡家失火,崇化里不少人都赶去了蔡家,许多刻坊和书铺因此关了门。可竹书铺却没有关门,准确地说是只留了一块门板没有嵌上,只因这一天本是一位文士约定取书的日子。余可竹和徐匠人、阿生一边在后堂清洗印书后的泥活字,一边等着那文士上门取书。想是下雨的缘故,那文士一直没有来。等到下午过去了大半,所有泥活字都清洗好了,也都烤干了,就等着按韵挑拣分类,放回木架上的众多方格子里。

徐匠人怕误了取书的时限,便停了手里的活,戴上了斗笠,披上了蓑衣,将新印出来的十几册书用油纸层层裹实,冒着雨出门了,打算亲自把书给那文士送去。临走之时,他嘱咐阿生把书铺看好，更要把小姐照看好，至于将泥活字分类放回木架上的活儿，等他回来后再做。

那时阿生也就刚满十岁，但是比寻常孩子高壮不少，看着倒像是个十三四岁的少年。徐匠人走后，阿生便往返于后堂和书铺之间，将几筐烤干的泥活字搬扛出来。余可竹站在凳子上，将泥活字一个个地拣出，分门别类地摆放在木架上的方格子里。徐匠人原本说了，这般体力活交给他和阿生来做，不想累到了余可竹。但余可竹总是不避辛苦，哪怕身子矮小，也总是搭起凳子帮着二人一起做。这次徐匠人前脚刚走，她后脚便叫上阿生开始将泥活字归类放置。

就在阿生走进后堂搬扛最后一筐泥活字，余可竹踮起脚尖往木架上放置泥活字时，一阵刺耳的马嘶伴随着巨大的撞击声响起。余可竹刚一转头，就看见破开的门板之间，一辆马车倾斜着冲了进来，随后她眼前一黑，便什么也不知道了。等到她醒来时，已躺在自家的床上，左肘往上绑着通木，右膝以下则缠裹着厚厚的纱布。

在那场事故中，余可竹的右腿被刮掉了一大块皮肉，右侧腿骨折断了，左臂也折断了，身上多处被木刺扎伤。余仁仲从建宁府请来了最好的大夫，尽全力为余可竹接好了骨，即便如此，她的左臂和右腿仍钻心般地痛，这般剧痛折磨了她许多个日夜。后来她左臂的骨头慢慢长好了，逐渐恢复如初，但右腿就此落下了残疾。

余可竹一开始不知道发生了什么事，只知道手脚格外疼痛，家里人怕刺激到她，也都不对她细说，是后来她能下地走路时，几番追问之下，阿生才私下说与她知道的。

原来那日阿生进入后堂，正把最后一筐泥活字搬起来时，突然听见书铺那里传来了巨大的撞击声。他急忙冲出后堂,却见书铺里一片狼藉,木架和方格子倒了一地,泥活字摔得到处都是,一辆歪斜的马车撞在墙上,把墙壁都撞裂了,被缰绳缠住的马倒在地上,四蹄挣扎着试图站起。他叫喊着"小姐",着急万分地寻找,最后看见墙角一堆翻倒的方格子下,露出了一只穿着绣花鞋的小脚。他冲上去搬开方格子,却见余可竹身子扭曲,手脚弯折,身下一片血红,早已不省人事。

阿生吓得手足无措,叫喊之下余可竹全无反应,阿生探鼻息发现还有气,想背起余可竹送医,可是医馆距离较远,而且余可竹手脚弯折,他怕加重其伤势,不敢乱动其身子,想冲出去叫人,又怕走了后没人照看余可竹,急得眼泪都出来了。好在这时有一个打伞的文士出现在书铺外,他奔出书铺,却因为太过着急,竟在湿滑的街上一跤跌倒。这一跤摔得太狠,重重磕到了脑袋,他两眼发黑,一时说不出话来。那文士扶起他,阿生缓过劲来,抓着那文士的衣袍,求对方能留下来帮忙照看余可竹。待那文士答应后,他才一瘸一拐地奔入雨中,赶去万卷堂叫人。

余可竹说起这事语气和缓,脸色也很平静,只是说话的间隙,时不时会朝自己的右腿看上一眼。

徐老先生听着余可竹的讲述,想起当年自己赶回书铺,看到余可竹手脚弯折的惨状,不禁深长地叹了口气。当年余可竹落下了伴随终身的跛足,余仁仲最是疼惜这个小女儿,不许任何人提起与此相关的事,连可竹书铺也打算关掉,还要禁止万卷堂使用活字印书,生怕余可竹回想起这些痛苦的记忆。但余可竹能下地走路后,仍然坚持回到可竹书铺,继续使用活字印书,连余仁仲也劝阻不了。十多年来，余可竹似乎把一腔心思都用在了活字印书上，那些胭脂水粉，那些霓裳美服，那些珠玉首饰，但凡是女儿家喜爱的东西，她统统不去触碰。万卷堂家大业大，哪怕余可竹终身跛足，依然不缺上门说媒的人家，余仁仲也挑选了不少好门第的少年郎，但余可竹从来都是一口拒绝，以至于二十二岁了，仍然没有出嫁。余仁仲后悔万分，觉得就是当年那件事，害得女儿落下了残疾，女儿心中自卑，才会变成今天这样。余仁仲是这样想的，万卷堂的其他人也是这样想的，包括徐老先生。所以徐老先生从不当着余可竹的面提起这件事，也不让阿生提起，生怕触及余可竹的伤心处。此时余可竹亲口讲出了这些事，她越是显得平静，徐老先生越是看着心疼。他心里那持续了十多年的悔恨又翻涌起来，道："那天的事都怪我，要不是我出去送书，小姐就不会独自码放活字，也就不会发生这种事了……"

一旁的阿生神色发苦，道："不关徐叔的事，那天是我没照看好小姐……"

余可竹却是淡然一笑，道："这不是谁的错。人活一世，总会有各般躲不过的灾劫，是我命中有此一祸。"她看向宋慈，见宋慈默不作声，"宋公子，这些都是多年前的旧事，我早已不在意了。你是为查案而来，有什么就问吧，只要我记得的，一定如实相告。"

宋慈为余可竹的遭遇而心生恻隐，已经默然了好一阵子，听得余可竹这么说，方才开口道："如此说来，余小姐当时并没有看到马车如何失控，也没有看到街上路人被撞，以及撞击发生后的事？"

"那天书铺的门板关上了大半，我没看见马车撞人的经过。马车冲进来后,我当场便晕过去了。"余可竹道,"后面发生了什么,都是后来阿生告诉我的。"

宋慈点了点头,目光一转,向阿生看去。他方才听了余可竹的讲述,知道阿生求助过的那个打伞的文士,应该就是赵师秀,这倒是与赵师秀的回忆对应上了。他问阿生道:"那路人是被当场撞死在书铺里,你从后堂赶过来时,应该看见那死去的路人了吧?"

阿生却把头一摆,道:"我当时吓坏了,急着救小姐,没留意还有其他人被撞了。是后来跑去叫来了余老爷,才知道还有一个路人被撞了。"

"那你还记不记得,那路人是怎样的死状?"

阿生摇头道:"记不得了,就记得那路人身上好多血,早就没活了。"

"我倒还记得。"徐老先生忽然开口了,走向左侧的墙壁,指着靠墙的一块地方,手横着一划,"那人就这么躺着。"

"那路人四肢有无弯折?身子有无扭曲?"宋慈问道。

"记得那人平躺在地上,没有什么弯折和扭曲。"

"当时马车在哪个位置?"宋慈又问道。

徐老先生朝身边一指,道:"那人就死在马车旁边,马车撞在了这堵墙上,就在这个位置。"

"出了人命,衙门总不会置之不理。"宋慈道,"不知衙门的人是多久赶到的?"

徐老先生回想着道:"我赶回书铺时,一群官差几乎与我同时进的书铺。当时余老爷也才刚带人赶到,急着叫人去西大街请大夫。崇化里只有这一家医馆,那里的大夫虽然不见得医术多么了得，但急切之下只能先找那里的大夫救急，这些事我倒还没忘。"

宋慈想了一下，道："听说那辆马车是卯金堂的，当日乘坐马车出行的人是刘醒，对吧？"

徐老先生点了一下头，道："是刘醒，他犯了急病，马车把小姐撞得那么狠，他还躺在车里起不来。"说着哼了一声，"也不知他那病是真是假。"

"老先生何以这么说？"

"那之后没两天，刘醒便又生龙活虎地到处惹事，可不像生过病的人。"徐老先生道，"那个刘醒，是卯金堂刘老爷的大公子，是这乡里的一大恶霸，仗着家大业大，整日里干尽坏事，人人见了他都避而远之。这样的人，却一直好端端的，还活得比谁都好，真是老天不长眼。"说着一叹，向余可竹看去，想到自家小姐这么好的人，却小小年纪无辜断腿，落下了一辈子的残疾，心里百般不是滋味。

"刘醒躺在车里起不来……"宋慈道，"这么说，当年撞击发生后，老先生看到过马车里的情状？"

徐老先生道："当时余老爷带人赶到，见是卯金堂的马车，要找车上的人讨说法，一掀开帘子，就见刘醒躺在里面，一动也不动。徐大志当时被撞破了头，流了不少血，在车里晕晕乎乎地守着刘醒，说刘醒犯了病，一直昏迷不醒。"

"徐大志是那辆马车的车夫，"宋慈听徐老先生不言车夫，而是直呼其名，直觉两人认识，"老先生认识他？"

"他是我亡兄之子，是自家堂侄，我是看着他长大的，哪能不认识？"徐老先生叹了口气。

第三章　活字杀人案　087

"老先生为何叹气？"

"还不是因为这个堂侄。"徐老先生道，"我徐家三代匠人，都在万卷堂做事，一直还算勤恳，就徐大志一人不事刻印，打小便游手好闲，后来跑去柜坊跟人斗殴，被人拿刀砍伤了后背，险些丢了性命。就这样，他还不思悔改，明知我徐家深受余老爷的恩德，他却跑去卯金堂做了家丁，这些年无时无刻不跟着刘醒，横行乡里，无恶不作，当真是家门不幸……"说罢连连叹气。

"当时那辆马车上除了刘醒和徐大志，还有其他人吗？"宋慈又问道。

"没有了，就他们两人。"

"徐大志如今有多大年龄？"

"三十出头了。"

"这么说，徐大志当年驾驶马车撞人时，还很年轻？"

"不错，他当年斗殴被砍伤，也就十六七岁，伤好后便去卯金堂跟了刘醒。他与刘醒年龄相仿，当年马车撞人时，他还不到二十岁。"

宋慈原以为车夫的年龄会很大，想不到徐大志当年还不到二十岁。与刘醒年龄差不多，又随时随地跟着刘醒，可见徐大志不单单是个普通家丁，倒更像是刘醒的亲信随从。他问到此处，暗自思虑了片刻。当年马车撞进可竹书铺后，赵师秀是除阿生之外，第二个进入现场的人，他绕到马车的前面时，曾看见马车上有一位年轻公子露过面，倘若马车里没有其他人，那这个年轻公子必然是刘醒，那就是说刘醒并非一直昏迷不醒，余仁仲后来掀起帘子见到刘醒一动不动地躺着，只怕是刘醒故意装出来的。"余小姐伤得这么重，"

他问道，"想必余老爷不会轻易罢休吧？"

"那是当然。"徐老先生道，"事后卯金堂赔了一大笔钱，还搭上了一处私坊，余老爷才肯罢休，没有闹到官府去。"

案卷上没有记录马车撞伤了余可竹，原来是卯金堂给足了赔偿息事宁人，没有将此事闹上衙门。"那个被撞死的路人，"宋慈问道，"你们认识吗？"

"不认识。"徐老先生应道，"就记得那人不是崇化里的人。"

"那路人长什么模样，穿什么衣服，年纪多大，还有印象吗？"

"这如何能记得？"徐老先生道，"早就想不起来了。"

"那路人满身是血，对吧？"宋慈问道。

徐老先生和阿生都点了点头，那路人胸口插着木条，满身都是血，这一点他们一直留有印象。

"当时书铺里有伞吗？"宋慈忽然问道。

"伞？"徐老先生有些不明所以，"书铺里没有伞，伞都在后堂放着。"

"不是你们店里的伞。"宋慈道，"我是说现场有没有别人的伞，比如撑开的伞，或者撞坏的伞？"

徐老先生摇头："我不记得有伞，应该是没有的。"阿生也摇了摇头。

宋慈不再询问走车马案的事，起身走向木架，目光在众多泥活字间扫过。他双手各拿起一枚泥活字，走向余可竹，道："久闻活字印书之法，敢问余小姐，这泥活字是如何制成的？"

说起泥活字的事，余可竹了然于胸，道："这泥活字是用胶泥制成块状，在一端反刻上字，字划薄如钱唇，火烧使之坚硬，便可

第三章 活字杀人案　089

制成。不同的泥活字，常常需要多制成几个，如'之''也'那样常用的字，少说也要备上二三十个才足够，以备同一版内重复使用。遇到不常用的字，事前若无准备，也可随制随用。泥活字制成后，按韵分类，放入木格，再依次置于这些木架之上，方便挑拣印书。"顿了一下又道，"其实活字最初不是用胶泥制成的，而是用的木头，只是木头纹理疏密不匀，清洗时一旦沾水，便容易变得上下不平，所以弃用了木头，改用了胶泥。"

"像这样的泥活字，崇化里还有其他书铺和刻坊使用吗？"宋慈问道。

余可竹轻轻摇头，道："活字取用方便，不用印一页书便雕刻一版，就架子上的这些泥活字，天下所有书都印得出来，只是印前需要一个个地挑拣，印后又需要一个个地洗净保存，做起来甚是繁琐。雕版虽然费力，但一版刻成，便可经年累月地使用，反倒没那么繁琐，所以别的书铺刻坊都不愿改用活字。自我记事以来，崇化里用活字印书的，应该只有我这一家书铺。"

宋慈把两枚活字倒转过来，道："我看这些泥活字的底部都有十字状的凹痕，这是有什么用意吗？"

"这凹痕是用来固定泥活字的。"余可竹解释道，"公子有所不知，用这泥活字印书，要先拿带框的铁板作底托，将松脂、蜡和纸灰混合，敷于铁板之上，再把用到的泥活字挑拣出来，一个个地排列好，随后用火烘烤铁板，待松脂和蜡稍稍融化，用一块大木板将所有活字压平，松脂和蜡凝结后，便成为一版，方可刷墨印书。在泥活字的底部刻上凹痕，松脂和蜡凝结之时，便能固定得更加牢靠，这是我年幼时想出来的法子。"

"那就是说，这种有十字凹痕的泥活字，只有你这家书铺才有？"宋慈问出这话时，有意无意地朝徐老先生和阿生各看了一眼。

余可竹点了点头，眉目间流露出些许不解，道："宋公子，这些泥活字是有什么不对吗？"

"没什么不对，我就是随口问问。"宋慈道，"这些泥活字用于印书，应该会有磨损吧，不知可以用多久？"

"泥活字很容易磨损，通常用上一两年，磨损就很严重，字体会走样，印出来的书也就不好看了。"

"所以每隔一两年，就要新刻一批泥活字加以替换？"

"算是吧。"

"那些替换下来的泥活字会放在哪里呢？"

"替换下来的泥活字都是磨损得不能再用的，会直接扔掉。"余可竹淡淡一笑，"十多年了，这样的泥活字有成千上万枚，若是都存放起来，我这间小小的书铺，可没那么大的地方。"

"那是扔在哪里呢？"

"扔在积墨池的附近，那里有一口大坑，乡里人丢弃杂物，多是扔在那里。"

宋慈话锋一转，道："余小姐家的万卷堂，与刘家的卯金堂，除了当年之事，还有过其他过节吗？"

"我们两家一个在东，一个在西，平时没什么过节。不过因为当年马车撞击的事，这些年我们两家几乎从不往来。"

"最近两三天，你们三人有离开过崇化里吗？"

余可竹摇头道："前些日子有客人来印《春秋繁露》，这几天我们日夜赶着印书,没离开过崇化里。"

宋慈点了点头,道一句:"今日多有叨扰,还请余小姐见谅。"向余可竹拱手一礼,又向徐老先生和阿生告辞,与刘克庄一起走出了可竹书铺。

"二位公子,"徐老先生追到门口道,"方才说过的《疑狱集》,还要印吗?"

刘克庄应道:"钱已付给了你,书自然是要印的。"

徐老先生点点头,转过身,准备回书铺。

这时宋慈朝东大街的两头各望一眼,沿街书铺刻坊大多都已开门,街上也有了一些行走的商客。"徐老先生,"他忽然回头道,"当年卯金堂的马车,是从街道的哪边驶过来的?"

"从那边过来的。"徐老先生朝东大街的西侧一指。

"你没记错?"

"当时街上都是刮出来的车辙印子,这我是不会记错的。"徐老先生很确信地道。

宋慈拱手一礼,与刘克庄一起沿街西行。时辰已经不早了,他打算即刻前往卯金堂查问案情,不然今日只怕未必回得了县城。

第四章

无头尸体

"尺寸相等,刻字如一,还有同样的十字状凹痕。"沿街走了一阵,远离可竹书铺后,宋慈开口了,"塞在储公子和我师父口中的泥活字,应该就是出自这家可竹书铺。"

"这么说,凶手是可竹书铺里的人?"刘克庄压低声音道,"要不要即刻回县衙,多叫些人手来?"捉拿嫌凶,仅凭他二人之力,只怕难以做到。

"方才问起活字,余小姐大方道来,毫不遮掩,承认这种泥活字只有可竹书铺才有。她若与凶案有关,应当有所遮掩才对。当时我还留意了徐老先生和阿生的反应,二人的神色没有任何变化,应该不知道这泥活字与凶案相关。方才我看过可竹书铺里的泥活字,都没有太多磨损的痕迹。然而尸体口中发现的泥活字,棱角磨损了不少,一看就是陈年旧物。可竹书铺的泥活字,一旦磨损严重,便会丢掉,所以人人都可能拿到。再说可竹书铺的人最近几日没有离开过崇化里,"宋慈没有停下脚步,"凶手应该不是可竹书铺里的人。"

"那凶手何以要留下可竹书铺的泥活字呢?"刘克庄剑眉一皱。

宋慈摇摇头,他也不知凶手这么做的目的是什么,至于泥活字上的"于"字和"死"字,也许是凶手留下的某种信息,但他一时还解不透个中含义。

二人继续前行,不一阵来到了西大街上,只见一座大宅邸坐落于街边,大门高耸,匾额漆金,上书"卯金堂"三字,好不气派。

辰时早已经过了,众多书铺刻坊都已开门迎客,卯金堂却仍是大门紧闭。宋慈上前叩响了门环,等了好一阵子,大门才拉开了一道缝,一个方脸阔嘴的门丁出现在门内。

那门丁打量了宋慈和刘克庄一眼,见二人的穿着打扮不似书商,又朝二人身后望了一眼,也没看见运书的车马,脸上露出狐疑之色,一句"做什么的"问了出来,语气甚不客气。

宋慈从怀中取出县尉腰牌,道:"本县近日接连发生命案,我二人奉衙门之命前来查案,想见一见你家公子刘醒。"刘醒是当年走车马案的肇事一方,又素来没有什么好名声,面对这样的人,宋慈不再客套。

那门丁瞧了一眼腰牌,没好气地道:"我家公子出远门了,不在家中。"

"那徐大志在吗?"宋慈又问道。

"徐大志和公子一起出远门了,都不在。"那门丁撂下这话便要关门。

"你就不问问我们来查什么案子?"宋慈一把抓住了门沿。寻常人听到查案之言,尤其是命案,多少会流露出惊讶之状,会询问是什么案子,那门丁却既不惊讶,也不过问,反而急着关门,就如早知道自家公子涉案一般。

"管他是什么案子。"那门丁更加不客气,"随手拿块破牌子,就敢上门取闹,也不瞧瞧这是什么地方?别说一块牌子,便是县尉本人来了,也未必进得了这个门。"说罢用力将门一关,也不管宋慈的手还抓在门沿上。

刘克庄急忙拉开了宋慈的手,大门砰地关上,闩门声随即响起。

刘克庄道一声:"好险。"抬脚在大门上一踹,"一家乡里刻坊,架子倒是不小!"

宋慈又叩了几下门环,但大门不再开启。他看了一眼手里的腰牌,默默将之揣回了怀中。

"这个狗门丁,堂堂县尉令牌,竟敢说是破牌子,还说什么县尉本人来了也不让进。"刘克庄仍不解气,"真要是梁县尉来了,我看他立马便会夹起尾巴上赶着相迎。"

"你说的对,既然腰牌不好使,那就把本人请来试试。"宋慈道,"正好有些事,我要向梁县尉问上一问。"两人回到东大街上,找去了车马行,雇人赶往建阳县衙,给梁浅捎去口信,就说查案需要,请梁浅尽快来一趟崇化里的书林客舍。

两地路程遥远,即便梁浅收到口信立刻动身,只怕也要下午才能赶到。还有这么长的时间,左右无事,宋慈便带着刘克庄在崇化里游逛起来。古朴大气的书林门,鹅卵石铺就的古驿道,石刻题记的拿坑拱桥,还有水色漆黑如墨的积墨池,总之值得一去的地方都去了。不止如此,二人还去了一些私家刻坊,观摩了书籍刻印。宋慈之前答应带刘克庄游玩崇化里,如今算是得以兑现。

只是每到一处地方,游玩之余,宋慈总是不忘寻人打听当年的走车马案,只可惜知道的人虽多,说出来的话却大同小异,都是此前在可竹书铺打听到的那些事,并没有获得新的线索。倒是关于刘醒,不少人听宋慈问起,都忍不住抱怨此人的斑斑恶行,诸如花天酒地、殴打匠人、强占民女,还说刘醒身边那一群家丁,尤其是徐大志,经常驾着马车,载着刘醒在乡里横冲直闯,所到之处鸡飞狗窜,听得刘克庄破口大骂。宋慈又问最近几天有没有看到过刘醒,众人都说刘醒经常带着家丁招摇过市,但近几日没看见过他。宋慈本以为那门丁说刘醒出远门了,不过是随口编出来的借口,如今这么一问,似乎倒有几分是真的。

除了打听案情,宋慈在游玩积墨池时,还不忘去寻找余可竹提到过的那口大坑,果真在附近找到了,里面丢弃了许多破瓶烂瓦之类的杂物。他下到坑中翻找了一阵,找到了不少丢弃的泥活字。他捡起一些泥活字看了,无一例外,磨损得都很严重,有的甚至破损残缺,已到了根本不能再使用的地步。

如此一边游逛,一边查访,到了下午,估计时间差不多了,宋慈和刘克庄便回到书林客舍休息,等候梁浅到来。这么一等,直到下午过去了大半,才终于等到梁浅带着两个衙役骑着官马赶到。

梁浅一见到宋慈和刘克庄,没有问为何叫他来崇化里,而是脸色凝重地道:"宋公子,刘公子,城里又有人遇害了。"

宋慈不免一惊,当即询问究竟。

"储公子遇害那晚,我带人追捕过的那个逃犯,今早被发现死在了北门附近的城墙下,是同样的死法,胸口插着木棍,只是脖子被人从咽喉处切断,脑袋不知去向。在喉咙的断口里,也塞了一枚像印章的异物。"梁浅道,"我一早便差人去同由里,想请二位公子到衙门验尸,却左右找不见人,没想到二位是来了崇化里。"

"我来崇化里查证过了,那像印章的异物正是泥活字。"宋慈道,"这次发现的泥活字,上面刻了什么字?"

"是一个'入'字,"梁浅应道,"'出入'的'入'。"

"'入'字?"宋慈默念了一遍,向梁浅问道,"昨晚城里也下雨了吗?"

"夜里一直在下雨,今早才停的。"

又是雨夜,又是木头刺胸,又是泥活字,宋慈不禁眉头一皱,道:"这个死去的逃犯是什么人?"

"这逃犯名叫雷丁,大家都管他叫雷老四。他过去在衙门做过狱卒,多年前因为犯事,被赶出了衙门。此前他在柜坊殴伤他人,被抓到大牢里关了起来,哪知他却趁夜逃狱而出,连日来寻他不见,不想今日竟死了。"

宋慈没有过多思索,朝客舍外看了一眼,道:"还有不到一个时辰就天黑了,梁县尉,我们先去卯金堂吧。"

"去卯金堂做什么?"梁浅见宋慈说完便往外走,急忙带着两个衙役跟上。

宋慈一边走,一边解释道:"我想找卯金堂的刘醒问话,只可惜人微言轻,吃了个闭门羹,这才请梁县尉亲自来一趟。"

刘克庄随行在侧,一想到此事,他就气不打一处来,当即把那方脸门丁说过的原话,当着梁浅的面讲了出来。本以为梁浅定会大为光火，哪知梁浅听完却有些犯愁。

刘克庄看在眼中，道："卯金堂虽然家大业大，可我就不信，他们还敢把梁县尉拒之门外。"

梁浅叹了口气，道："二位公子有所不知，卯金堂若只是家大业大，那倒还好办。这'卯金'二字，合在一起便是'刘'，卯金堂是刘家人的刻坊。他刘家在朝中有人啊。"最后一句话稍稍压低了声音。

"朝中有什么人？"刘克庄倒是有些不以为意。

"是朝廷的刑部侍郎刘爚。"梁浅朝街上往来的商客看了看，将声音又压低了些，"别说是我这个小小的县尉，便是知县大人亲自来了，那也不敢得罪卯金堂。卯金堂一有什么事，只须带句话，知县大人立马便会差杜县丞赶来处理，那是一刻也不敢怠慢。"

"我道是谁，原来是刘爚。"刘克庄哼了一声。他还在临安太学时便听说过此人，当初韩侂胄被诛杀后，史弥远掌控朝权，原浙西提点刑狱乔行简迁起居郎兼国子司业，正是这个刘爚接替乔行简成为浙西提点刑狱。刘爚随后向史弥远建言，以朱熹所著《论语》《中庸》《大学》《孟子》之说以备劝讲，正君定国，以慰天下学士大夫之心，并上奏乞罢伪学之诏。史弥远依此而行，广收天下理学人士之心。此后刘爚累迁刑部侍郎兼国子祭酒，封建阳县开国男，赐食邑。听说这刘爚为官还算正直，但他能向降金乞和、恢复秦桧申王爵位及忠献谥号的史弥远建言，又为其改善形象出谋划策，只怕也未必正直到哪里去，至少由卯金堂倚仗其势横行乡里，连一县之尉也不放在眼里，便可见一斑。

"宋公子，你要找刘醒问话，不知是为何事？"梁浅问道。

宋慈应道："刘醒牵涉命案，我有诸多疑问，需要当面向他问个清楚。"

梁浅若有所思地点了点头。他虽犯愁，但一路上始终没有停下脚步，最终随着宋慈和刘克庄一起来到了卯金堂外。他亲自上前叩门，开门的仍是先前那个方脸阔嘴的门丁。门丁瞧见了宋慈和刘克庄，脸色不大好看，但他认得梁浅，口气多少客气了些，道："原来是梁县尉。我家公子当真出远门了，这几天不在家中，梁县尉要找我家公子，还请改日再来吧。"

梁浅回头看向宋慈。宋慈道："既然刘公子不在，那就烦请通报刘老爷，请刘老爷一见。"

"我家老爷也不在家。"那门丁道。

"难不成你家老爷也出远门了？"刘克庄声音一扬。

那门丁白了刘克庄一眼，道："熊氏种德堂有事，请我家老爷做客去了。"

梁浅怕刘克庄再出言冒犯，忙朝刘克庄打个手势，问那门丁道："不知刘老爷几时能回来？"

"这个嘛，我也不知……"那门丁忽然抬首一望，见街道远处出现了一抬大轿，"哎哟，老爷回来了。"赶忙回身，将卯金堂的大门完全推开。

说曹操，曹操到，宋慈、刘克庄和梁浅都转头望向那抬大轿。待大轿抬至门前，梁浅迎上前去，叫了一声"刘老爷"。大轿停下，轿帘撩起，一个衣饰华贵的老翁坐于轿厢之中，道："是梁县尉啊。"他坐着没动，身边放着一根漆金手杖，"梁县尉大老远来，不知有何贵干？"

第四章　无头尸体　099

梁浅应道:"衙门有些公事,想向贵公子刘醒打听一下,不知能否请公子相见?"

刘老爷却道:"梁县尉来得不巧,我儿子出了远门,眼下还没回来。"

"刘公子几时出的远门?他去了何处?"宋慈问道。

刘老爷朝宋慈瞧了一眼,道:"这位是……"

梁浅忙扯了个谎,道:"这是衙门新来的书吏。"

"书吏?"刘老爷再不朝宋慈多瞧一眼,向梁浅道,"我儿子离家已有五六天,他出一趟远门,去了何处,几时归家,从不对我这个当爹的讲。天时已晚,梁县尉没别的事,就请回吧。"

"既是如此,叨扰了。"宋慈留下这话,拉了一下刘克庄的袖子,转身便走。

刘克庄紧跟着宋慈,低声道:"怎么不继续问了?你以前可不是这样的。"他记得当年在临安查案,宋慈无论面对谁,哪怕是当朝权贵,那都是刨根问底,不问出究竟不会罢休。

宋慈苦笑了一下,道:"别人有意隐瞒,多问不如不问,再说我也不想让梁县尉为难。"刘老爷的话可谓处处透着不合常理,一开口便说刘醒眼下没回家,可此前刘老爷外出做客去了,万一刘醒在此期间回家了呢?刘老爷没有问门丁刘醒是否归家,便直接断定刘醒没回来。再说那门丁得知刘醒涉案,却不问是什么案子,刘老爷也是如此,得知梁浅因公事要见刘醒,却不过问是什么公事。由此可见,刘醒很可能是铁了心不露面,无论如何是不会让他见到的。但他不明白的是,他今日才开始追查走车马案,刘醒总不可能未卜先知,提前便知道有人会上门追查这起旧案,因而回避不见吧？

身后响起了脚步声，梁浅向刘老爷客套了几句，拱手告辞后，带着两个衙役追了上来。

"梁县尉，让你远来奔走，空跑了一趟，实在是过意不去。"宋慈道。

梁浅道："宋公子哪里话，你之前也不知道卯金堂有那么大的家势，只可惜我来了也没能帮上什么忙。"

"那逃犯的尸体还等着查验，"宋慈抬头往东边天际一望，"回衙门吧。"

一行人回到东大街，宋慈和刘克庄仍是在车马行雇了马车，梁浅和两个衙役则骑上官马，一起往县城走。

离开崇化里不远，天色渐昏，车夫将马车停在道旁，点起了灯笼，挂在车头照明。这时刘克庄从车窗探出头去，请梁浅到车上说话，说宋慈想问一问那逃犯的事。梁浅将自己那匹官马交给衙役牵着，登上了马车。

随着车轮转动，车头的灯笼摇晃了起来。三人坐在车厢里，光线透过帘布照入，各人的脸上均是一会儿明一会儿暗。

"梁县尉，"宋慈开口了，"你说今早发现的尸体，头颅被割去了，那你如何知道死的是雷老四？"

"尸体穿着囚衣，囚衣上有一道缝补过的口子，在肩膀后面，"梁浅在自己右肩上比画了一下，"那是之前抓雷老四入狱时，给他换上的囚衣。"

宋慈听得眉头一皱："可是雷老四逃出牢狱，到他今早被害，

第四章　无头尸体　　101

中间有整整两天的时间,他为何还穿着囚衣?身穿囚衣,势必寸步难行,一旦在人前露面,必定会被注意到。按理说他逃出牢狱后,无论是偷是抢,都应该想办法换掉囚衣才对。"

"是啊,我怎么没想到这一点?"梁浅说话之间,不由自主地皱起了眉头。

宋慈又问道:"雷老四逃出牢狱后,除了当夜你带人追捕过他,之后还有继续追捕吗?"

"有的。"梁浅道,"主守失囚不是小事,虽然当夜发现了储公子遇害,最为紧要的是查储公子的死,但我还是分派人手在各道城门值守,检查每一个出城之人,以免雷老四逃出城去。出得城外,天大地大,再想抓他回来,可就不易了。不过后来储大人赶来认尸,守着储公子的尸体不肯走,知县大人为此烦心,杜县丞便叫我把失囚一事放在一边,先将所有人手安排去查储公子的死。我这才把值守城门的人叫了回来,没再继续追捕雷老四。"

"召回值守城门的人,是什么时候的事?"

"就在昨天早上,你和刘公子来县衙前,杜县丞刚吩咐下来的。"

宋慈回想昨日经历,他和刘克庄清晨从北门入城时,看见有衙役把守城门,检查所有出城之人,到了午后雇车去崇化里,从西门出城之时,便没再看见值守的衙役。"那就是说,雷老四昨日原本有一整天可以出城,但他不仅没有走,反而还一直穿着囚衣,于今早死在了城里。"宋慈稍作思索后问道,"今早发现的尸体,是不是已发臭?"

"的确已有些发臭。"梁浅的语气不免带上了惊讶,"宋公子,你怎么会知道?"

"有机会出城却不走，整整两天不换囚衣，我想雷老四可能逃出牢狱后不久便遇害了，而凶手直到今早才将他抛尸于城墙之下。"宋慈道，"倘若真是如此，他死了两日，尸体应该会腐坏发臭。"

梁浅听了这番推想，颇为佩服地感叹了一句："原来如此。"

刘克庄瞧着梁浅的神色，虽然他也是听了宋慈的解释后才明白过来，心里却不免为之得意。

宋慈神色一如往常，道："梁县尉，你之前说雷老四在柜坊殴伤他人，是殴伤了谁？"

"是一个叫孟小满的人。此人家住水南村，曾来衙门报案，说他在水南柜坊赌钱时，有人输了钱不认账，还把他打伤了。他说那人叫雷老四，左边脸上有道疤，很是凶恶，对他拳打脚踢，把他打得鼻青脸肿，嘴角都被打破了，流了不少血。过去雷老四做过狱卒，我是认得他的，知道他左脸上有道疤，一听孟小满的描述，就知道是我认识的那个雷老四。我当日便跟着孟小满赶去了水南柜坊，雷老四竟还在那里赌钱。雷老四说是孟小满赌钱时使诈，自然不能认账。赌钱使诈的事，没其他人瞧见，但雷老四殴伤孟小满，却是众人所见，我只能把雷老四抓回衙门，等候知县大人发落，谁知却让他钻空子逃了出去。"

"水南村的孟小满？"宋慈听得这个名字，脸色为之一动，似在向梁浅发问，又似在自言自语。

"是水南村的孟小满，"梁浅注意到了宋慈的神色，"莫非宋公子也识得此人？"

宋慈把头一摇，继续问道："雷老四被抓入牢狱，是哪天的事？"

"上月初的事，有一个多月了。"

第四章　无头尸体　　103

"诸斗殴人者,以手足击人,见血为伤,杖六十。"宋慈眉头微皱,"雷老四按律杖六十即可,为何要关押他一个多月?"

"宋公子有所不知,这雷老四一到公堂,见了杜县丞,便出言不逊,破口大骂,惹恼了杜县丞。此后知县大人和杜县丞一直不提审问的事,我问过杜县丞,杜县丞吩咐把雷老四先关着,关上十天半个月再说。可是十天半个月过去了,还是不提审雷老四,就这么一直关了一个多月,直到初十那天夜里,雷老四越狱出逃。"梁浅说起衙门关押人的手段,不由得暗自摇了摇头。

"那雷老四是如何逃出牢狱的?"宋慈问道。

"当晚值守的狱卒,外出上了趟茅厕,回去就发现牢狱中不见了雷老四的踪影,想是他过去做过狱卒,熟知牢中的一切,趁狱卒上茅厕时钻了空子。"梁浅道,"只不过我到现在也不知他是怎么逃出去的,总之牢门上的锁被打开了。"

"锁是被撬开的吗?"

"没有撬动过的痕迹,锁完好无损,倒像是……用钥匙打开的。"

宋慈神色一凝,道:"那后来呢?"

"当时我刚忙完了衙门的公务,正准备回家,突然有狱卒赶来,禀报了雷老四越狱的事。我赶去大牢,见牢门敞开着,雷老四果真不见了踪影,一摸牢狱里的干草,还没有完全冷透,可见雷老四逃走没多久。我急忙召集衙役,即刻追捕雷老四,刚一出衙门,便撞见了一个更夫。那更夫说看见一人披头散发地穿着囚衣,往北边跑去了,还说那人冒雨飞奔,把他的斗笠和梆子都给撞掉了。因为那人穿着囚衣,更夫担心是逃犯,于是赶来县衙禀报,刚到门口便遇到了我们。"梁浅详细道来,"我想着逃犯既然往北边去了,便带着衙役追到了城北一带，把各条街巷搜了个遍，再后来便是去搜查潭山客栈，接着去登高山上搜寻，最终发现了储公子遇害。"

宋慈听着这番讲述，试着去想象雷老四逃狱时的情形，有一阵没作声，后来说道："梁县尉，你先前说雷老四做过狱卒，因为犯事被赶出了衙门，不知他是犯了什么事？"

梁浅应道："雷老四做狱卒时，有一次因为喝酒，主守失囚，失的还是死囚，不仅狱卒做不成了，还为此蹲了三年大牢。"

宋慈微微点头，说道："诸主守不觉失囚者，减囚罪二等，假失死囚，合徒三年。"

这是大宋刑统中关于主守失囚一律的疏议原文，梁浅听在耳中，想到方才宋慈也提到过关于斗殴故殴一律的疏议原文，不由得对宋慈更为佩服。他道："当年雷老四被关了三年，他出狱之后，我还与他见过几次，后来便生疏了，渐渐断了往来，最近两三年没有再见过他，想不到他如今混迹市井，不务正业，还殴伤他人，被抓入牢狱后，竟还敢公然逃狱。"说到最后，连连摇头。

"雷老四当年主守失囚，"宋慈问道，"失的是什么死囚？"

"这事过去太多年了，我想一想。"梁浅回忆着道，"没记错的话，那死囚是个书生，好像叫作方崇阳。此人对一农家女爱而不得，趁其溪边浣衣之时，将其侵犯杀害，还抛尸于水中。"

"那是什么时候的事？"

"记得那时知县还是储大人，储大人当时生了一场大病，养了两三个月才好，那书生的案子还是杜县丞审理的……对了，记起来了，是庆元二年。"

听到这个熟悉的年份，宋慈和刘克庄不由得对视了一眼。宋慈

第四章 无头尸体　105

追问道："那被害的农家女是谁？"

梁浅又是一阵回想，这次却摇头道："一时倒想不起来了。"

"储大人生了重病，案子应该改由县丞来审理，可当年杜县丞只是县尉，为何却是他来审案？"

"那时县丞正好因病去世了，新县丞还没到任。"梁浅应道，"再加上当时储大人对杜县丞深为信任，便把政务都交给了他处理。"

宋慈应道："原来是这样。"忽然话锋一转，"庆元二年时，梁县尉就已在衙门了？"

"我那时是在衙门，不过不是县尉，还只是一个衙役。"

"那一年崇化里发生过一起走车马案，卯金堂的马车在东大街上撞死了一个路人。"宋慈道，"梁县尉还有印象吗？"

"走车马案？"梁浅点了点头，"这事我还有点印象，当时我就在崇化里，原本是跟着杜县丞去办什么事……是了，当时崇化里蔡家失火，烧死了不少人，杜县丞带我们去封锁火场，清理死尸。刚把死尸收聚到一起，就听说东大街上出了事，好像是一辆马车撞进了一家店铺，杜县丞便带着我们赶去了东大街……"

"现场是什么样子？"宋慈问道，"你可还记得？"

梁浅尽力去回想，最终还是摇起了头："现场什么样子，我实在是想不起来了，就记得撞死了一个人，那人是谁我也记不得了……倒是蔡家失火，我至今还记得不少，屋舍全被烧毁，他家原本有崇化里最大的刻坊，却被一把火烧没了。那场火是在半夜起的，一家十余口都在睡觉，几乎都没逃出来，最后只活了一个公子……"

"蓝春。"宋慈忽然打断了梁浅的话，"那被撞死之人名叫蓝春，梁县尉能想得起来吗？"

"蓝春？"梁浅凝神一想，忽然"啊"了一声，"你一说蓝春，我倒一下子想起来了，那被侵犯杀害的农家女叫蓝秀，她有个弟弟就叫蓝春。是了，当年蓝秀死后，那蓝春还来衙门喊过冤。你说的被马车撞死的人，就是这个蓝春。"

这一番突如其来的话，令宋慈不禁有些头皮发麻，他只觉脑海中那一条条纷乱的线，似乎开始交会起来了。恰在这时，马车猛然颠簸了一下，车头的灯笼剧烈晃动，透入的光线打在宋慈的脸上，令他的神色变得明暗交替。他急切地追问道："蓝春到衙门喊什么冤？"

梁浅又回想了一下，道："他说自己的姐姐，不是被那方崇阳害死的。"

"此话怎讲？"

"好像是方崇阳抛尸时，对岸正好有个樵夫在砍柴，说看到岸边停了一辆马车，有两个人上了马车走掉了。蓝春就说凶手另有其人，不是方崇阳。可是杜县丞传那樵夫当堂问话，那樵夫却说只看到一个人跑开，并没有其他人，也根本没见到什么马车，还说他认得那跑开的人就是方崇阳。"

"那樵夫叫什么名字？是哪里人？如今还在吗？"宋慈一口气连续三问。

"我是真想不起来了。"梁浅道，"只怕要回衙门翻翻案卷，或许案卷上留有记录。"

宋慈又问道："蓝春被马车撞死时，现场是何模样，梁县尉当真想不起来了？"

第四章　无头尸体　107

宋慈很希望梁浅能记起来，但梁浅努力回想后仍是摇头："我确实想不起来，就记得这事是场意外，卯金堂还为此赎了铜，好像蓝春没有家人在世，赎铜最后都归了衙门。是了，蓝春死后，一直没人收尸，后来还是衙门找人安葬的。"

"他葬在何处？"

"这我就不清楚了。"

宋慈想了一下，忽然撩起帘布，叫住正在赶车的车夫，问道："还有多久能到三贵里？"三贵里位于建阳县城的西边，与县城相隔不远，自崇化里返回县城，必然会从三贵里经过。

"还早着呢，"车夫回答道，"半个时辰吧。"

刘克庄听宋慈突然问起三贵里，刚开始有些摸不着头脑，随即想起蓝春便是三贵里人，这一点写在走车马案的案卷里，之前还是他告诉宋慈的。"天已经黑透了，"他看向宋慈，"你该不会是想去找蓝春的坟地吧？"

"天虽然黑尽了，但好在没有下雨。"宋慈将帘布放了下来，"蓝春是三贵里人，既然要从三贵里过，正好寻当地人打听一下，或许有人知道他葬在何处。"

"宋公子，雷老四的尸体还停放在县衙，不先回去验尸吗？"梁浅不免有些疑惑。

"我想查验一下蓝春的尸骨，今晚既然顺路，正好问明他下葬之处，明日天亮后便可直接开棺验骨。"宋慈道，"到时候还想请梁县尉多备些人手。"

梁浅更为疑惑了，道："宋公子，你熟知刑统，心思缜密，我虽然才识得你不久，却也深感佩服。只是有些话，我从一开始就想说了。你一直追问蓝秀和蓝春的事，但这些都是陈年旧事，我实在不明白你的用意，难道这些事都与储公子的案子有关？"

"有关无关，眼下还不敢说。"宋慈道，"不瞒梁县尉，我与克庄之所以去崇化里，一是为了查问活字的事，二是为了查问当年蓝春被撞死的旧案，先前想找刘醒问话，便是因为当年撞死蓝春的马车上，所乘之人正是刘醒。原本这起旧案时隔太久，查起来好似一团乱麻，还要多谢梁县尉方才告知那些陈年旧事，总算让我有了些许眉目。"

刘克庄见梁浅仍是面带疑惑，说道："梁县尉不必多虑了，宋慈向来如此，过去他在临安查案时，我也经常茫然费解。他要查这些旧案，要去寻蓝春的坟地，还要开棺验骨，自有他的道理，还望梁县尉能多安排些人手，以备明日之用。"

"安排人手，自是无妨，只是个中道理，实在令人不解，莫非……"梁浅欲言又止。

"莫非什么？"宋慈问道。

"莫非……"梁浅的嘴唇张了又闭，闭了又张，几经犹豫，最后像是下定了决心，"莫非那锦囊的事……宋公子早就知道了？"

"什么锦囊？"宋慈眉头一皱。

梁浅见了宋慈的反应，神色不免有些后悔，仿佛自己说出了不该说的话。

"到底是什么锦囊？"宋慈加重语气问道。

梁浅犹豫再三，在宋慈的再三追问下，最终松了口。他将帘布撩起一道缝，眼见两个衙役骑着马走在前方，相隔了一段距离，这才放下帘布，低声道："宋公子有所不知，其实当日储公子死后，我们在他怀里发现了……发现了一个锦囊，里面有一张字条。只不过这锦囊连同字条，都被杜县丞拿走了……"

"有这等事？"宋慈惊道，"是什么字条？"

"那字条有揉过的痕迹，上面沾了不少血，但字迹还辨认得清，写着'事恐泄，今夜子时，登高山见'。"梁浅说道，"那锦囊是我最先发现的，上面绣了个'醒'字，就是'刘醒'的'醒'。我当时便打开锦囊，看过里面的字条。天亮时杜县丞赶到登高山顶，当场便把字条和锦囊拿了去，不许在场所有人对外提起此事。建阳县里的大事小事，明面上是缪知县做主，其实一向是杜县丞说了算，谁敢违背他的意思，不会有什么好下场，因此人人都不敢提起此事。昨日你让拿储公子的遗物时，我本来想说的，但看了杜县丞一眼，到底还是没能说出来。"

宋慈顿时想起一事，潭山客栈的伙计廖二狗，曾提到给储文彬送去油纸灯笼时，瞧见储文彬的手里有纸角露出来，像是捏了一团纸，但事后无论是在客栈的房间里，还是在储文彬的随身遗物中，都没有见到过这团纸。此时听梁浅这么一说，尤其他说那字条还有揉捏过的痕迹，宋慈猜想应该就是廖二狗看到的那团纸。"梁县尉，你事后可有求证过，那锦囊是不是刘醒的东西？"宋慈道，"有没有找过刘醒的字，比对过字迹？"

"杜县丞连提都不让提，你说的这些事，谁又敢去做呢？而且那时我也没想到刘醒身上，是今日见宋公子去卯金堂查问刘醒的事，我才把锦囊上那个'醒'字，与刘醒想到了一起。"梁浅道。

宋慈摇了摇头，他并不知道那锦囊的存在。倘若那锦囊是刘醒的东西,字条的笔墨也是刘醒的字迹,那么储文彬遇害当晚,极有可能是刘醒约储文彬在登高山上相见。他道:"实不相瞒,我之所以查刘醒的事,是为了查找动机。储公子和卞三公的死,看起来并非随意杀人,也不是为了钱财,那凶手必有其特定的动机。所有的动机都有其来源,只要查清楚源头,便可极大缩小凶手的范围。梁县尉为了查储公子的案子,带人满城奔走查访,却一无所获,再那样查下去,无异于大海捞针。我便想着从动机着手,看看能不能查到有用的线索。如今有了锦囊和字条的事,看来我并没有查错方向。"

"宋公子,还请你回去之后,千万不要透露那锦囊的事,"梁浅道,"尤其别让杜县丞知道了。"

宋慈思虑了一下,摇头道:"梁县尉,我明白你的难处,也很感激你能说出如此重要的事。但此事关乎储公子的遇害,那锦囊极可能是至关重要的物证,我既然接手查案,那就要尽力查明真相,不可能一直遮掩此事。我只能保证,对外提起此事时,不说是你透露的,还请你见谅。"

梁浅也明白个中道理,要让宋慈不对外透露,等同于不让宋慈去追查锦囊的事,那又如何能查明储公子遇害的真相呢?他叹了口气,只得点了点头。

宋慈道:"梁县尉,除了锦囊的事,还有没有什么事是我不知道的?"

"没有了,就只有那锦囊的事。"梁浅道,"宋公子,我不对你作隐瞒,也望你不要瞒我。你昨日来衙门,主动提出查案,应该不是为了储公子,而是……为了卞三公吧?"

第四章 无头尸体 111

宋慈不再掩饰，道："不错，我查案是为了卞三公。"

梁浅印证了心中猜想，不由得点了点头，道："昨日宋公子来衙门时，我便觉得你看着有些眼熟。你离开后，衙役张养民私下跟我说，他前一日去同由里找卞三公验尸时，曾见过你，说你当时正陪着卞三公钓鱼。张养民这么一说，我才想起好些年前，卞三公的身边经常跟着一个沉默寡言的少年，县城周边有命案发生时，只要是卞三公前去验尸，那少年几乎每次都会在现场围观。宋公子的相貌与当年那少年很是相似，难怪我会觉得眼熟了。"

"不瞒梁县尉，卞三公其实是我师父。"宋慈早已认定卞三公是他的师父，卞三公在世时，从不许他以师父相称，如今卞三公死了，他不想再隐瞒这场师徒情分，"但我之所以查案，并不单是为了卞三公，也不单是为了储公子。不管是谁人蒙冤，谁人遇害，但凡遇到疑案，便该一查到底，断明真相，抓住真凶。"

梁浅神色肃然，望着宋慈，好一阵说不出话来。但他这一脸肃然逐渐隐去，化作了担忧之色，道："杜县丞与卯金堂往来甚密，他私藏那封信，必有原因。宋公子，你虽在临安做过提刑，但如今你无官无职，查这起案子，务必要多加小心。就算有储大人撑腰，那也未必管用，俗话说强龙难压地头蛇，要是杜县丞动真格的，说不定储大人也会突然遭遇什么意外。更别说卯金堂家大势大，朝中还有人，这案子关系到刘醒，只怕不好查啊！"

"再难查的案子，总要有人去查明真相。"宋慈道，"不过梁县尉放心，知难而退的道理，我是明白的。"

刘克庄看着宋慈，不免想起当年在临安的查案经历，心里暗道："是啊，什么道理你都明白，可偏偏就是不按道理来。"梁浅则是信了宋慈的话,点头道:"总之小心为上。"

马车继续晃动着前行,过了好长一段时间,车夫的声音终于响起:"公子,前面就是三贵里的上坪村了。"

终于进入了三贵里的地界,宋慈撩起帘布,朝前方望去,隐约可见一处处黑幢幢的暗影,那是上坪村的各处民宅,其中不少还亮着灯火,只是这些灯火大多偏暗,有的甚至暗到几乎看不出来。他道:"到前面最近的人家时,劳烦停一下。"

车夫应了,待马车驶至最近一处有灯火的人家时,吁马停下。近处立刻响起了一阵狗叫,紧接着四下里狗叫声此起彼落,原本一片静谧安宁的上坪村,霎时间变得喧闹起来。

宋慈、刘克庄和梁浅下了车,两个衙役也下马随行,一起提着灯笼去往那户人家,敲响了房门。房屋里响起了小孩的啼哭声,紧接着有问话声隔门响起,得知来人是衙门的官差,一个身形瘦削的乡民打开了房门。

"蓝春啊,他就是这村子里的人。几位大人要找他的坟?他不是死了很多年吗?"得知几人是来打听蓝春的事,那乡民朝远处一指,"他的坟就在那边,要过三道山坳,埋得可远了。"

本来只是到三贵里打听一下,没想到一切竟如此顺利,正好找到了蓝春居住过的村子里。"这位大哥,"宋慈道,"能否请你带我们去找一下蓝春的坟?"

"这时候吗?"那乡民有些为难,回头瞧了一眼,房屋里的啼哭声更响亮了,"可小人这家里……"

"不会让你白跑一趟的。"刘克庄当即摸出一串钱,放到那乡

第四章 无头尸体　113

民的手中,正是徐老先生找补的钱,足足有四百钱之多,"有劳带路了。"

到底还是孔方之物管用,那乡民脸上的为难顿时变作欢喜,回屋里交代了一番,披上衣服关上房门,领着几人往远处的山坳走去。

两盏灯笼一首一尾,一行人走过三道山坳,再沿一条山路蜿蜒而上,花了好长时间,最终来到了一片竹林坡地。竹林里有不少小土包,那是一座座的土坟,夜风不断地吹刮,竹叶沙沙乱响,仿佛无数山精鬼蜮在悄声低语。"这附近几座山都是李员外家的,李员外可是村里的大善人,村里好些佃农死了没地埋,都是李员外拿出地来安葬的。记得蓝春的坟,就在这附近……"夜里一片漆黑,那乡民说着话,举高灯笼寻找,绕过了一块大青石,"就是这块石头,前面转个弯就到了。"

前方是一大片竹丛,只余出很窄的一条通道。那乡民走在最前面,梁浅紧随其后,不忘回头提醒道:"宋公子,刘公子,这里路变窄了,二位当心脚下。"

如此转过这一大片竹丛,眼前忽然一亮,远处出现了一团火光。

那乡民当先转过竹丛,瞧见那团火光,不由得一愣。梁浅随后望见前方火光处有两座土坟。就在左侧的土坟前,倚靠着一道人影,正低埋着头,右手伸进坟头的杂草之中,一下又一下地划动着,像是在拨弄着什么。梁浅喝叫道:"什么人?"那人影受了惊吓,手一抖,拔腿想跑,可跑出两步,又迟疑了一下,回头朝坟头看了一眼,随即蹿入了夜色之中。

宋慈转过竹丛,刚好瞧见了这一幕。梁浅急叫一声"站住",

想要追赶，可是相距太远，加之山路实在过于狭窄，等他追到土坟前时，一眼望去，尽是漆黑的夜幕，已看不见那人影跑去了何处。刘克庄和两个衙役随后赶来，问过之后，才知道竟有人深夜倚靠在坟头，还拿手在坟头拨弄着什么。梁浅立刻吩咐两个衙役前去追赶，两个衙役拿上一盏灯笼，追入了夜幕之中。

　　宋慈低头看去，这里有一左一右两座土坟，刚才望见的那团火光，位于左侧的土坟前，是燃烧了一大半的香烛和纸钱。"这是蓝春的坟？"他指着眼前这座土坟，向那乡民问道。

　　那乡民朝右侧的土坟一指："小人记得那边才是蓝春的坟。"又指了一下燃烧着香烛纸钱的土坟，"这里埋的是蓝春的姐姐。"

　　"蓝春的姐姐，是蓝秀吗？"

　　那乡民点了点头。

　　"刚才坟前那人，你可认识？"

　　那乡民摇头道："刚才隔得远，小人没看清脸，不知道是谁。"

　　宋慈向夜幕深处望去，能看见一盏灯笼在夜色中逐渐往下移动，那是追赶的两个衙役，已经追下了这处坡地。但一直没听见呼喝之声传来，可见两个衙役并没有追到那道人影。宋慈把目光转回到身前，向坟头看去。坟头生长着各种叫不上名字的杂草。他记得方才那人影在杂草间拨弄着什么，逃跑时还回头朝坟头看了一眼。于是他拿过灯笼，拨开坟头的杂草，仔细寻找起来。很快，一抹银光闪动，他在草丛间找到了一物，拾起来一看，是一把半月状的银梳。

　　宋慈叫了一声"克庄"，将灯笼交给刘克庄举着，他双手拿起银梳，放在灯笼光下细看。这把银梳打制得甚是精致，乃是银片镂空、錾刻而成,从里向外共有三层银片,第一层银片裹着梳齿,錾刻有梅花纹,第二层银片镂刻着卷草纹,第三层银片錾刻着连珠纹裹沿,其中第一层银片的梅花纹间刻有一行小字,凑近辨认,乃是"娄小七记"四个字。

这把银梳极为干净,没有附着任何泥土,可见不是坟中陪葬之物,也非遗弃多年之物,应该就是刚才那逃走之人带来的。回想方才一瞥,那人拨弄杂草,莫非是掉落了这把银梳,因而在草丛间寻找?银梳上的"娄小七记"四字,宋慈并不陌生,那是建阳城南的一家银作坊。

宋慈把银梳收了起来,转头看向两座土坟,问那乡民道:"当年蓝氏姐弟下葬时的情形,你还记得吗?"

那乡民点头道:"记得啊,蓝秀死在前面,李员外给了这块地,让蓝春把姐姐葬了,没多久蓝春也死了。李员外看他姐弟俩死得实在可怜,便让他们挨在一起,死后也能做个伴。"

"死得实在可怜,"宋慈道,"这话如何说起?"

"他姐弟俩都是死于非命,蓝秀是被人杀害的,死前还被人……被人那个了。蓝春好像是被马车撞死的,尸体还是衙门送来的,若不是李员外出钱安葬,只怕就要暴尸荒野了。再说他姐弟俩本是逃难来的流民,幸得李员外收留,才在村子里安顿下来。他姐弟俩给李员外家种田,日子本就过得不容易,可乡里乡亲有什么事,他俩只要知道了,都会抽空来帮忙。这么多年了,村里人还时不时提起他姐弟俩,有时上山祭祖,还不忘来这里上几炷香,烧些纸钱。这么好的一对姐弟,年龄也都不大,说没便没了,想想便觉着可怜啊。"

宋慈看了一眼坟前渐渐燃尽的香烛纸钱，问道："方才那人，会不会是村里人来这里祭拜？"

那乡民摇头道："这地方离得远，山路也不好走，又不是清明，又不是鬼节的，谁家祭拜也不会大晚上来啊。"

这时远处的灯笼折返而回，两个衙役都喘着粗气，摇着头，说一路追下了坡地，又在下面山坳里转了一圈，还是没瞧见任何可疑的人影。宋慈谢过了两个衙役，转头望着两座土坟，怔怔出神。

"宋公子，现下怎么办？"梁浅道，"要不要将村里人都叫来，把附近山坳一堵，四下里寻个遍，说不定能抓到方才那人？"

梁浅只带了两个衙役，此时能就近觅得的人手，就是上坪村里的乡民。宋慈却把头一摇："村里人都已休息，不必惊扰大家。"转而说道，"明日午后，我会来这里起坟开棺，将蓝氏姐弟的骸骨一并挖出来查验。这回只怕需要的人手更多，要有劳梁县尉了。"他故意把话说得足够大声，让一旁那乡民能清楚听见，眼见那乡民露出惊讶之状，心知那乡民回村之后，必定会传扬此事。他原本打算明日天亮后便来开棺查验蓝春的骸骨，这下改为将蓝秀的骸骨一起查验，还刻意改在了午后，意在多留出半天的时间，让这消息尽可能传开。方才那人影燃烧香烛纸钱，一见人就匆忙逃离，显然是趁夜来偷偷祭拜蓝秀。

时隔十三年之久，此人还来坟前祭拜，可见与蓝秀有莫大关联。一旦听说衙门要开棺查验蓝秀的骸骨，此人说不定会前来围观。宋慈此举，意在引此人现身。

梁浅应道："宋公子吩咐便是，我明日一定备足人手。"又问道，"那雷老四的尸体，不知宋公子几时查验？"

第四章　无头尸体

"明日一早，我会备齐器具，先到衙门验尸。"宋慈说道，"还有储公子和卞三公的尸体，到时我会一并复验。"

刘克庄听得这话，想到一日之内，宋慈打算验三尸二骨，不由得倒吸了一口凉气，拳头也捏紧起来。回想当年在临安时的验尸场景，自己这个书吏，时隔三年之后，看来又要派上用场了。

第五章

煮骨辨伤

　　翌日清晨，宋慈和刘克庄起了个大早，由北门进入建阳城，在附近的早市上买了一坛酒和好几坛醋，又买齐了苍术、皂角、葱椒、白梅、酒糟、盐、油纸和白抄纸等物，此外还买了一副皮手套。这些东西加在一起又多又沉，两人雇了一辆板车运送，一起往县衙而去。

　　建阳城的北门并没有开在正北方，而是处于东北方向。二人离开早市时，会从北门附近的城墙下经过。城墙下甚是热闹，不少乡民叫卖蔬菜杂货，箩筐背篓放了一地，却唯独空出来了一小片地方。这一小片地方干干净净，被一道白线圈了出来，正是昨日清晨发现雷老四尸体的地方，昨晚宋慈便来这里查看过了。

　　说是今日上午才去查验雷老四的尸体，实则昨晚从三贵里回城后，哪怕夜已经很深了，宋慈还是去到县衙，对雷老四的尸体进行了初检。凶手已接连杀害三条人命，可能还会继续行凶杀人，他必须尽早查明真相，才能阻止凶手继续作案，因此一刻也不愿多耽搁。

雷老四的尸体没有头颅，脖子上的断口较为平整，胸前插着一根木棍，拔出木棍后，能看到这处伤口的上下边沿均有平整之处，应该也是先被利刃刺入胸口，后将木棍插入。脱去尸体身上的囚衣，能看见尸身上有不少瘀痕，手腕和脚踝上还有明显的勒痕，可见其生前曾被捆绑过手脚。将尸体翻转过来，后背上同样有不少瘀痕，此外背心处有一块鸡蛋大小的黑斑，黑斑周围有几道伤疤，这几道伤疤愈合已久，一看便是旧伤。在尸体的两只手掌上，宋慈还发现了不少茧子。除此之外，整具尸体已有明显的腐坏发臭之状，可见不是昨晚遇害的，应该早就死了。

初检完尸体后，宋慈将这些发现如实填入检尸格目，随后又检查了在尸体喉咙断口里发现的那枚泥活字，以及从尸身上脱下来的囚衣。这枚泥活字上刻有"入"字，底部有十字凹痕，棱角有不少磨损，与此前在储文彬和下三公口中发现的两枚泥活字如出一辙。然而相比这枚泥活字，宋慈似乎对囚衣更感兴趣。这件囚衣是用赭色麻布制成的，其正面有不少发黑发干的斑点状血迹，右肩后侧有一道缝补过的口子，此外后背处还有一道手指长短的破口。他拿着囚衣翻来覆去地检查，盯着那道手指长短的破口看了好一阵，才若有所思地将它放下。

此后宋慈随梁浅去往书吏房，存放检尸格目的同时，找出蓝秀一案的案卷看了，之后又随梁浅赶往北门附近，查看了城墙下发现雷老四尸体的地方。这地方看起来没什么特别之处，地上甚至见不到血迹。听梁浅说,最先发现尸体的人,是一大早去早市上卖粥的摊贩,当时天才蒙蒙亮,下了一夜的雨还没有停。摊贩发现尸体后,急忙赶往衙门报案。梁浅的家就在北门附近,距离发现尸体的那段城墙不远,他刚起床,就听见附近很是嘈杂。这阵嘈杂不像平时早市上的叫卖声,他走出家门,打算去看看出了什么事,正遇上赶来禀报的衙役,这才得知附近发生了命案,于是急忙跟随衙役赶去了现场。

彼时早市上已聚集了不少人,梁浅吩咐衙役将尸体运回衙门,又在发现尸体的地方围了一圈白线,不许任何人踏足其中。梁浅还派衙役查问了附近的住户,问前一夜城墙下是否有过动静,然而夜里一直下雨,附近的住户早早便睡了,没人听见过响动。梁浅也住在附近,连日来为查案奔走,每天都睡得很晚。昨晚他同样睡得很迟,但因为太过劳累,一觉便沉沉地睡到了天亮,夜里附近有没有过动静,他也不知道。梁浅把这些事一五一十地告诉了宋慈。宋慈听完梁浅的讲述,生怕现场有遗漏的线索,于是打着灯笼照明,将附近数十丈内的区域仔细查找了一遍,然而没有任何发现。

检查完现场后,宋慈请梁浅第二天准备一口陶瓮、三床草席和尽可能多的木炭,随后才和刘克庄返回了同由里。等到达位于七子桥畔的家时,已是子夜时分。这一天奔走太多,二人倒在床上便睡着了。

一觉醒来后,二人便又动身进城,买齐了验尸需用的器具,来到了县衙。

仍是那间停尸房,梁浅早已等候在屋外,他准备好了昨晚宋慈吩咐准备的东西，还备好了空白的检尸格目和尸图。杜若洲听说宋慈要验尸，也早早来了。宋慈没有提及在储文彬怀里发现锦囊的事，只是冷淡地看了杜若洲一眼，便在屋外的空地上烧炭生火，又请衙役取一口罐子装满清水，架在火上煮着，随后才走进了停尸房。

房屋内，三块白布遮盖之下，是三具并排停放的尸体，另有三床草席放在地上。比起两天前，屋内的尸臭味更浓了。这股臭味实在难闻，刘克庄和梁浅多少有些皱眉，杜若洲更是以袖掩鼻，远远地站在门边。宋慈点燃了苍术和皂角，四下里熏了一遍，以掩尸臭。他将白布一块块地揭开，三具赤裸的尸体呈现在眼前。

"水应该温热了。"宋慈看着尸体，嘴里说了一句。

早在从同由里进城的路上，宋慈便已向刘克庄交代了诸多验尸的细节。刘克庄全都记在心上，听宋慈这么一说，当即走出屋外，摸了摸罐子，里面的清水已经煮至温热。他请衙役将这罐温水移至屋内，取出两块干净的手帕，丢进了罐子里，随后从中捞起一块，拧至半干，递给了宋慈。

宋慈接过手帕，移步至储文彬的尸体前。

"宋慈，这可是储公子的尸体。"杜若洲的声音忽然响起，"知县大人还没来，储大人也还没到，你就要开始验尸了？"

"验尸便是验尸，既不该分人，也不该分时候。"宋慈没有回头，话出口时，已开始擦洗储文彬的尸体。杜若洲没再说话，重新拿袖子掩住了口鼻，冷眼盯着宋慈。宋慈擦洗了十来下，待手帕变冷后，递还给刘克庄，刘克庄接过去的同时，将另一块拧至半干的温热手帕放到宋慈的手中。如此循环往复，不过片刻时间，宋慈便将整具尸体擦洗了一遍。

这时宋慈说了一声："纸、酒、醋。"

刘克庄立刻擦干双手，取来了酒、醋和白抄纸。宋慈拿起白抄纸，一张张地蘸了酒醋，贴在尸体的头面、胸肋、两乳、肚脐等部位，再用白布盖住尸体，又拿起一床草席，紧盖在白布上。随后两人用同样的方法，分别处理了卞三公和雷老四的尸身。

接下来便是好一阵等待。在此期间缪白来了，身后跟着几个衙役和书吏，其中便有那个头戴方巾的付子兴。杜若洲见缪白来了，立马走到屋外相迎。缪白点了点头，跨过门槛进入屋内，原本还在打哈欠的他，一闻到尸臭味和醋酸味，立马把脸一皱，捂住了口鼻。随后不久，储用也到了，他心系死去的儿子，一听到衙役禀报宋慈将要验尸的消息，立刻带着仆从从建溪客栈赶来了。

估摸时候差不多了，宋慈先将储文彬身上的草席和白布揭去，再揭下白抄纸，仔细查看了尸体全身，并没有其他伤痕显现。他又揭开卞三公身上的草席、白布和白抄纸，仍是一番仔细查看，还是没有任何伤痕出现。待到揭去雷老四身上的草席、白布和白抄纸时，却见尸身上不少皮肉都呈现出红黑色。

"做梅饼。"宋慈向刘克庄道。

刘克庄剥取梅肉，宋慈取适量的葱椒、酒糟和盐，与梅肉合在一起捣烂，拍成了几十张饼子。刘克庄将饼子全部拿到屋外，用火烤至发烫，再一张张地拿进屋内交给宋慈。宋慈将白抄纸均匀地衬在雷老四的身上，再将梅饼一张张地贴在白抄纸上，以此熨烙尸身。储文彬和卞三公的尸体没有新伤痕出现，暂且无须进一步检验。雷老四的尸身则不同，出现了不少红黑色的地方，很可能是伤痕，因此需要用梅饼验伤法加以检验确认。

此后又是一番等待。当梅饼只剩余些许温热时，宋慈将梅饼一张张地取下，又将白抄纸一张张地揭掉，只见雷老四的尸身上，有更多的皮肉呈现出了红黑色，尤其是腹部，皮肉上的红黑色几乎连成了一片。他将尸体翻转过来，再将梅饼烤至发烫，将尸体的背面也用梅饼验伤法验了一遍，同样有许多皮肉出现了红黑色，特别是后背，皮肉上的红黑色同样连成了一大片。

"这些都是伤痕？"刘克庄在旁惊声问道。

宋慈点了点头，道："以梅饼法验伤，红黑处便是生前伤痕。看来雷老四生前曾遭受殴打，而且是极为惨毒的殴打。"宋慈看了一眼储文彬和卞三公的尸体，心下不禁暗暗疑惑："明明是同样的死法，为何储文彬和卞三公都没遭受过殴打，唯独雷老四被殴打得这么惨，还被割去了头颅？难道凶手不是同一人，又或是与雷老四有着不共戴天的深仇大恨？"

梁浅和储用听了宋慈所言，看着雷老四无头尸体上成片的伤痕，不禁有骇目惊心之感。就连杜若洲和缪白，也都看得面色发白，早已忘记捂住口鼻。

宋慈让刘克庄在尸图上画出所有红黑色伤痕的位置，随后移步至尸体颈部一侧，伸手按压颈部断口周围的皮肉，说道："尸体颈部皮肉如旧，血不灌荫，被割处皮不紧缩，筋肉也不收缩，洗检后按捺，肉色发白，无血流出。此乃死后伤，死者被割下头颅时，应该已经死去。"又拿起尸体的双手和双脚检查了一番，"手腕和脚踝上均有勒痕，死者生前应该被捆绑过手脚。"

刘克庄在尸图上画出颈部断口和手脚上的勒痕，并在检尸格目上记下宋慈方才所言。

宋慈拉起白布,盖在了尸体上。他接过刘克庄递来的检尸格目和尸图,仔细检查了一遍,没有任何错漏。他将尸图和检尸格目交给付子兴,请付子兴拿回书吏房存放。

做完这一切,宋慈向梁浅道:"午后开棺验骨的事,还请梁县尉不要忘了。"

梁浅应道:"我到时会备齐你昨晚盼咐的陶瓮和木炭,提早带人赶到现场相候。"

宋慈朝验尸所剩余的器物一指,拱手道:"这里剩余的盐、醋、白梅和白抄纸,还有油纸和草席,有劳梁县尉一并带去现场。"转身向储用、缪白和杜若洲各行一礼,便朝屋外走去。

"开棺验骨?"杜若洲忽然叫道,"宋慈,你要开谁的棺,验谁的骨?"

宋慈脚步一顿,道:"三贵里的蓝氏姐弟。"

"什么蓝氏姐弟?"杜若洲道。

宋慈应道:"蓝春和蓝秀,本是流民,逃难至三贵里,在上坪村安顿下来,于庆元二年先后死于非命。"

杜若洲神色微变,道:"开棺验骨可不是小事,你居然擅作主张,不向衙门请示?"

宋慈尚未回话,梁浅先开口道:"县丞大人,开棺验骨的事,宋慈昨晚便向我禀明,我已准许……"

"梁县尉,今早验尸的事,你知道向知县大人禀报,开棺验骨一事,为何却知而不报?"杜若洲打断了梁浅的话,朝缪白的方向抬手,声音很是不悦。

第五章 煮骨辨伤 125

梁浅向缪白道："知县大人，属下并非有意隐瞒，本是想着大人公务繁多，打算今早验尸之后，再向大人禀告此事，以免过多烦扰大人。"

缪白摸了摸稀疏的胡子，语气有些发尖："行了，说过便知道了。朝廷的公文应该快下来了，你当了这么些年的县尉，倒是劳苦你了。"

梁浅上个月死了老母，按制当守孝三年，缪白所说的公文，乃是朝廷准许他卸任守孝，并派下继任县尉的公文。他听出缪白这话泥中隐刺，可见对他知而不报甚为不满，但嘴上也只能回话道："属下为大人做事，不觉劳苦。"

缪白轻哼一声，不再理会梁浅。

杜若洲朝梁浅冷眼一瞧，又用同样的目光瞧着宋慈，道："宋慈，你要查的是储公子的案子，为何却去验什么不相干的蓝氏姐弟的骨头？"

"开棺验骨，自有原因，只是眼下还不便透露。"宋慈应道。

"储大人对案情甚是关心，一听说你要验尸，立马便赶来了。知县大人同样对储公子的案子极为重视。二位大人许你查案之权，你倒好，说什么不便透露。"杜若洲道，"你查案已有两日，到底有何进展，难道不该向二位大人禀明吗？"

储用一双老眼望将过来，神情甚是关切。缪白则是神情冷漠地瞧着宋慈。

当年那起走车马案，是杜若洲审理结案的，蓝春的死虽然存在蹊跷，但宋慈尚未查验蓝春的骸骨，心中诸多推想未经证实，实在不愿当着杜若洲的面讲出来。他道："县丞大人给了我十日限期，眼下还剩八天。"向杜若洲、缪白和储用等人看去，"还请诸位大人多等数日，限期之内，宋慈定会给诸位大人一个交代。"说罢转身，由刘克庄陪着，走出了屋外。

望着宋慈离去的背影，杜若洲不禁眼角斜起，目光变得阴鸷起来。

"时辰尚早，这会儿去哪里？"从县衙出来，刘克庄问道。

"城南银作坊，"宋慈应道，"娄小七记。"

两人一路沿南街而行，不多时就抵达了县城南门，随即在南门内左拐，进入浮桥巷，再走三十来步，便到了娄小七记的铺子。

自打宋慈记事起，城南便有这家银作坊了，那时的店主娄小七还是个面皮干净的年轻人，如今却长了一脸的灰斑，胡子也开始泛白，已变成了旁人口中的娄老七。这些年来，建阳县的富贵人家需要置办银器时，通常会到建宁府去，那里的银铺更多，银器样式也更丰富，做工也更精美。但普通人家打制银器，还是会来娄小七记，因而这家银作坊的生意一直还算不错。

宋慈走进娄小七记，拿出在蓝秀坟头杂草丛中发现的那把银梳，找到了娄老七，请其辨认。娄老七接过银梳，一眼便看见那刻在梅花纹间的"娄小七记"四个字，点头道："这银梳子是我打制的。"又仔细瞧了几眼，"应该是个姓方的人买去，送给了一位姓蓝的姑娘。"

宋慈想到梁浅曾提及，侵犯杀害蓝秀的凶手是个名叫方崇阳的书生。"当真如此？"他道，"你没有记错？"

"可不是我记着的。公子请看，这银梳子中间镂空的是卷草纹，

第五章 煮骨辨伤　127

这左边有个'方'字，右边有个'蓝'字。"娄老七指着银梳的第二层，那里的卷草纹里藏了两个字，若不是他特意指出来，寻常人很难看出那是字，只会以为是卷草纹，"公子看出来了吧？梳子有梳头结发之意，男人通常买去作为信物送给心仪的姑娘，叫我把姓氏刻在上面，又觉着明刻出来不大好意思，便这般把姓氏藏在花纹之中。通常是男人的姓氏在左或在上，姑娘的姓氏在右或在下。这种藏字的银梳子，我这些年打制了不少，所以一看便认出来了。"他脸上带起了笑容，"二位公子是不是也有心仪的姑娘，想来打制这样的银梳子？"

宋慈摇了摇头，道："那你还记得当年打制这把银梳的，是哪个姓方的人吗？"

"我这些年打制的银器太多，你猛然一问，我得想一想。"娄老七收起了笑容，翻来覆去地细看银梳，"这银梳子的纹路还不够精细，应该是我年轻时打制的。姓方，姓方……"

"方崇阳。"宋慈说出了那书生的名字。

"方崇阳？"娄老七摇了摇头，"实在对不住，我是真想不起来了。"将银梳还给了宋慈。

宋慈道了谢，与刘克庄一起离开了娄小七记。

宋慈把银梳收好，穿过整条浮桥巷，走进了巷口的一家汤饼铺子。

离中午尚早，铺子里已有不少食客，店家正忙着给食客端送汤饼。刘克庄跟在宋慈身侧，好奇道："来这里做什么？"

宋慈引着刘克庄在角落里的一张小方桌前坐下，道："这家铺子的梅花汤饼很是有名，你难得来一次建阳，须得尝上一尝。"说罢招呼店家,要了两碗梅花汤饼。

刘克庄看了看铺子里的其他食客,人人都抱着碗吃得正香,笑道:"我还以为今天又要买上几个馒头,直接就去三贵里呢。"

宋慈回以一笑,道:"寻常的梅花汤饼,是用新鲜梅花做成的,不过这时节还吃不到。这家铺子的梅花汤饼,却是一年四季都能吃到,是将白梅和檀香捣碎,和面做成面皮,再拿梅花模子凿取成片,煮熟后加入鸡汤,其味自带梅花幽香,可谓是无梅而胜有梅。"

"谁说无梅?白梅不也是梅。"刘克庄道,"完了,一说起白梅,立刻便想到你的梅饼验伤法。看来这辈子是吃不得白梅了。"

宋慈又是一笑。

过不多时,两碗热气腾腾的梅花汤饼端了上来。刘克庄拿起勺子轻轻搅动,状若梅花的面片在汤汁里翻滚,一股梅花幽香扑鼻而来,令人神清气爽,食欲倍增。他尝了一口,果然味美至极,方才还开玩笑说吃不得白梅的他,当即埋头搅动勺子,大口吃了起来。宋慈看在眼中,欣慰一笑,也动起了勺子。

很快一碗梅花汤饼下肚,刘克庄觉得不过瘾,又要了第二碗。等第二碗梅花汤饼端上桌,刘克庄搅动勺子,看着汤汁里翻滚的晶莹如玉的面片,忍不住吟道:"真是'恍如孤山下,飞玉浮西湖'啊。"

将碗中汤汁比之临安西湖,又将雪白面片比之湖中飞雪,宋慈忍不住赞道:"是句好诗。"

"当年你离开太学后,我在临安结识了一位叫留元刚的朋友,他是泉州人,那一年刚科举高中。他平日里最爱吃的就是这梅花汤饼,为此吃遍了临安城中所有的汤饼铺子。这句'恍如孤山下,飞玉浮西湖',便是他专为梅花汤饼所作。"刘克庄道,"这梅花汤饼嘛,我那时跟着他可没少吃,不过这家铺子的梅花汤饼,比之临安城里的还胜过一等。留兄若是来了,到这里尝上一口,怕是再也舍不得离开建阳了。"说着一笑,又大快朵颐起来。

宋慈见刘克庄如此喜欢这家铺子的梅花汤饼,说道:"北门附近有家永安酒肆,那里的千日酒最是好喝,但凡来过建阳的人,都会吃这城南的梅花汤饼,喝那城北的千日酒。"

"青布旗夸千日酒,白头浪吼半江风。"刘克庄一听到千日酒的名头,顿时一脸兴奋,"狄希造酒,醉卧千日。敢以'千日'命名,此酒必定不凡,你几时带我去尝尝?"

刘克庄最是好酒,知道千日酒乃是传说中的美酒。相传古时有一个叫狄希的人,会酿造一种千日酒,但凡喝过此酒,便会醉上千日。彼时有个好酒之人名叫刘玄石,去狄希那里要酒喝,只喝了一杯,回家后便醉死过去。家里人以为他当真死了,哭着将他埋葬了。三年之后,狄希登门拜访,得知刘玄石早已死去下葬,便说刘玄石并没有死,而是自己的酒使他醉卧千日,如今已到了醒来的时候,于是让刘家人挖坟开棺,正好看见刘玄石睁眼张嘴,口中还大呼痛快。在场围观之人,闻到了刘玄石口中呼出来的酒气,竟然也都各自醉卧了三个月。

宋慈虽不爱喝酒,但也知晓千日酒的传说,道:"等查完了案,我一定带你去喝个痛快。"

刘克庄笑道:"那就说好了,可不能忘了。"

吃过梅花汤饼,已近正午时分,两人从南门出了城,溯麻阳溪西行，朝三贵里而去。

进入三贵里的地界后，宋慈并没有立刻去往蓝氏姐弟的坟地，而是先去了位于麻阳溪畔的下黄墩。黄墩是三贵里的一个村子，下黄墩则是村子南边的一处山头，麻阳溪绕着这处山头流过。站在溪水转弯处的石滩上，宋慈怔怔地望着对岸的下黄墩。三贵里的上坪村正好是蓝氏姐弟居住的村子，与下黄墩隔溪相望。此时宋慈所在的这处石滩，乃是上坪村乡民们平日里浣衣之处。当年蓝秀遇害便是在这里，目睹这一幕的樵夫，便是在对岸的下黄墩砍柴。

河风吹过，发丝飘摆，宋慈眼望青山，心中所想尽是昨晚那案卷之上，蓝秀在这里遇害的经过。

那是庆元二年的五月十三，三贵里上坪村一个叫蓝春的少年赶到县衙报案，称其姐姐蓝秀上午去麻阳溪边洗衣服，到中午还没回来，他去溪边寻找，只找到一只丢弃在草丛里的木盆，以及散落在木盆外的衣物。他认得那是自家的木盆，蓝秀正是抱着这盆衣物去溪边浣洗。他寻遍四周，却不见蓝秀的踪影，回村子里四处打听，也没人知道蓝秀去了哪里，于是赶到衙门报了案。衙门派出衙役，跟着蓝春到上坪村寻找了一番，还是没有找到蓝秀。

两天后的清晨，有赶早市的乡民经过南门外的濯锦南桥时，发现麻阳溪上漂来了一具尸体，赶忙报与衙门。衙役赶到后打捞起了尸体，发现是具女尸，全身肿胀变形，可见已死去多时。

消息不胫而走，当天中午，得知此事的蓝春赶到了衙门。女尸的面目虽有肿胀变形，但蓝春还是认出那是自己的姐姐蓝秀，女尸身上的布裙，也正是姐姐失踪当天的穿着。

经仵作下三公检验，蓝秀的尸体肉色带黄不白，口开眼睁，两手散开，头发宽慢，腹部不胀，口、眼、耳、鼻无水沥流出，指甲内并无泥沙，可见不是溺水身亡，而是死后被抛尸水中。尸体阴门撕裂，脖子上有伤损处，其痕呈黑色，可见蓝秀生前曾遭人侵犯，被扼住脖子掐死之后，再弃尸于麻阳溪中。从尸体肿胀变形的程度来看，蓝秀应该在失踪当天便遇害了，尸体先是沉入水下，两天后肿胀浮起，这才被人发现。

衙门追查凶手，经衙役走访得知，蓝秀生前曾被一书生纠缠。那书生名叫方崇阳，家住一水之隔的黄墩村，其人在县学求学，因父亲早亡，家道中落，逐渐不思进取，变得游手好闲。方崇阳见蓝秀容貌清秀，多次到上坪村纠缠，在蓝秀失踪的前一天，村里有乡民去麻阳溪边浣衣时，看见方崇阳曾对蓝秀动手动脚。方崇阳见有乡民到来，这才放开蓝秀的手跑掉了。

方崇阳被抓到了县衙，经县尉杜若洲审问，方崇阳承认曾在麻阳溪边拦住浣衣的蓝秀，试图侵犯对方，但被乡民撞见，不得不中途放弃。转过天来，他故技重施，躲在麻阳溪附近，趁蓝秀到溪边浣衣时，将其拖入草丛侵犯，事后将其掐死灭口，抛尸于麻阳溪中。

后经衙役多方查找，找到了一个目击此事的樵夫。这樵夫名叫黄一山，是黄墩村人，事发时正好在对岸的下黄墩砍柴，听到"扑通"一声水响，走出树林观望，见麻阳溪对面水波翻涌，一个书生仓皇逃离了岸边。他认得那书生，正是同村人方崇阳。

此案上报至福建路提刑司，经提刑司复核无误，方崇阳奸杀良人，被判以绞刑结案。

"克庄，你看这麻阳溪有多宽？"宋慈朝身前流水一指。

刘克庄望了一眼，道："少说也有三十丈。"

"不错,这麻阳溪流长二三百里,虽称之为溪,实则是一条大河。此处河水拐弯,水宽应有三四十丈。"宋慈转过脸来,看着刘克庄道,"相隔这么远,对岸若是站了一人,你能看清其样貌吗?"

刘克庄远眺对岸,道:"怕是很难。"

"倘若那人是背对着你,而且还在飞奔,离岸边越来越远,你还能看得清吗?"

刘克庄尝试想象宋慈描述的场景,摇头道:"不可能看得清。"向宋慈看去,"你是想说,当年那樵夫做了伪证?"他昨晚同样看过蓝秀一案的案卷,一下子便猜到了宋慈的心思。

"梁县尉提到过,那樵夫曾说看见有两个人上了一辆马车走掉了,事后却改了口,说只看见方崇阳一个人,并没见到什么马车。证人改口一事,本该据实写入案卷,可蓝秀一案的案卷里却没有记录。"宋慈道,"还有,倘若你是一个女子,独自来这里洗衣服,被人纠缠,甚至险些遭人侵犯,试问你第二天还会独自一人来这里洗衣服吗?"

刘克庄把头一摇:"换了是我,要么换个地方洗衣服,要么就等其他人洗衣服时,跟着一起来。"

"不错,更别说蓝秀还有一个时年十六岁的弟弟。"宋慈说道,"姐姐被人动手动脚,甚至险些遭人侵犯,还被乡民看见了,此事定会在村子里传开。弟弟蓝春知道了,就算碍于姐姐的脸面没有告到衙门,难道还会任由姐姐独自一人来这里洗衣服吗?第二天姐姐失踪后,蓝春赶到衙门报案,难道就不会提及姐姐前一天被方崇阳意图侵犯的事吗?"

说到这里,宋慈的声音变得激烈起来:"此案有诸多错漏,这样也能定方崇阳的死罪,提刑司还能复核无误,以绞刑结案,真是荒谬至极!"

"世道昏暗,这等荒谬之事,天底下恐怕只多不少。"刘克庄叹了口气,"好在那方崇阳最后越狱出逃,没再被抓回来,不至于无辜丢了性命,还算是老天有眼。"心念一动,压低了声音,"昨夜在蓝秀坟前祭拜之人,你说会不会是方崇阳?"

蓝秀坟头发现的银梳,很可能是当年方崇阳为蓝秀特意打制的,倘若真是昨夜祭拜之人遗落在了坟头,那此人很有可能就是当年逃狱而出的方崇阳。宋慈道:"今日开棺验骨,意在引昨夜祭拜之人现身,是不是方崇阳,到时便知。时候差不多了,我们走吧。"

两人离开下黄墩,穿过上坪村,往蓝氏姐弟的坟地而去。一路上能看到不少乡民,都是听说开棺验骨的消息后,自发前去看热闹的。到得坟地,竹林里已围聚了上百个乡民,梁浅带来了所有需要用到的器具,并领着衙役守在蓝氏姐弟的土坟前,不让看热闹的乡民靠得太近。杜若洲也来了,身边跟着两个书吏,就站在一旁。一些来迟的乡民挤不进人堆,于是爬至坡顶,在山梁上或蹲或站,居高临下地等着开棺。

见杜若洲不请自来,宋慈还是上前行了一礼,道了一声:"见过县丞大人。"杜若洲瞧了宋慈一眼,不声不响,毫无回应。刘克庄看得有气,对杜若洲冷眼相向。宋慈倒是不计较,转身向梁浅走去。

来到梁浅身前,宋慈低声嘱咐道:"待会儿开棺验骨之时,还请梁县尉分派衙役,把守下山的道路,不放任何人离开。"

梁浅虽不明白宋慈要做什么,但经过这两日的接触,也不再追问究竟,立刻唤来衙役,吩咐照办。

"那边的道长,是请来做法事的吧?"刘克庄朝左侧一指,那里有一个道士和两个道童,搭了一张铺有黄布的木桌,正在桌子前整理带来的法器。

在世人眼中,起坟开棺还要动人遗骨,那是比查验死尸更损阴德的事,刘克庄一如当年在临安那般,要先请人做场法事,为宋慈消灾解厄。昨晚宋慈请梁浅准备陶瓮和木炭时,刘克庄则请梁浅帮忙寻找做法事的人,一切花销,连同准备陶瓮和木炭的钱,都算在他的头上。

"城西开福寺的僧人不肯来做法事,只有附近天后宫的道士愿意来。"梁浅道,"那位便是天后宫的毕道长。"

宋慈朝毕道长看了一眼,其人身形矮小,却穿着宽大的道袍,脸色发黑,胡子前翘,面相自带几分威严,身边的两个道童矮了一头,均是十二三岁模样。宋慈从不信鬼神之说,但知道刘克庄请人做法事是出于一番好意,也就没有加以阻止。他点了点头,道:"那就开始吧。"

毕道长燃烛焚香,一手持符箓,一手舞木剑,围着两座土坟来回绕圈,口中念念有词。两个道童一个摇铃铛,一个撒冥纸,紧随在其身后。

毕道长做法事时,宋慈移步至一旁等候,扫视着周围聚集的乡民,从中寻找看起来不太一样甚至有些可疑的人。

过了好一阵子,毕道长做完了法事,示意可以动土了。梁浅吩咐衙役拿起锄头和铁锹,将两座土坟挖开;又花费了好一番功夫,两口木板拼接的简易棺材才从泥土下露了出来。乡民们个个伸长了脖子,看得极其入神。在此期间,宋慈并没有发现什么可疑之人,

第五章 煮骨辨伤 135

只是对一个富绅打扮的老人多看了两眼，低声询问附近的乡民后得知，那老人就是拿地出来安葬了蓝氏姐弟的李员外。

宋慈朝两口裹满泥土的棺材看了看，先是去到了蓝春的棺材前，请衙役将棺盖打开。棺盖早已腐朽，几个衙役只是稍微用力一撬，棺盖便破裂开来。待衙役将碎裂的棺盖捡至一旁，宋慈探头朝棺材里看去。想是被蛇虫鼠蚁糟蹋过，里面的遗骨早已散乱。宋慈取出一双皮手套戴上，伸手入棺，捡拾骨头，用清水洗干净，逐一细看之后，放在一旁的草席上。

等到棺材里的骸骨被捡拾一空，宋慈吩咐衙役取木炭生火，将大陶瓮架在火上。他往陶瓮中先倒入了醋，再放入足够多的盐和白梅一起煮。他方才清洗时已将所有骨头检查过一遍，不少骨头都有缺损破裂，但至于是死后蛇虫鼠蚁啃噬造成的，还是生前所受的伤损，仍需进一步检验才能确认。

验骨的最佳方法，是蒸骨后以红伞验骨，但那需要天气晴好，阳光足够明亮。眼下正值黄梅时节，梅雨连绵不绝，哪怕没有下雨，天也一直阴着。宋慈昨晚便预见到天气很难放晴，无法用红伞验骨，这才让梁浅提前准备陶瓮，决定改用煮骨法验骨。

等了好一阵，陶瓮中的醋开始滚沸起来。这时宋慈将草席上的骨头一一放入瓮中熬煮。待千百滚后，宋慈示意衙役移开火炭，让陶瓮静置片刻，随后捞出瓮中骨头，再次清洗干净，并逐一细看。倘若人生前骨头受到伤损，伤损处便会有血液渗入，经此法煮骨之后，会呈现出暗红色或青黑色。宋慈仔细辨认之下，最终在两根肋骨上找到了青黑处。这两根肋骨都有缺口，缺口处色呈青黑，可见这缺口乃是生前伤损。

蓝春当年被马车撞击，死于木头穿胸，肋骨出现伤损并不奇怪，但这两根肋骨上的缺口，并非不规则的破损，而是较为平整的缺口，不像是木头捅出来的，更像是利刃切割所致。

宋慈将肋骨上的缺口拿给刘克庄和梁浅看。刘克庄只看了一眼，便想起当年临安太学时的巫易案，彼时开棺验骨，肋骨上也出现过类似的伤损。他道："这么说，蓝春不是被木条捅死的？"

"人身要害无外乎头颈胸腹，以利刃杀人，致命伤多在这几处地方。"宋慈道，"木条刺入胸口，不可能在肋骨上留下这般平整的缺口，蓝春应该是被利刃所杀，死后才插入的木条。"

前晚宋慈翻看蓝秀一案的案卷时，梁浅也找出当年走车马案的案卷查看了，毕竟第二日要开棺查验蓝氏姐弟的骸骨，梁浅自然要把当年的案情了解清楚。他看过案卷，蓝春也死于木头穿胸，现场还散落了一地的泥活字，让他联想到储文彬等人的死，总算明白了宋慈为何要追查当年这起走车马案。此时眼见宋慈验骨，耳闻宋慈所言，道："如此说来，当年蓝春的案子是查错了。"

宋慈走向一旁的杜若洲，将两根肋骨上的缺口指给杜若洲看了，道："县丞大人，当年这蓝春的案子，应该是你审理的吧？"

杜若洲一直冷眼旁观，闻言道："我早上便说过了，根本不记得什么蓝氏姐弟，你说的什么案子，我一点印象也没有。"

"梁县尉当年身在衙门，也曾亲历此案，他虽然记不清楚，但多少有些印象。"宋慈道，"县丞大人当年身为主审官员，怎会一点也不记得？"

"我这些年多地为官，无时无刻不在忙碌，如今本县的所有公务，也都等着我去处理，可谓日日繁忙，一起十多年前的旧案，我哪里还会记得？"杜若洲道。

刘克庄接口道："县丞大人既然如此繁忙，又如何能有闲暇，来这荒山野地看宋慈开棺验骨？"

杜若洲道："掘人坟墓，动人棺材，弄不好便会招惹非议。我身为县丞，自然要来现场监管此事，以免你等乱来，坏了衙门的名声。"

刘克庄冷笑了一下，正要继续还口，却被宋慈拦住了。只听宋慈道："县丞大人不记得，那也无妨。当年的案卷尚在衙门，白纸黑字仍在，县丞大人回衙门取来一看，自然会记起来。卯金堂的马车撞死了路人蓝春，当年是由县丞大人代储大人审理的，最终以公私要速走车马误杀蓝春结案。如今我已查验蓝春的骸骨，验明蓝春是被利刃所杀，此案应当重新审理。当年撞死蓝春的马车上有两人，分别是卯金堂的刘醒和徐大志，还请县丞大人传唤此二人到衙门受审。"

杜若洲却道："就凭这两处小小的缺口，就说蓝春不是被马车撞死的，未免太过武断了吧？万一那木头就是尖如利刃，就在骨头上留下了这样的缺口呢？"

刘克庄听得冷哼一声，只觉杜若洲实在是强词夺理。却听宋慈道："县丞大人所言不错，当年马车撞毁了可竹书铺里用于放置泥活字的木架，从木架上碎裂下来的木头，是有可能尖如利刃，不排除会在蓝春骨头上留下这样缺口的可能。"

听得宋慈竟然赞同自己的说法，杜若洲倒是有些惊讶。他还没想明白宋慈是何用意，却听宋慈话锋一转："县丞大人，我有一问，想向你请教。"

"请教什么？"杜若洲道。

"一辆疾驰的马车，冲进了街边的店铺，把店铺的墙壁都撞裂了，请问这撞击之力是大还是小？"宋慈直视着杜若洲。

杜若洲不明白宋慈的葫芦里卖的什么药，朝周遭围观的乡民看了看，见所有人的目光都朝自己望了过来。这一问如此简单，只怕连三岁小儿也答得上来，当着这么多人的面，他堂堂县丞容不得不答，道："当然是大。"

"倘若这辆马车冲进店铺之时，还将街上行走的一个路人一并撞进了店铺，那这路人所受的撞击之力，想必也很大了吧？"宋慈接着问道。

杜若洲又朝周围乡民看了看，道："那还用说吗？"

"这些骨头的主人蓝春，生前便是遭受了这样大力的撞击。一个人摔跤跌倒，亦有可能骨折伤损，更别说是被马车如此大力地撞击，蓝春全身骨头应该多有折断，留下不少生前伤损才是。"宋慈一手举着两根肋骨，一手指着草席上的一大堆骸骨，"经煮骨法检验，骨头上但凡有生前伤损，便会色呈暗红或青黑。蓝春周身骸骨，除了这两根肋骨上，其他骨头都没有青黑之处。也就是说，蓝春除了这两根肋骨，其他骨头在他生前都是完好的，别说是有过折断，便连一点损伤也没有。敢问县丞大人，蓝春生前遭受马车那么大力度撞击，他周身骨头岂能如此完好，不留下任何生前伤损？"

杜若洲一呆，望着那堆骨头，一时不知如何作答。

刘克庄被宋慈的这番话惊到了，念头一转，脱口道："这么说，蓝春生前根本没有被马车撞击过？"

宋慈将这一问听在耳中，立在原地，心中所念，却是自己的师父下三公。他记得案卷上所录，蓝春身上存在多处瘀伤，都是被马车撞击所致,致命伤位于胸口,是被木条刺死。可如今经他煮骨辨伤,蓝春生前根本没有遭受过马车撞击,也并非死于木条穿胸。当年检验蓝春尸体的是卞三公,他熟知师父的本事,尸身有无撞击伤痕,骨头有无折断,致命伤有无异样,师父不可能验不出来。那就只有一种可能,师父当年验尸时作了假。他也总算明白了,为何师父会那么反常——竟把那枚庆元二年铸有"春二"字样的铁钱一直随身携带了。"春二"二字,指代的正是蓝春和庆元二年,师父应该是对这起案子太过在意,或者说一直耿耿于怀,才会将这枚铁钱挂在钱囊上,时刻随身带着,一带就是十三年。

  宋慈了解师父的为人,绝非贪财好利之辈,之所以验尸作假,必定有其不可告人的苦衷。但无论如何,师父终究在验尸上作了假,他要查明蓝春的死,师父作假一事就不可能隐瞒得了,迟早要公之于众。师父已经逝世,作假之事一旦公开,师父一辈子的名声就算毁了,他一向敬重师父,实不愿如此。但面对刘克庄这一问,他还是点了下头,向杜若洲道:"县丞大人,我请求重查蓝春之死,传卯金堂的刘醒和徐大志到衙门受审。"此言一出,那就是决意要查明此案了。

  杜若洲神色微变,道:"重审旧案,岂是我一个小小县丞说了能算的?此事要先上报提刑司,等候朝廷批示。"

  上报提刑司,再等朝廷批示下来,早就过了查案的十日限期。宋慈明白这一点,转头向梁浅看去。梁浅略作犹豫,道:"县丞大人,此事关乎储公子一案是否能查明真相,不如先让我去崇化里传唤刘醒和徐大志……"

  "翻案重审,自有流程,你身为县尉,不告而查,眼中还有没有法度?"杜若洲道,"此事我自会禀明知县大人,再上报提刑司处置。"

宋慈虽已决意重查此案,但也清楚自己早已不是当年奉旨查案的提刑官,手中没有半点权力,此次能查案也全靠储用担保,杜若洲虽然只是八品县丞,但铁了心要阻挠他追查蓝春之死,他也别无办法。他把梁浅方才的犹豫之色看在眼中,不想让梁浅过多为难,道:"既是如此,那就有劳县丞大人了。"转身走向蓝秀的棺材。

刘克庄气恼地瞪了杜若洲一眼,跟随宋慈来到蓝秀的棺材前。

宋慈吩咐衙役打开棺盖。棺盖同样早已朽坏,一经撬动便裂开了。不等衙役将破裂的棺盖完全移走,宋慈的目光已透过裂缝,看入棺材之中,眉心一下子紧了起来。

棺材里的骨头很多,极为散乱,早已不成人形。在众多骨头之中,以头颅骨最为显眼,宋慈一眼便看见了。然而令他吃惊的是,棺材里的确有头颅骨,但不是一个,而是有两个。他的目光飞快扫动,继两个头颅骨之后,很快辨认出了两个盆骨,随后是四根髀骨、四只脚掌骨……

棺材里,竟赫然有两副骸骨!

宋慈和刘克庄对视一眼,彼此脸上都带着惊疑之色。梁浅走近看了,也是一脸吃惊。站在山梁上的乡民们居高临下,看见了棺材里的景象,彼此交头接耳起来,这一消息很快传开,竹林里那些原本看不见棺材内部的乡民也都知道了。这些乡民大多来自上坪村,知道这里埋葬的是蓝秀,得知棺材里竟出现了两副骸骨,顿时一片哗然。

杜若洲走了过来,看清棺材里是何情状,眼缝一眯,神色变得有些古怪。

宋慈迅速恢复了镇定，吩咐衙役取来清水和草席。他一如先前那般，将棺材里的骨头一一取出，清洗干净后放在草席上。只是这一次他花费的功夫更多，需要将相同部位的骨头找出来，按尺寸大小分开摆放在两张草席上。两个头骨的大小不一样，脚掌骨的长短也有明显差异，可见两副骸骨的主人在身形上有较大差别，这倒是更便于分拣开来。

如此清洗分拣了好长时间，两副混杂在一起的骸骨终于彻底区分开来。宋慈辨别这两副骸骨，尤其是盆骨上的差异，确认是一男一女。女人的盆骨上口大，较宽而浅，男人的盆骨上口小，较窄而深，再加上男人的骸骨通常比女人的更为粗大，因此不难辨认性别。

宋慈吩咐衙役再次烧炭生火，将瓮中用过的醋倒掉，重新倒入新醋，加入盐和白梅，再一次煮沸。他先将那副女人的骸骨放入瓮中熬煮了一阵，捞出洗净，没有发现任何暗红或青黑之处。紧接着他又用煮骨法对那副男人的骸骨进行了检验，结果却出乎意料，绝大部分骨头都出现了青黑之处，诸如头骨、肋骨、尺骨、手骨和髀骨等等，可见这副骸骨的主人，生前有过多处骨折骨裂，只怕曾遭受过极为暴虐的毒打和折磨。

刘克庄看得触目惊心，道："看来此人死得极惨……"

宋慈没有应声，目光落在了两根臁骨上。臁骨即小腿骨，这两根臁骨都从中断开，断口处呈青黑色，没有任何愈合的迹象，可见此人死前曾断过双腿。他想了一想，忽然转身，朝一身富绅打扮的李员外走去。

"是李员外吧？"宋慈止步于李员外身前。

李员外长须齐整，鬓角发白，看模样已有五六十岁。他身边跟着两个仆从，此前一直在人群中旁观。他向宋慈回以点头，脸上带着诧异之色，不明白主导开棺验骨的宋慈，为何会突然来找自己问话。

"听说这片山头是员外的地，当年蓝氏姐弟下葬之时，也是员外帮的忙？"宋慈道。

李员外点头道："这片山头本就一直荒着，他姐弟二人无处安葬，我便让他们葬在了这里，其实不算帮了什么忙。"他声音和善，语速较为缓慢。

宋慈指了一下蓝秀的土坟，道："员外可还记得，当年这座坟是下葬了蓝秀一人，还是与其他人一同下葬的？"

"这我记得，只葬了蓝秀一人。"李员外看了一眼挖开的土坟，又看了一眼从棺材里取出来的两副骸骨，神色甚是不解，"真是怪事，怎么会有两副骨头？"

"当年蓝春下葬时，员外也在场吧？"宋慈道，"当时有挖开蓝秀的坟，将他姐弟二人同棺合葬吗？"

"他姐弟二人是一人一坟，分开下葬的。"李员外朝两座土坟各指了一下，"蓝秀死在前面，先葬在了这里，还是蓝春亲自送的葬。后来没过多久，蓝春也死了，当时无人收尸，衙门把他的尸体送回了村子里，我便选了旁边这块地，让他姐弟二人的坟挨在一起，死后也好有个伴。"

"员外没有记错吗？"

"我不会记错的，当时村子里还有不少人送葬，都是亲眼见过的。"李员外朝周围乡民一指，"你若是不信，大可找其他人问问。"

宋慈并未找其他人过问，转而问道："员外可知，附近十里八乡有没有谁断过双腿？"

李员外摇了摇头："没听说谁断过双腿。"

"不只是现在，"宋慈道，"几年前，甚至十几年前，有断过双腿的人吗？"

李员外想了想，仍是摇头。

宋慈不再发问，道一声："多谢员外了。"返身走回坟前，从梁浅那里拿了空白的检尸格目，就在做法事用的桌子上，旁若无人般填写起来。刘克庄守在桌边，宋慈填写完一份检尸格目，他便取来照着抄填。检尸格目须一式三份，三副骸骨便须填写九份，二人合力抄填，好一阵才全部填写完。

至此三副骸骨检验已毕，该把骸骨葬回去了。

宋慈让刘克庄取白抄纸若干，撕成条状，全都写上"封"字。他从头颅骨、肩胛骨起，连同臂腕掌骨和胯骨，以及腰骨、髀骨、膝盖骨、臁骨和脚掌骨，分别左右，各用白抄纸包裹，并标明名称。肋骨有二十四根，左右各十二根，他区分出左右次序，按左第一、左第二、右第一、右第二的名称进行标明。脊椎骨也是如此，从上往下按一、二、三、四的顺序，连同尾蛆骨一起标明。胸前龟子骨、心坎骨也都裹上白抄纸，将名称标明。标写清楚名称后，再拿油纸裹上三四层，用绳子交叉扎系三四处，并贴上写有"封"字的纸条。他拿来之前用于装醋的坛子，清洗干净后，将三副骸骨分别装坛，以油纸塞住坛口，将装有蓝春骸骨的坛子放回蓝春的棺材里，装有另外两副骸骨的坛子则一起放回蓝秀的棺材里，吩咐衙役挖土埋葬，将两座土坟尽可能地还原。

安葬好骸骨后，趁着乡民们还在围观议论，宋慈请梁浅留下来收拾各种器具，他则快步走出人群，沿山路下山，来到衙役把守的位置。这里已有十多个提前离开的乡民，被衙役拦下来不让通过。宋慈守在这里，查问每一个乡民姓甚名谁，家住何处，在围观乡民中有无相识之人，确认没有任何可疑之处后，才放其下山。

通往坟地的山路一共有两条，一条是昨晚寻坟时走过的山路，另一条是昨晚那人影逃下山的道路。宋慈就守在前一条山路上，至于后一条山路，他已交给了刘克庄。下山的乡民越来越多，宋慈不厌其烦，将同样的问题向每一个乡民问出，直至傍晚时分，才查问完了所有人。每一个人都是有名有姓，也都能找到彼此相识的乡民，宋慈察言观色，没有在任何一个人身上发现可疑之处。他寄希望于刘克庄能有所发现，然而最后在山坳里碰头时，刘克庄也摇了摇头。另一条山路同样有不少乡民下山，刘克庄同宋慈一样查问，最终没有发现任何可疑之人。

"莫非昨晚那人今日没来围观验骨？"刘克庄道。

"或许是吧。"宋慈凝着眉头。

梁浅带着众衙役收拾好器具，下到了山坳里。杜若洲早就离开了，当时宋慈还在山路上查问乡民，杜若洲一到，拦路的衙役赶紧让到一边。杜若洲冷冷地瞧了宋慈一眼，带着两个书吏径直下了山，此时只怕已经回到县衙了。

"宋公子，"梁浅道，"传唤刘醒和徐大志的事，方才没能帮上忙，实在是对不住。"

宋慈明白梁浅的为难之处，别说杜若洲铁了心阻止，就算杜若洲同意了，以卯金堂刘家那仗势蛮横的程度，只怕衙门未必就能将人传唤得到。"今日检尸验骨，梁县尉已帮了我太多。"他道，"传

第五章　煮骨辨伪　145

唤此二人审问的事,就不劳烦梁县尉了,我自有法子。"

梁浅微感诧异,道:"卯金堂家大势大,族中还有高官在朝,只怕储大人也拿他家没办法,不知宋公子能有什么法子?"

"梁县尉不必多问,"宋慈应道,"是什么法子,到时候便知。"

第六章

县学旧事

五月十五一大早,沧州精舍里的学子们,彼此奔走相告着一个消息。

沧州精舍位于三贵里的考亭村,距离黄墩村和上坪村不算太远,这地方原名竹林精舍,乃是朱熹晚年寓居建阳时的讲学之地。朱熹一生游走多地,曾在不少书院停留讲学,每到一处,该书院必会声名远扬,哪怕朱熹后来离开了,书院仍会吸引众多学子前去求学,譬如福州境内大名鼎鼎的蓝田书院。除此之外,朱熹一生还亲手创办过好几所著书讲学的书院,沧州精舍便是其中之一。十年前朱熹在沧州精舍去世后,亲传弟子黄榦为其守丧三年,并留在沧州精舍讲学。

却说这位黄榦,年轻时拜朱熹为师,苦学不怠,常夜不宽衣,朱熹赞其志坚思苦,深为器重,还将次女嫁之。黄榦随侍朱熹身边十余年，助其授徒讲学，朱熹临终时手书与他诀别道："吾道之托在此，吾无憾矣。"沧州精舍有这位被朱熹视为道统传人的黄榦在，哪怕是韩侂胄主政时期，理学被朝廷斥为伪学，每年仍有不少学子慕名前来求学。如今，理学之禁早已弛解，尤其是在韩侂胄被诛杀后的这两年，四方学子不远千里负笈而来，这些学子不分老幼，已到了人满为患的地步，不少人苦求入学而不得，只能在附近村子租房落脚，每日一早来到沧州精舍门外守候，只等大门一开，便进入精舍旁听讲学。

今早却是一反常态，在这处背靠青山、三面环水的沧州精舍内，学子们却争相往大门外赶去，只因听说从临安来了一位公子，包下了山脚下考亭村里的书林酒家，要寻本地学子考较问题，能回答上来的，便能得一千赏钱。来沧州精舍求学之人，大多是还未考取功名的寒门学子，囊中羞涩的大有人在，回答问题便能得一贯奖赏，着实令人心动。即便是那些不图钱财的学子，也想去凑凑热闹，看看到底是什么样的公子，要考较何等样的问题。

考亭村因为有沧州精舍在，平日里往来学子极多，这两年行商也跟着聚集，在村子里租用民宅，售起了书，卖起了酒，经营起了客栈。书林酒家就位于考亭村的北边，是一座两层楼的小酒馆。酒馆一楼入门后十来步远，便是连接二楼的木梯。此时木梯口横了一条长凳，刘克庄一身锦衣，坐于长凳之上，见众学子列成的长队排出了酒馆门外，还沿着道路延伸出了老远，心想自己这个有钱能使鬼推磨的法子，当真是百试百灵。

眼看聚集的学子足够多了，刘克庄请学子们挨个上前。每当一个学子来到身前，他便凑近问上一个问题："你知道方崇阳是本地哪里人吗?"

大多数学子听得此问,都不免诧异地看着刘克庄。人人都以为刘克庄拿出一贯钱财作为奖赏,多半是要考较经史子集里的高深学问,要不然便是考较诗词歌赋,没想到却是询问一个本地人家住何处。不少学子诧异之后,再看这位临安来的公子,都跟看傻子似的。

刘克庄不以为意,凡是答不上来的学子,便请其离开。偶尔会出现一个回答"黄墩村"的人,刘克庄便挪开长凳,请其上二楼领赏。

二楼之上,宋慈独自坐在正中央的一张酒桌前,身前放着厚厚一沓行在会子。他听从刘克庄的安排,一大早坐在这里,已经等待了好一阵子。望着桌上那沓行在会子——那几乎是刘克庄此次离家携带的全部钱财——宋慈的脑海里不禁翻涌起昨晚的事。

昨日开棺验骨后,宋慈和刘克庄并没有立刻回同由里,而是去了上坪村,找到了李员外的家。彼时天色已经暗了下来,二人登门拜访,寻李员外打听蓝氏姐弟的事。

李员外认得来人是主持开棺验骨的宋慈,于是将二人请入大厅,奉上热茶,将他所记得的关于蓝氏姐弟的事讲了出来。据李员外所言,蓝氏姐弟本是逃难的流民,其家中亲人全都死于朝廷进剿峒寇的兵祸,姐弟二人小小年纪便相依为命,一路风餐露宿流浪至上坪村。李员外见二人实在可怜,便收留了二人,拿出自家一间闲置的旧屋子给二人住下,平日里让二人帮忙干些农活。蓝氏姐弟很是感激,干起活来极为卖力,不但对李员外一家知恩图报,对村子里其他乡民也极为友善,谁家需要帮忙都是尽力相助,很快便被整个村子所接纳。

如此过了几年安生日子，姐姐蓝秀到了二九年华，弟弟蓝春也已年满十六，一个娟好静秀、勤劳贤惠，一个吃苦耐劳、精干有劲。这一年初夏，村子里传起了一桩怪事，说隔壁村有个叫方崇阳的古怪书生，总是一大早守在村口的香樟树下，见谁都不搭理，但奇怪的是，每次一见到蓝秀出村浣衣，方崇阳便会立刻离开。李员外听说之后，也觉得奇怪，便找蓝秀问起了此事。蓝秀说是有这么个书生，每次她出门浣衣，走到村口便能看见对方，但她不清楚对方守在村口做什么，又为什么一见到她便会离开。

那几年蓝秀一直给李员外一家洗衣服，无论寒暑，只要不下雨，几乎每天都会抱着一大盆衣物去下黄墩浣洗。李员外早就叫她不必这么做，但她感恩图报，一直坚持如此。她每天去得很早，早到村子里还没哪家人去浣衣，她便已经洗完回来晾好了衣物。后来蓝秀遇害，衙役来到村子里查案，有村民就说了方崇阳的事，还说蓝秀遇害前一天，方崇阳曾纠缠蓝秀，对蓝秀动手动脚。衙役赶去黄墩村，把方崇阳抓去了衙门，没几天便听说方崇阳已经招认，是他贪图蓝秀美貌，起了歹心，时常守在村口，便是在寻觅机会，最终让他得了逞，侵犯并杀害了蓝秀，并抛尸于麻阳溪中。

真相大白后，蓝春悲痛欲绝，哭着去衙门领回了姐姐的尸体，在李员外的帮助下将姐姐安葬了。后来蓝春不知为何事去了崇化里，结果被一辆马车撞死了。蓝氏姐弟一前一后死于非命，反倒是那罪魁祸首方崇阳，在被判处绞刑后，竟从县衙大牢越狱出逃，多年来不知去向，一直没有被抓到。

说起这些事，李员外连连叹气，说了好几遍"好人没好报"。

他一生为富,却从未不仁,在乡里多行善举,是有钱人中少有的大善人,只为多修些福报,如今看来,这福报到底有是没有,他自己也不确信了。

李员外所知道的就这么多,宋慈再问其他关于蓝氏姐弟的事,他便答不上来了。李员外虽然心善,收留了蓝氏姐弟,但也仅限于此,毕竟身份悬殊,地位有别,他对蓝氏姐弟的了解其实并不多。蓝氏姐弟在上坪村住了数年之久,平日里又待人友善,应该会有一些往来较多的乡邻,宋慈问起此事,李员外回想了一下,提到了村子北边的范老汉家,说当年蓝氏姐弟与他家来往最多,尤其是他家儿子范平安,与蓝春年龄相近,农闲时二人常玩在一起。宋慈于是打算去范老汉家问问,李员外便叫来一个仆从,吩咐那仆从为宋慈和刘克庄带路,还说天色已黑,让那仆从带两盏灯笼去,到时候也好留一盏给宋慈和刘克庄照明。

宋慈和刘克庄谢过李员外,随那仆从前往村北,找去了范老汉家。

当时范老汉刚吃过晚饭,见是李员外家的仆从上门,忙开门相迎。得知宋慈和刘克庄的来意后,范老汉便把儿子范平安叫了来。范平安三十岁年纪,一张脸方方阔阔,白天开棺验骨时,他也去现场看了,因而认得宋慈,听宋慈问起蓝氏姐弟的死,他便一边回忆,一边讲了起来。他一开始所言与李员外的讲述并没有多大区别,不过在讲到蓝秀下葬后,开始有了不同。

范平安说蓝秀下葬之后,蓝春一直守着姐姐的坟不肯离开,整日滴水不沾,粒米不进。他看着不忍,带着饭菜去坟地劝慰蓝春,蓝春却哭着对他说,是自己害死了姐姐。蓝春说自己其实早就知道

第六章 县学旧事

方崇阳守在村口的事，而且早在好几个月前就认识方崇阳了。那是当年的上元节，县城里闹花灯，蓝春与蓝秀一起去城里玩耍赏灯。那一年城里的花灯，数南街的最为好看，从县衙大门到城门外的濯锦南桥，整条南街火树银花，人来人往，甚是热闹。蓝春与蓝秀逛完了整条南街，走到濯锦南桥时，遇到一个孩童落水。那孩童被挤下了桥，在麻阳溪中扑腾，其母亲在桥上疾呼救命。当时天寒地冻，蓝春想也不想便从桥上跳了下去，当时还有一个书生打扮的人几乎与他同时跳入水中，两人合力将那孩童救上了岸。那书生救人之后，不留名姓，什么话也不说，转身便没入人群离开了。蓝春不求回报，原本也想离开，但慢了一步，被那孩童的母亲拉住了。那孩童的母亲对蓝春千恩万谢，无论如何问到了蓝春的姓名和住处，事后还曾带着丈夫亲自上门道谢。当时那书生虽然离开了，但围观人群中有人认得他，说是县学里的方崇阳。蓝春和蓝秀便是在那时认识了方崇阳。

后来到了暮春时节，一个书生开始出现在村口，而他每次一见到蓝秀便即离开。蓝秀认得那书生，正是上元节与他一起救起孩童的方崇阳。蓝秀将此事告诉了蓝春，姐弟二人一开始并不知道方崇阳为何会守在村口。后来有一次方崇阳等到蓝秀出村浣衣，见四下无人，离开前急慌慌地将一封书信放在了蓝秀怀中装满衣物的木盆里。

蓝秀不识字，回家后告知了蓝春。蓝春也不识字，于是拿着书信去找了村里的老儒生，得知信中都是一些文绉绉的句子，诸如"寤寐思服""辗转反侧"之类，说是男女间表达爱慕之情的话。蓝春这才明白过来，原来方崇阳是对他姐姐起了爱慕之心，之所以每天一早守在村口,便是为了等着看他姐姐一眼。蓝春把书信的内容告知蓝秀,蓝秀竟有些欢喜,将那封书信好好地收存了起来。

二九年华,早已是谈婚论嫁的年龄,更何况蓝秀容貌姣好,为人又温柔贤惠,曾有不少乡民来说过媒,但都被蓝秀委婉拒绝了。蓝春知道姐姐是因为放心不下他,这才一直不谈嫁人的事。他见姐姐对方崇阳似乎有好感,加之听人说方崇阳在县学里求学,这样的书生将来是有机会考科举做官的,而且方崇阳曾不顾天寒地冻跳水救人,这样的人应该心肠不坏,心想姐姐若能嫁与方崇阳,也算是好事。他当时并不完全放心,怕姐姐遇人不淑,还一连好几天去村口躲着,悄悄盯着方崇阳,见方崇阳一直对姐姐很有礼数,每次见到姐姐出现,远远看上一眼便离开,没有过任何无礼纠缠的举动,这才确信方崇阳不是坏人,便没有加以阻止。甚至当姐姐失踪之后,他赶去衙门报案,也一直没往方崇阳的身上想,直到方崇阳被抓去衙门招认了罪行,他才醒悟过来,却已经太迟了。他所能做的,只是把那封书信找出来,作为证据交给了衙门。他后悔万分,只恨自己没有长眼,没能看出方崇阳人面兽心,害得姐姐惨死于禽兽之手。

在那之后没几天,村子里忽然传起了流言,说杀害蓝秀的不止方崇阳一人,是方崇阳一个人顶下了两个人的罪。蓝春也听到了这则流言,四处打听询问,最终探知消息的源头,来自于黄墩村一个叫黄一山的樵夫。

于是,他去黄墩村找到了黄一山,询问究竟,得知姐姐失踪那天,黄一山一早去下黄墩砍柴,曾听见麻阳溪上传来水声,走出树林一望,看见对岸有两个书生跳上一辆马车走了,但距离太远,黄一山没瞧清两个书生是谁,只认得那身衣服。黄一山与方崇阳是同村人,平日里方崇阳穿的都是县学的学子服,黄一山说那两个书生正是穿着同样的学子服。蓝春得知此事后,知道姐姐的死有蹊跷,凶手也许不是方崇阳,立刻便要去衙门告官,还想请黄一山做证。黄一山只是嘴上说说,真要上公堂做证,怕招惹是非,原本是不肯的。但蓝春跪地磕头相求,黄一山最终答应了下来。

然而真去了衙门,黄一山却改了口,说自己是在麻阳溪的对岸砍柴,也的确听到了水声,但没有看见过马车,从始至终只看到了一个书生逃走,还说认得那书生的模样,就是同村的方崇阳。有了黄一山作为人证,又有那封书信作为物证,方崇阳对蓝秀爱而不得,遂起歹心侵犯杀人一事就此证据确凿。衙门以此结案,并报请提刑司核查。

本以为此案就这么了结了,但蓝春似乎对衙门的断案持有疑问,事后多次去黄墩村找过黄一山。之后没过多久,蓝春本人竟也出了事,他去了崇化里,被一辆马车撞死了。

宋慈问范平安知不知道蓝春为何去崇化里。范平安摇了摇头,当年蓝春去崇化里前,并没有告诉过他,他是在蓝春出事后才知道的。他所知的一切,都已经对宋慈讲了。他曾与蓝春交好,过去十三年来,每逢蓝春的忌日,他都不忘去坟前祭拜。他一直以为蓝春是被马车撞死的,如今亲眼见了宋慈开棺验骨,才知道蓝春的死另有隐情,他就盼着宋慈能早日查清真相,还蓝春一个公道。

从范老汉家出来,宋慈和刘克庄提上那仆从留下的灯笼,又连夜赶往一水之隔的黄墩村,接连敲开了好几户人家的门,打听方崇阳和黄一山的事。从乡民们口中得知,黄一山早已死去多年,说是方崇阳杀人的那年，黄一山不知为何发了大财，再也不去砍柴了，反而经常到县城里吃喝嫖赌，有一次在柜坊一夜输掉了好几十贯，后来欠下了赌债，越欠越多，最终还不起，被逼得上吊自杀了。至于方崇阳，其人原本家境不错，可惜父亲早亡，家道就此中落，其母亲变卖家产，供他求学。他生性寡言少语，经常独来独往，有时见到村里人，连招呼都不打。乡民们虽然与方崇阳同村，对他的事却并不了解，只知道他看起来挺老实一人，竟然干出奸杀民女的恶行，事后还越狱出逃，留下其母亲独自一人，在村子里一直抬不起头，没几年也去世了。这些年乡民们都怕方崇阳回来，生怕自己一不小心撞见了这个杀人凶犯，落得个被灭口的下场。好在这些年方崇阳从没回来过，他位于村子西边的家也早已荒废。

宋慈和刘克庄请乡民带路，去村西验看了方崇阳的宅院。这座拥有好几进房间的民宅，早已破败不堪，蛛网随处可见，杂草遍地丛生，连屋顶都坍塌了大半。二人提着灯笼，在断瓦残垣间走了几个来回，没有发现任何有人来过的痕迹，可见方崇阳的确没有回来过。

从下三公的死，查到走车马案，再查到蓝秀之死，宋慈沿着这条线一直追查，却越查越是疑惑，这一桩桩旧案，可谓处处透着蹊跷。他想查清楚方崇阳杀害蓝秀一事，然而在黄墩村没打听到多少有用的线索，他便想到方崇阳曾在县学念书，若是能找到当年同在县学念书的学子，也就是方崇阳的同窗，或许能打听到更多的线索。当年县学的学子，考取了功名的，大都出外做官，不在本县，没有考取功名的，应该还在本地寒窗苦读。

这两年，朝廷重新倡导理学之风，大力起用理学人士，本地众多求取功名的学子,知道科举风向已变,大都去了沧州精舍求学,这里面应该就有不少当年县学的学子。宋慈遂决定翌日一早前往沧州精舍,寻人打听方崇阳的事。

沧州精舍学子众多,讲学时不便打扰,要找里面的学子一一查问,实在太过麻烦,只怕不是一两日便能问得完的。刘克庄于是想到了拿钱考较问题的法子,让沧州精舍里的学子自己找上门来,到时他只需把那些认识方崇阳的人筛选出来,再交给宋慈查问即可。

当年在临安太学时,刘克庄为了帮助宋慈查案,曾多次拿钱"推磨",这法子用起来早已得心应手。不拿出足够丰厚的奖赏,便吸引不来足够多的人,为此刘克庄把这次离家时所带的钱财全部拿了出来。宋慈知道这法子能省事许多,但不无担心地道:"这么多钱,若是一次用完了,往后你怎么办?"刘克庄笑道:"钱财都是身外之物,千金散去也有还复来的时候。再说有你宋慈在,还能让我这位远道而来的贵客饿肚子不成?"

刘克庄说做便做,今日一大早来到考亭村,包下了村北离沧州精舍最近的书林酒家,随后让店主和伙计帮忙散播重赏考较问题的消息。他让宋慈就在楼上坐着,将一大沓行在会子放在宋慈身前,还叮嘱宋慈不要把行在会子收起来,要让每个学子一上楼便能看到这么多钱。有足够多的钱,才能问得出真话,所谓见钱眼开,便是这个道理。身前摆放了那么多钱,宋慈多少有些不习惯,但还是听从了刘克庄的安排。

此时回想着这些事,木梯忽然吱呀作响,宋慈知道有人上楼了。

来人是一个高高瘦瘦的学子,看起来已有三十来岁,一见桌上放着那么多行在会子,不由得两眼发直,吞了吞口水。

宋慈问其姓名,来人自称叫鲁安生,反问宋慈道:"当真答上问题,便能得一贯赏钱?"

宋慈把头一点,请鲁安生在桌前坐下。

"公子要考较什么问题,只管问来。"鲁安生有些迫不及待了。

宋慈知道刘克庄定下的筛选之法,问道:"方崇阳是黄墩村人,不知鲁公子是如何知道的?"

"我早年在县学念书,与那方崇阳曾是同窗,因此知道。"鲁安生看了一眼近在咫尺的行在会子,声音竟激动得有些发抖,"如此简单一问,便……便能得赏吗?"

宋慈不答这一问,道:"关于方崇阳的事,鲁公子但凡记得的,都请说来。"

鲁安生连忙点头,道:"我在县学求学,那是十多年前的事了。方才楼下那位公子突然问起方崇阳,我起初还愣住了,好在随后想起了方崇阳是谁。其实我对方崇阳所知不多,就记得这人学业很好,在县学里算是数一数二的,但他为人孤僻,平日里话很少,总是独来独往,在县学里没什么朋友。"他忽然压低了声音,尽管楼上只有他和宋慈,不会被其他人听见,"这方崇阳可不是好人,不知公子何以要问他的事?"

宋慈故作惊奇,道:"为何说他不是好人?"

"看来公子还不知道。"鲁安生道,"这方崇阳平日里看起来老实,哪知他却对邻村女子施暴,还把人给杀了,当真是禽兽不如啊。本来他难逃一死,谁料他竟从县衙大牢里越狱,听说至今还没被抓住。这么个罪大恶极之人,当年居然朝夕相处,同在一处屋檐下求学，如今想想便觉得可怕。我所知的便只这么多了，可以拿赏钱了吧？"

宋慈拨弄了一下身前的行在会子，看得鲁安生急不可耐地搓起了手。

"那你知道储文彬吗？"宋慈忽然问道。

互搓的双手放开了，鲁安生道："当然知道，储大人的儿子嘛，前阵子刚回县里便死了……"

"我问的是当年你在县学的时候。"

"当年也知道啊，那时储公子也一同在县学念书，天天都能见到。"

宋慈眉头一动，道："这么说，储公子与方崇阳曾是同窗关系？"

鲁安生点了点头。

"储公子当年为人如何，你还记得吗？"

"记得，储公子样样都好，学业出众，又写得一手好文章，身为知县大人的儿子，待人还谦和有礼，县学里人人都乐于与他交好。"

"俗话说：世无完人。"宋慈道，"难道储公子就没什么缺点吗？"

鲁安生想了想，道："也说不上缺点，那时我想与他交朋友，他是待我谦和有礼，但我看得出来这份谦和有礼只停留在表面，实则他并不想与我有过多接触。不止对我如此，对县学里其他寻常人家的学子也是如此，倒是与那些有钱人家的学子走得很近。不过储公子是知县大人的儿子，能对我们这些普通学子谦和以待，已是十分难得了,要知道县学里其他有钱人家的学子,那是对我们正眼都不瞧一下的。"

宋慈身子稍稍前倾,问道:"储公子和哪些有钱人家的学子走得近?"

"那可就多了,都是本县数得上的高门大户,像城南张员外家的两位公子,还有崇化里那些刻书大户的公子,比如刘醒、蔡珪……"

一听到刘醒的名字,宋慈神色一紧,道:"储公子与刘醒关系亲近?"

"是啊,储公子与那些有钱人家的学子就没有不交好的,其中数刘醒最为亲近,还有蔡珪,他们三人一到散学便走在一处,有说有笑,每逢休假,还常一起结伴出游。我当年还觉得奇怪呢,刘醒和蔡珪都是不学好的纨绔之辈,尤其是那刘醒,经常殴打同窗,欺辱他人,可谓是无恶不作,储公子品学兼优,却与他们玩在一起。"鲁安生摇了摇头,脸上现出了一抹苦笑,"如今年岁大了,算是想明白了,权贵权贵,有权的自然要与富贵的玩在一起,像我这等寒门学子,既无权又不贵,别人哪里会瞧得上?我这种人,日夜苦读,说到底,不也是为了谋那权位,求那富贵吗?"他的目光落在了行在会子上,双手又不由自主地搓在了一起。

这时木梯吱呀作响,又有人快步上楼,是一个个子稍矮的方脸学子。宋慈拿起一张价值一贯的行在会子,给了鲁安生。鲁安生喜笑颜开,拿着行在会子起身,朝那方脸学子不无得意地道:"曹兄,你也来了。"

那方脸学子见鲁安生当真得了一贯赏钱,一脸艳羡之色,道:

第六章 县学旧事 159

"鲁兄,这么快便答上来了?"

鲁安生得意地笑了笑,朝宋慈的方向抬了一下手:"曹兄请吧。"正准备下楼,身后却响起宋慈的声音:"鲁公子留步,还请在楼上多待片刻。"

鲁安生愣了愣,旋即反应过来,笑道:"我知道,公子是怕我走漏问题吧?好说,我就在这楼上待着,公子几时让我走,我便几时走。"他将行在会子收入怀中,在一旁靠窗的酒桌前坐了,望着楼下排成长队的一众学子,跷起了腿,神色悠然自得。

宋慈请那方脸学子在身前坐了,问明其姓曹名咏,曾与方崇阳同在县学求学,于是也如先前询问鲁安生那般,问起了方崇阳、储文彬和刘醒的事。

然而曹咏的经历与鲁安生相似,虽然同在县学求学,但与这三人接触很少,甚至还没鲁安生了解的多。不止曹咏如此,此后又接连有四个学子被刘克庄放上了楼,宋慈挨个询问下来,回答都是大同小异。

宋慈不打算再问下去了。十多年前在县学念书的那批学子,家中有权有势的,要么早就放弃了学业享乐度日,要么早已找到其他门路踏上了仕途,如今还留在本地求学的,都是仍在为博功名而努力的寒门子弟。这些寒门子弟,自然与储文彬、刘醒那等富贵学子谈不上有多少交情,与一向独来独往的方崇阳,也没多少来往。宋慈不想浪费刘克庄的钱财,决定不再这般大浪淘沙地筛人打听。"几位公子,"他问道,"你们有谁知道蔡珪如今身在何处吗?"

宋慈方才一番询问之下,几乎每个学子都提到了储文彬与刘醒、蔡珪最为亲近。眼下储文彬已死,刘醒不肯露面,宋慈打算找这个蔡珪见上一见。

鲁安生道:"蔡珪啊,他与我等一样,也在沧州精舍求学。"

"蔡珪还在求学?"宋慈不由得微感诧异。

"公子别觉得奇怪,俗话说得好,天有不测风云,人有旦夕祸福。他蔡珪原是富家公子,可十多年前一场大火,蔡家从此家道衰落,蔡珪居然就此转了性子,说是要苦读诗书,求取功名,重振家门。"鲁安生道,"他就在这考亭村里寻了个住处,每日到沧州精舍旁听讲学,昨天我还在精舍里看见他了。"

宋慈知道蔡家失火的事,道:"可否请鲁公子带我去找一下他?"

鲁安生方才得了一贯赏钱,心中兀自高兴,当即答应了下来。

宋慈把剩余的行在会子往怀里一揣,即刻起身,走下木梯,见一楼还有众多学子排成长队,于是朗声说道:"今日考较已毕,钱财皆已散尽,诸位公子请回吧。"刘克庄听宋慈这么一说,也笑着赔礼,请众学子都散了。

众学子一片哗然,不一阵便散了个干净。楼上几个学子走下楼来,曹咏等人得了赏钱,自是高高兴兴地回了沧州精舍,鲁安生则是留了下来,"蔡珪的住处就在村南,眼下讲学还没开始,他这会儿应该还在住处,二位公子这边走。"领着宋慈和刘克庄,往考亭村的南边而去。

穿过整个考亭村,在村子最南边一处破旧的农舍前,鲁安生停住了脚步,道:"就是这里了。"说罢便上前敲门。

很快屋门拉开了,一个头发花白的老仆出现在门内。鲁安生道:"蔡珪公子是住在这里吧?"那老仆点了点头。鲁安生又道:

第六章 县学旧事

"他还没出门吧?这二位公子是从临安来的,有事想见一见他。"那老仆又点点头,把门口让了出来,抬了抬手,请宋慈和刘克庄进门。

宋慈看出那老仆似乎是个哑巴,道了声谢,迈过门槛,与刘克庄一起进了农舍。

"二位公子,再过一阵,讲学便要开始了,我就不跟着进去了。"鲁安生拱手告辞,摸了摸胸口揣着行在会子的位置,乐呵呵地去了。

农舍内很是逼仄,正中央摆放着一张小方桌,桌上放着一碗冒着热气的白粥和几个炊饼,四条长凳围绕着摆放,墙角还放有一把竹椅和一个柜子,算是一间很小的厅堂。厅堂两侧墙上各有一门,分别连接着一间房,其中左侧房门紧闭着,右侧房门则是打开着,能看见里面有灶台和水缸,堆放着一些柴火,角落里还用木板搭了一张床,可见既是厨房,也是那老仆睡觉的地方。整座农舍就这三间房,外加屋后的一处茅厕。那老仆去到左侧紧闭的门前,轻轻敲了敲门。里面传出一声"我都听见了,让他们进来吧",嗓音略显低沉。那老仆这才将房门轻轻推开,请宋慈和刘克庄入内。

宋慈和刘克庄走入左侧房间,只见一个衣冠端正的男人站在一张狭小的书案前,身后是被子叠放齐整的卧床,身侧是立木四足的旧书架,书架上摆满了书,一眼看去有《晦庵先生文集》《温国文正司马公文集》《欧阳文忠公集》等书籍,此外还有不少书放不下,就堆放在一旁地上,少说也有好几百册。那男人正在整理书案上的笔墨纸砚,抬头看了宋慈和刘克庄一眼,道:"二位公子看着眼生,不知找我有何事?"

那男人便是蔡珏，看着三十岁上下，相貌甚是俊朗。宋慈向其见礼，开门见山道："蔡公子，我二人是为查案而来。"

"查案？"蔡珏整理笔墨纸砚的双手一顿，可以看见左手上有成片的疤痕，看起来像是烧伤。

"本月初十，本县旧任知县储用大人之子储文彬，在登高山上遇害。"宋慈道，"我二人是为这起命案而来。"

"储文彬遇害的事，我此前便听说了，可二位为何要来找我？"

"蔡公子曾与储文彬是好友吧？"

"二位到底是什么人？"蔡珏不免有些诧异，"不是说从临安来的吗？"

"在下刘克庄，过去是临安太学的学子。"刘克庄道，"这位是宋慈，也曾在临安太学求学。"

宋慈出示了县尉腰牌，道："我二人受储大人所托，协助衙门追查储公子之死，想向蔡公子打听一些事。打扰之处，还望见谅。"

蔡珏见了腰牌上的"建阳尉"三字，虽然仍有些将信将疑，但还是说道："不打扰，我一贯去沧州精舍听讲，今日迟些去便是。哑叔，搬两条凳子进来。"那老仆从小厅里搬来两条长凳，放在了书案旁。

"寒舍简陋，二位公子请坐吧。"蔡珏待宋慈和刘克庄在长凳上坐了，自己才在书案前坐下来，"我与储文彬曾经同在县学求学，不过那时十五六岁，距今已有十多年了。我与他算不上好友，只是一度交好，后来闹了不愉快，加上我又离开了县学，也就断了往来，与他再也没见过。二位公子若是打听他此次回建阳的事，我是一无所知，若是打听十多年前的旧事，我能想起来的，一定告知。"

第六章 县学旧事

"我二人正是要打听当年县学的事。"宋慈道,"听说当年储文彬与崇化里卯金堂的刘醒关系要好,不知是真是假?"

"刘醒?"蔡珏的脸上现出了一抹苦色,点了点头,"是很要好,那时他二人都在县学,常玩在一起。"

"据说储文彬品学兼优,刘醒却是无恶不作,他二人竟能玩在一起,着实令人费解。"

"这有什么费解的?储文彬的确品学兼优,但他没钱。刘醒是无恶不作,却有的是钱。"蔡珏说道,"储知县是个两袖清风的好官,储文彬贵为知县公子,平日里却没多少闲钱,城里各种好吃的好玩的,他是既吃不到也玩不起,反倒是与刘醒交好之后,吃喝玩乐,样样不缺。谁说品学兼优之人,就不贪恋钱财,就不喜好玩乐?刘醒虽然作恶多端,倒也乐意与储文彬结交,试想县学里学业最出众的学子,还是知县大人的公子,与自己交情匪浅,说出去让人知道,那还不是脸面十足?我当年虽没刘醒那么坏,却也不算什么好学子,刘醒这般心思,我也有过,所以才一度与储文彬交好。"

"那你为何还会与储文彬闹了不愉快?"宋慈记得蔡珏方才说过的话。

蔡珏苦笑了一下,道:"吃喝玩乐,我是乐于与他们一起,可他们干的一些事,我实在看不惯,也就不再一起玩了。"

"是什么事让你看不惯?"

"这些都是十多年前的旧事了,"蔡珏有些疑惑,"当真与储文彬的遇害有关吗?"

宋慈应道:"有关无关,蔡公子说了出来,我才知道。"

"储文彬已经死了,这些事情,说出来似乎不大好。"蔡珏虽然嘴上这么说,但还是详细道来,只是说之前挥了挥手,吩咐哑叔退出房外,将房门关好,"当时县学里有一个学子,我没记错的话,叫作方崇阳,是这三贵里黄墩村的人。此人学业优异,与储文彬算是一时瑜亮,只是家境不好,为人又太过孤僻,实在不招人待见。刘醒看方崇阳学业好,有一回也想拉拢方崇阳一起玩乐,却被方崇阳拒绝了,从此便记恨在心,常对其欺辱打骂。那时县学里被刘醒欺辱打骂过的学子不在少数,别人都会服软,唯独这方崇阳不肯低头。方崇阳越是不低头,刘醒越是加倍欺辱,上学路上,散学途中,常追着方崇阳打骂,有时休假了,还坐上马车,叫上储文彬和我,一起去黄墩村找方崇阳的麻烦。"

宋慈听到方崇阳的名字,不禁与刘克庄对视了一眼。他道:"刘醒如此欺辱方崇阳,储文彬就不制止吗?"

蔡珏把头一摇,道:"或许是因为方崇阳学业出众,有时会抢了储文彬的风头吧,储文彬虽然少有动手,但也经常是冷眼旁观。倒是我看刘醒实在过分,还从中制止过几次。到得后来,方崇阳每天来县学都很迟,有时刘醒在路上堵不着人,一开始以为方崇阳是怕了他,故意躲着他,不久却发现,方崇阳每天早晨离开黄墩村后,都绕了道,但不是为了躲他,而是去了隔壁村口守着,像是在等什么人,可又不见有什么人与他相见。

"刘醒觉得十分奇怪,悄悄跟踪了好几次,发现每当某个浣衣女出现在村口,方崇阳便会离开。这下刘醒明白了,方崇阳是爱慕那浣衣女了。刘醒对我和储文彬说了此事,说方崇阳不是骨头硬,一直不肯服软吗?他打算对那浣衣女动手,要让方崇阳知道他的厉害,再也不敢在他面前硬气。"

从鲁安生、曹咏等人的回忆，再到蔡珪的讲述，宋慈算是对储文彬的真实为人有了了解。他不禁想起了储文彬那块染血的手帕上题着的一句话：见善则迁，有过则改。这话出自《周易》，原话是"君子以见善则迁，有过则改"，是说君子见到善人善事会追随效仿，发现自身有过错则会加以改正。这样一句用来形容君子的话，却题在储文彬随身携带的手帕上，宋慈不禁暗暗摇了摇头。"那后来呢？"他追问道。

"当时我问刘醒打算对那浣衣女做什么，他说自己长这么大，玩过不少青楼娼妓，还没玩过良家女子。十多年了，这话我一直没忘，他说话时那一脸邪笑，我至今还记得。我当时叫他不要乱来，他却问我和储文彬肯不肯跟他一起，储文彬没吱声，我觉得这么做实在过分，无论如何也不肯，于是当场闹了不愉快。他威胁我不准说出去，不然要我好看，我那时并不怕他，根本没当回事。"蔡珪叹了口气，"后来啊，没过几天，就听说上坪村有个姑娘出门浣衣，死在了河里，方崇阳被当成凶手抓去了衙门，说是他对那姑娘施暴，还将人杀了抛尸。我知道这事有蹊跷，以方崇阳那性格，应该不大可能做出这种事，很可能是受了冤枉，再加上方崇阳被抓之后，刘醒那几日尤为得意，储文彬则是神色惶惶，在县学里时常心不在焉，我便越发觉得可疑。我实在坐不住，于是去了一趟县衙，自称是县学同窗，想探视一下方崇阳。衙役一开始不让，我塞了不少钱，衙役才偷偷领着我进了大牢，但不准我与方崇阳说话，只准许我看上一眼。"

蔡珪说到此处，仰头看了看，似乎是想看天，但头顶只有灰扑扑的房梁瓦顶。他道："大牢里是什么模样，我已记不得了，但方崇阳是什么模样,我至今也忘不了。他趴在牢房里,身上全是伤,血淋淋的,头发乱成一团,脸上糊满了血,膝盖扭曲,两腿外翻,已经折断了,我只看了一眼,便不忍再看。他一动不动,已是气息奄奄,我便是想与他说话,他也说不出来了。"

宋慈听到这里,脸色变得铁青。刘克庄则是捏紧了拳头,道:"这不是严刑逼供,屈打成招吗?"

蔡珏点了点头,道:"是啊,任谁看到方崇阳的样子,都知道是屈打成招。当时我只觉得怒气上冲,径直去到衙门大堂,要鸣告冤屈。记得那时不是储大人坐堂,而是县尉,也就是如今的杜县丞。我把刘醒欺辱方崇阳,声称要对那浣衣女动手的事说了,还说了此事不止我一人知道,可以找储文彬做证。杜县丞说衙门自会查明案情,让我回去等候消息,还说随时可能传唤我当堂问话,叫我回家好好待着,不要到处乱走,以免传唤时寻不到人。我那时虽然年少,却也清楚衙门不太干净,从方崇阳被严刑拷打,便可见一斑。但我想到储大人是个好官,料想我禀明了事情原委,衙门总不会置之不理。于是我便回了崇化里,在家中等候消息。可我没等来衙门的消息,等来的却是家中失火的惨象。

"我家本是崇化里的大户人家,拥有当地最大的刻坊,可那一场大火,将什么都烧没了。我母亲被当场烧死,父亲被烧成了重伤,熬了几日,还是没能活过来。失火是在半夜,我惊醒后拿被子蒙住了头,从大火里冲了出来,可是这条手臂,"他卷起了袖子,露出了左臂,连同左手,上面布满了烧伤的疤痕,"还有这边肩膀和后背,都被烧伤了,好在有哑叔照料,总算捡回了一条命。但我的父母家人、宅邸、刻坊、钱财,还有家里上百年积存下来的雕

第六章 县学旧事 167

版，众多刻印好的书籍，全都化成了灰烬……"

说到这里，蔡珏的眼睛有些发红，缓了一口气，才继续说道："没了刻坊，没了雕版，匠人们要养家糊口，都离开我家，去了别家刻坊做活。以前投靠我家做事的那些亲戚，也都走了个干净。因为一大堆印好的书籍被烧毁，欠了书商几大批货，拿不出书来，只能赔钱，最后把地抵给了卯金堂，换了钱还债。我那时连遭打击，连自身都难保，早已无心去管方崇阳的事，后来才听说方崇阳被定罪论死，但是从牢狱里逃了出来，一直没被抓到。刘醒却是一点事也没有，县学不待了，回到崇化里，整日为祸乡里。至于储文彬，因为储大人罢官离开，他也就跟着走了，此后便再也没有他的消息，直到这次他回来，听说他死在了登高山上。"

宋慈听完这番讲述，脱口而出："当年方崇阳在牢里时，当真断了双腿？"

蔡珏应道："这我记得清楚，他两腿向外翻折，一看便是断了。"

宋慈一阵默然，暗自思虑了一阵，才再次开口道："蔡公子家中为何会失火？"

蔡珏摇摇头："我也不清楚。"

刘克庄忍不住道："刘醒不是威胁过你吗？难道你就没怀疑过，是你去衙门为方崇阳鸣冤，说了刘醒要对那浣衣女动手的事，招致刘醒报复，放火杀你灭口？"

"我是有过怀疑。刘醒威胁我不准把事情说出去，不然要我好看，我从没忘过。可我怀疑又有什么用？"蔡珏苦笑道，"卯金堂家势太大，我说了刘醒的事，衙门连查都不去查，我再到衙门告他放火,别说没有证据,就算证据确凿,只怕也拿他没办法。再说刘醒要杀我灭口,可我没被烧死,活到了现在,他却一直没来找过我的麻烦,又似乎不是为了灭口而放火。唉,我实在是想不明白。也许就是一时倒霉,天干物燥,灯烛失火吧。"

"你刚去衙门鸣了冤,紧接着家中便失火,世上哪有这么巧的事?"刘克庄道,"那县丞杜若洲,不是还特意嘱咐你回家不要乱走吗?我看那场火,十有八九是杜若洲串通了刘醒放的。"

"也许如公子所说,那场火并非巧合吧。但我如今落魄至此,无权无势,只能空有怀疑。"蔡珪朝身旁书架上的众多书籍看了一眼,"事到如今,唯有考取功名,若能一朝得中,入朝为官,只有到那时,才有机会查清此事吧。"

刘克庄听了这话,不禁扭头向宋慈看去。当年宋慈也是为了查明母亲之死,这才入临安太学,以期求取功名,追查真相。蔡珪如此想法,与当初的宋慈是那么相似。

宋慈已经有一阵没有说话,这时忽然问道:"蔡公子可认识蓝春?"

"蓝春?"蔡珪微微皱眉,摇了摇头。

"当年那被杀害的浣衣女名叫蓝秀,"宋慈提醒了一句,"蓝春是她的弟弟。"

"那浣衣女的弟弟?"蔡珪想了一下,忽然眉头一展,"我想起来了,那浣衣女是有个弟弟,还来我家找过我,我倒忘了他的名字,原来是叫蓝春。"

"蓝春找过你?"宋慈神色一紧,"是什么时候的事?"

蔡珪又回想了一下,道:"好像就是我家失火当天,但我不太确定,总之是在失火之前。"

"他为何去找你?"

"没记错的话,他是听说了我为方崇阳鸣告冤屈的事,这才找上门来,向我打听此事。"

"那你有把刘醒想对他姐姐动手的事告诉他吗?"

"我什么都没瞒他,我在衙门说过的那些事,应该都对他说了。"

"你可知他后来死在了崇化里?"

"这我不知道。"蔡珏有些惊讶。

"你家失火具体是哪一日,你还记得起来吗?"

"当然记得,那是我母亲的忌日,六月初八,无论如何也不会忘的。"

"蓝春是死在六月初九,他去找过你后,隔天就在崇化里的东大街上,被刘醒乘坐的马车撞死了。"宋慈记得余可竹讲起过,走车马案发生的前一夜,崇化里北大街的蔡家失火。正因为如此,六月初九那天,崇化里许多人都赶去了蔡家,以至于东大街上空空荡荡,除了赵师秀外,没人目击蓝春被撞一事。梁浅也提到过前一夜蔡家失火的事,这一下由蔡珏亲口说出,算是再次印证了此事。

"刘醒乘车撞死人的事,我听说过。"蔡珏道,"那时我家刚失火,家中亲人大都遇难,我也被烧伤了,别的事都顾不上,只是听说了此事。原来那被撞死的人,是……是那浣衣女的弟弟。"

宋慈查问至此,心下明白过来,当年蓝春之所以会去崇化里,原来是为了找蔡珏打听方崇阳的事,可见蓝春并没有因为黄一山做证改口,就放弃追寻他姐姐蓝秀遇害的真相。然而当天夜里,蔡家失火,蔡珏险些被烧死;转过天来,走车马案发生,蓝春丧命。宋慈良久不语,低头看着地面,陷入了深思,脑海中许多纷繁复杂的线索,一点点地串联了起来。忽然之间,他抬起了头,朝一旁的书架看去,目不转睛地盯住了上面的书籍。

便在这时,一阵敲门声响起。

"进来。"敲门声很轻,蔡珏早已听习惯了,知道是哑叔在敲门。

房门推开了,哑叔站在门口,比画着手势。蔡珏脸上露出一丝喜色,道:"二位公子,失陪一下。"起身走了出去。

刘克庄见宋慈一直盯着书架,观其神色,显然还在沉思案情,于是没有出声惊扰,只身跟了出去。蔡珏已经走出了农舍。刘克庄紧跟着走到农舍门口,只见一女子捧着十几册书,等候在农舍之外,竟是可竹书铺的余可竹。余可竹身后不远处还站了一人,是可竹书铺的徐老先生。

"余小姐,又辛苦你亲自跑一趟了。"蔡珏笑着迎上前去。

"蔡公子客气了。"余可竹将手中的十几册书递出,"你看看这书,印得可好?"

那书是《春秋繁露》,一共十七册。蔡珏双手接过,也不翻看,道:"余小姐印的书,字字认真,从未有过纰漏,这书必定极好。"

余可竹面含笑意,微微低下了头。等她再抬起头时,看见蔡珏的身后,另有一人出现在农舍门口,认出是两天前到过可竹书铺的刘克庄,不免有些诧异:"刘公子?"

刘克庄从门内走出,向余可竹行礼道:"余小姐,又见面了。"

"余小姐,你与这位公子认识?"蔡珏看着余可竹,神色有些紧张。

余可竹正要回答，刘克庄抢先开口："前日我到过可竹书铺，想印上几册书，当时见过余小姐。"他只提及了印书，没有提查案的事。

"原来如此。"蔡珏听了这话，神色放松下来，侧身抬手道，"余小姐，到里面坐坐吧。"

"书铺里还有事，我赶着回去，就不打扰蔡公子了。"余可竹说了这话，转身向徐老先生走去，步子放得很慢，似在尽力掩饰自己的跛足，不让人看出她腿脚不便。

"余小姐，"蔡珏声音一顿，"慢走……"

刘克庄看在眼中，想起前日他在可竹书铺时，余可竹行走之际从未掩饰过跛足，此时却有意遮掩，显然不是因为他刘克庄。他看了一眼蔡珏，猜想余可竹这么做，定是因为有蔡珏在场，可见余可竹对待蔡珏与他人不同。蔡珏道别之际，似乎有意挽留，但最终没能说出口，痴痴地望着余可竹的身影。刘克庄暗暗心道："郎有情，妾有意，好一对有情人啊。"

就在这时，身后忽然响起一声："余小姐留步。"余可竹听见叫声，禁不住一愣怔。

见状，刘克庄回头看去，只见宋慈手中拿着什么东西，从农舍里快步走出，越过他和蔡珏，径直去到余可竹身前。余可竹回身打量着来人，认出是前日到可竹书铺查过案的宋慈，道："宋公子也在这里？"

"徐老先生也来了，真是再好不过。"宋慈朝徐老先生看了一眼，目光回到余可竹身上，"余小姐，你这是要回崇化里吧？"

余可竹把头一点，道："宋公子有事吗？"

"我想请余小姐帮忙带个信。"宋慈抬起右手，手中是一方折叠起来的纸块，"麻烦余小姐回崇化里后，将此物交给卯金堂的刘老爷。"

余可竹接了过来，见纸块上写有"刘老爷亲启"的字样，微笑道："些许小事，不麻烦，我一定带到。"

宋慈行礼道："那就多谢余小姐了。"转而向徐老先生走去，"徐老先生，我还打算去崇化里寻你，想不到你正好来了。我想请你随我走一趟县衙，不知是否可以？"

徐老先生原本是陪着余可竹一起来送书的，闻言甚感诧异，道："去县衙做什么？"

"有一件事，想请你到县衙确认一下。"

"确认什么事？"

"此事不便在此言明。"宋慈道，"徐老先生放心，只是一桩小事，不会让你为难。"

徐老先生将信将疑，看向余可竹："小姐，你看这……"

"徐叔，既然宋公子这么说了，你就跟着去吧。"余可竹道，"我自己回去便是。"

徐老先生不无担心地道："你独自一人，路上可要当心啊。"

"我雇车回去，路上不会有事的。"余可竹微笑了一下，向几人告辞，转身独自去了。

待余可竹走后，宋慈向蔡珏道："蔡公子，方才一时情急，未及告知，便借用了你书案上的笔墨纸张，还望见谅。"

蔡珏道："不过是一点儿笔墨纸张，宋公子不必这么客气。"

第六章 县学旧事

"今日多有打扰，就此告辞了。"宋慈叫上刘克庄，带着徐老先生一起离开了。

待宋慈等人走远，蔡珪低头看了一眼手中的《春秋繁露》。他回到农舍，关上了门，准备将这新刻印的十七册书放置在书架上。书架上已摆满了书，他从正中央取下十几册《晦庵先生文集》，堆放在一旁地上，将《春秋繁露》放了上去。他后退了两步，一边看着满架子的书籍，一边拍了拍手掌，似乎怕沾染上了灰尘。他没有忘记当年刘醒说过的话，对自家失火一直存有疑心，怀疑是刘醒报复纵火。如今有人上门查案，他便将当年的事如实说出，他知道这会对刘醒不利，也知道很可能给自己招惹来麻烦，但如今他什么都没有了，考取功名希望渺茫，重振家门更是遥不可及，他过惯了锦衣玉食的日子，早就厌烦了如此艰辛地苟活，自己只剩下烂命一条，已没什么好怕的。他反倒有些希望刘醒能找上门来。想到这里，他嘴角竟冷冷地笑了一下。

突然之间，他的目光愣住了，盯着书架最上方的一排《欧阳文忠公集》，那里有一册书稍稍凸出了些许。他踮起脚尖，伸出手指，将那册书按了进去，与其他书籍齐平，再次拍了拍手掌，这才满意地点了点头。

第七章

消失的纨绔

"徐老先生,当年那起走车马案发生后,可竹书铺里不是有很多泥活字散落了一地吗?那些泥活字后来是怎么处理的?"离开考亭村后,走在回县城的路上,宋慈忽然问道。

徐老先生应道:"那些泥活字,连同被撞坏的几排木架,一起运去了衙门。"

"为何要运去衙门?"

"衙门说所有被马车撞过的东西,都是物证。当时余老爷不打算再让小姐开书铺,那些泥活字也就用不着了,便让衙门运走了。后来小姐伤好了,仍坚持要开书铺,只好又重新制作了一批泥活字。"

宋慈点了点头,不再发问。

回到县城,正午已过。宋慈带着刘克庄和徐老先生直入县衙,去往停尸房。早有衙役赶去后堂禀报，等宋慈进入停尸房不久，梁浅和杜若洲也先后赶来了。

"县丞大人，梁县尉，"宋慈拱手道，"二位来得正好。"

"宋慈，"杜若洲一闻到满屋子的尸臭，立刻掩起了鼻子，语气甚是不悦，"你三天两头地往这里跑，不会又是来验尸的吧？"

宋慈看向三具被白布遮掩的尸体，道："这里是县衙停尸之地，我自然是为了尸体而来。"

"你就不能一次把尸体验个明白？"杜若洲道，"过去下三公验尸，可没你这么多事。"

突然听到下三公的名字，宋慈的神色严肃了起来，道："人死之后，每隔一段时间，尸体便会出现不同的情状，所以初检之后，才需要复检。复检之后，若有查案需要，还当反复检验，直至破案为止。岂能为了省事，便只检验一次？"

杜若洲哼了一声，道："验尸也好，验骨也罢，你是不是该提前告知一声？我也好提前通报知县大人和储大人。你这说来就来，难道不把知县大人和储大人当回事？"

"我这次来不是为了验尸，而是请人辨认尸体。"宋慈道，"有县丞大人和梁县尉作为见证即可，无须烦扰知县大人和储大人。"

杜若洲听了这话，朝徐老先生投去了目光。自打进入这间停尸房，他便看见宋慈和刘克庄的身边跟着一个老者，此时听了宋慈的话，所谓请人辨认尸体，请的自然是这个老者了。梁浅也朝徐老先生看了一眼，问道："宋公子，不知是要辨认什么尸体？"

徐老先生进入这间房屋已有一阵，他看见了三块遮盖的白布，见白布映出人形，加之房屋内弥漫着一股腐臭味，便猜到三块白布之下都是尸体。从离开考亭村起,一直到进入县衙,徐老先生始终不清楚宋慈找他所为何事,也不知道为何要带他来到这停尸的地方。一直摸不着头脑的他,此时听了宋慈的话,才知道宋慈是请他来辨认尸体。他诧异不已,目光从三具尸体上移开,张口结舌地望着宋慈。

宋慈也正好转头向徐老先生看去,道:"这位是崇化里可竹书铺的徐老先生。"他走向其中一具尸体,将白布揭开,"我请他来,是为了辨认这具无头尸体。"

徐老先生的目光随着宋慈而动,见白布揭开后,露出了尸体颈部的断口。他一惊之下,将嘴巴一捂,哇啊作声,胃部一阵翻涌,险些当场呕了出来。

"这不是雷老四的尸体吗?"梁浅看得不解,"宋公子要辨认什么?"

宋慈没回答,只是对徐老先生道:"本县有一人名叫雷丁,曾是这县衙里的狱卒,人人都叫他雷老四,不知徐老先生是否认识?"

"雷老四?"徐老先生仍旧捂住嘴巴不放,说起话来瓮声瓮气,"我不认识。"

"徐老先生,请你近前来,"宋慈指着雷老四的尸体道,"仔细看看这具尸体。"

徐老先生仍然站得远远的,朝那无头死尸望了一眼,摆摆手,弯下了腰,仍是干呕不断。

刘克庄见徐老先生反应如此剧烈,不由得想起当年自己初次随宋慈检尸验骨时,也是几欲呕吐。他上前帮着拍了拍徐老先生的后背，道："第一次见到这等场景，难免会有如此反应，难为老先生了。"

如此缓了好一阵子，徐老先生才直起腰来。他见宋慈仍旧等在原地，于是捂住口鼻，紧皱着眉头，走近了那具无头尸体。他看了看尸体全身，道："宋公子，你要我辨……辨认什么？"

"你可认得这具尸体是谁？"宋慈问道。

徐老先生摇头道："这尸体没……没头没脸的，如何认得？"

"那这样呢？"宋慈将无头尸体翻转过来，使其后背朝上。

徐老先生朝尸体背部一看，捂住口鼻的手一下子放开了，紧锁的眉头一挑，大惊道："这……这……这人是……"

"这人是谁？"宋慈追问道。

"这人是……"徐老先生转过脸来，惊讶地看着宋慈，"是徐大志……"

刘克庄听了这话，神色一惊。梁浅诧异道："徐大志？"杜若洲则是盯着无头尸体，神色有些发紧。

宋慈没理会各人的反应，继续问徐老先生道："你何以认出这是徐大志？"语气如常，似乎并不惊讶。

徐老先生指着无头尸体的背心，那里有一块鸡蛋大小的黑斑，道："我认得这块斑。徐大志一生下来，后背上便有这么一块黑斑。那时我兄长还在世，专门去请算命先生看过，算命先生说这块黑斑形如大痣，此子长大后必定志向远大，将来会是大富大贵的命。我兄长甚是高兴，便给此子取名为大志。"又指着黑斑周围的几道伤疤，"这些伤疤，是徐大志年轻时去柜坊斗殴，被人砍伤后背留下的。他……他怎么会死了？"望着尸体脖子上的断口，再无呕吐之感，只是惊讶万分。

"徐老先生，你可要辨认清楚，这具尸体当真是徐大志？"宋慈加重了语气。

徐老先生十分确信地点了点头，道："这些年我与徐大志甚少相见，但他毕竟是我自家堂侄，我是看着他长大的，不可能认错。"

"这么说，这死的……不是雷老四？"梁浅仍没从惊诧中缓过神来。

"梁县尉，"宋慈转头看向梁浅，"你与雷老四相识，他后背上可有黑斑和伤疤？"

梁浅摇摇头，道："我是认识雷老四，但没见过他的后背。当日我见这尸体穿着囚衣，身形也与雷老四相仿，便以为是雷老四……"看向无头尸体，"倘若死的不是雷老四，他的囚衣却穿在了这尸体身上，难道说，雷老四就是……"话音一断，抬眼望着宋慈。

"梁县尉是想说雷老四就是凶手吧？"宋慈道。

梁县尉把头一点，他正是想说"凶手"二字。

"我记得梁县尉曾提及，雷老四越狱时所穿的囚衣，其右肩后面有一道缝补过的口子？"

"对，是有一道缝补过的口子。"

"那么这具尸体所穿的囚衣，便可确认是雷老四穿过的那件。"宋慈道，"凶手杀害徐大志，将其头颅割去，又换上雷老四的囚衣，显然是故意让人误以为死的就是雷老四。这么看，雷老四是凶手的可能性，的确很大。"

"那我即刻派人全城搜捕，定要将雷老四抓回来。"梁浅说着便

第七章 消失的纨绔 179

要转身而去。

宋慈却道:"雷老四越狱出逃,此前梁县尉已带人搜捕过,却一无所获,可见此人藏得极为隐秘,如今再大举搜捕,只怕未必能搜捕到人,反倒会打草惊蛇。"低头看了一眼无头尸体,"有徐老先生辨认,这具尸体是徐大志,已是八九不离十。但唯恐出错,我已请人去通知卯金堂的刘老爷。徐大志是卯金堂的家丁,刘老爷今日应该会亲自赶来认尸。梁县尉,到时只怕还要请你再来这里作为见证。"向杜若洲看去,"县丞大人,你若是愿意,也可来此见证,若是公务繁忙,自可不来。"

杜若洲冷哼一声,不作回应。

一说起刘老爷,梁浅不禁想起上次去卯金堂时的场景,道:"徐大志只是家丁,刘老爷未必会亲自来吧?"

"他一定会来的。"宋慈说了这话,转而向徐老先生道,"徐老先生,今日请你认尸,实在多有麻烦。我这便雇车,送你回崇化里。"

徐老先生连连摆手,叫宋慈不必如此,他可以自己回去。但宋慈执意这么做,亲自送徐老先生出了县衙侧门,刘克庄则赶往附近的车马行雇车去了。在等刘克庄回来期间,宋慈像是忽然想到了什么事,请徐老先生在侧门外稍等一下,他自己则快步走回县衙,去了一趟书吏房。他找到了书吏付子兴,出示了"建阳尉"腰牌,向对方取用证物,拿到了那三枚刻有"于""死"和"入"字的泥活字,随后返回了侧门外。他将三枚泥活字拿给徐老先生看了,问道:"徐老先生,这三枚泥活字,应该是可竹书铺的吧?"

徐老先生看过三枚泥活字,见底部有十字凹痕,点头道:"这是我家书铺的泥活字。"

"那你可认得出这三枚泥活字是什么时候刻出来的吗?"

"看起来很旧,不是新刻的字,至少是好几年前的了,具体是什么时候刻的,那可认不出来。"徐老先生不免好奇,"宋公子,你怎么会有我家书铺的泥活字?"

宋慈不答反问,道:"一枚新刻的泥活字,大概使用多久,能磨损成这个样子?"

徐老先生摸了摸三枚泥活字的棱角和刻字,道:"这般磨损,大概半年左右吧。"

宋慈若有所思地点了点头,将三枚泥活字收了起来。

这时刘克庄回来了。他不仅雇来了车,见路边有挑担卖炊饼的,还顺道买了几个热乎的炊饼,拿给徐老先生在路上吃。

目送马车渐渐去远,消失在西清巷的南边,刘克庄转头对宋慈道:"原来你请余小姐给卯金堂的刘老爷带信,是请他来认尸。"

宋慈点头道:"我在信中提到徐大志已死,请刘老爷来县衙认领尸体。"

"这么说,你早就知道那具无头尸体不是雷老四,而是徐大志?"

"尸体的两只手掌都长有茧子,可见会长年累月地抓握东西,比如农人持锄具、马夫抓辔绳。可雷老四常年混迹市井,不务正业,这样的人,手上不该有那样的茧子。"

"徐大志是刘醒的车夫,经常驾驶马车,所以你便想到了他?"

"不止如此,徐老先生曾提到,徐大志年轻时与人斗殴,被砍伤了后背。无头尸体的手上有茧子,后背上有几道旧伤疤,所以我

第七章 消失的纨绔　181

才推想是徐大志。原本我打算再走一趟崇化里,去请卯金堂的刘老爷来辨认尸体,既然遇到了余小姐和徐老先生,便正好请他二人帮忙带信和认尸。"

"徐大志是徐老先生的堂侄,若是认尸,有徐老先生就够了,何必再去请卯金堂的刘老爷?"刘克庄道,"你是不是还有其他打算?"

"还记得吗?之前你我去卯金堂问话时,那门丁提到过,徐大志和刘醒一起出了远门。如今徐大志死了,那刘醒呢?"宋慈道,"我之所以请刘老爷来认尸,其实是想探一探刘醒的下落。刘老爷若是亲自来了,说明刘老爷担心刘醒的安危,那么刘醒便是真的离了家,而且刘老爷不知道刘醒在哪儿。刘老爷若是不来,或是只派其他人来认领徐大志的尸体,说明刘老爷不担心刘醒的安危,刘醒要么就在家中,要么的确离开了,但刘老爷知道他人在何处。"

刘克庄明白过来,感叹了一句:"原来如此。"随即又生出疑惑,"那你何以认定,刘老爷一定会来?"

"徐大志是刘醒的亲信随从,之前徐老先生提到过,徐大志这些年无时无刻不跟着刘醒,崇化里的乡民们也都提及了此事,可以说有刘醒的地方,便有徐大志。换句话说,有徐大志的地方,也很可能就有刘醒。如今徐大志死了,而且死在了远离崇化里的县城,说明刘醒极可能是真的出了远门。所以我才认为,刘老爷一定会来。"宋慈道,"此去崇化里路程遥远,刘老爷收到信赶来,只怕要下午后半段去了。趁此空闲,你我先走一趟建溪客栈。"

刘克庄听过这家客栈的名头,想起杜若洲曾说建溪客栈离县衙只有一街之遥,储用一行人便是被安排入住其中,道:"你这是要去见储大人？"

"储大人是储文彬的父亲，也是当年蓝氏姐弟死亡时的在任知县，"宋慈抬头朝南边一望，"是时候去见一见他了。"

建溪客栈位于县衙南隅的横街上，离县衙不过一街之隔、百步之遥。这里算是建阳县城里最好的客栈，平时有官员途经建阳，尤其是一些上司衙门的官员，杜若洲便会代表县衙出面，安排对方入住建溪客栈，好吃好喝地招待，除非对方执意不肯，非要住在城外十里的驿舍，不过这样的官员实在太少，掰着指头便数得过来。

宋慈和刘克庄在路边买来炊饼吃了，填饱肚子后，一起来到了建溪客栈。

一踏进大门，便见客栈里开阔明亮，漆色如新，比之潭山客栈好了不少。有伙计前来相迎，宋慈说明来意，那伙计便引着二人上了楼，敲开了最里侧一间客房的门。在这间客房里，二人见到了储用。

"宋公子，害死我儿的凶手，是不是……查到了？"储用见宋慈找上门来，在仆从的搀扶下起身，颤声问出了这话。房中还有几个家眷，也都极为关切地望着宋慈。

宋慈回以摇头，道："我与克庄来此，是想向储大人打听一些事。"

储用老眼一闭，连着咳了好几声，缓缓坐回了凳子上，道："宋公子想问什么事，尽管问吧。"

宋慈看了一眼守在房中的家眷和仆从。储用明白宋慈的意思，对家眷和仆从道："我的病没什么大碍，也不会想不开的。你们不用成天守着我,都出去走走吧。"众家眷和仆从有的抹泪,有的一脸悲容,退出了房外。

宋慈示意刘克庄关上房门,问道:"储大人患了什么病?不要紧吧?"

"都是十多年的老毛病了,手脚有时提不上劲,头也时不时会犯晕,不过早就习惯了,不碍事的。"

"大人当年从建阳离任,算起来已有十年之久。这十年间,不知大人过得可好?"

"不用劳心费神,日子清闲,又有我儿陪伴……"储用本想说"过得很好",可一提到储文彬,想到与儿子阴阳永隔,后面四个字便说不出来。

"当年大人主政本县时,我常去衙门围观大人审案,大人为了大大小小的案子劳心费神,一幕幕犹在眼前。只可惜我就看了一两年,大人便离开了。后来我入了县学,县学里的先生们常提起大人,教导我们这些学子将来若有机会为官,一定要像大人那般清正有为。"

储用叹了口气,道:"我当年只是尽到为官的本分,哪里算得上清正有为……"

"当时先生们不只提起大人,还常提起储公子,说储公子课业出众,才学过人,将来必定能官居高位,造福百姓。"宋慈道,"我本以为十年时间,储公子一定早就考取功名,甚至已主政一方了,可如今看来,似乎并未如此?"

又一次提到储文彬,储用一双老眼不觉含泪,道:"我这些年身子老弱,病情长年不愈,我儿孝心太重,不愿去考取功名,一直留在家中陪伴照料我……倘若如宋公子所说,他去考取了功名,主政一方,此次便不会随我南下赴任,又怎么会……"他说着连连摇头,又是一阵咳嗽。

宋慈稍稍等了片刻,待储用缓过气来,才继续问道:"当年储公子在县学念书时,有结交过哪些朋友,大人还记得吗?"

"我当年为官,只知处理政务,少有管儿子的事,他结交过哪些朋友,我不是很清楚。"

"那大人有听说过刘醒吗?此人当年也在县学念书,与储公子很是亲近。"

"刘醒?"储用摇摇头,"我不记得了。也许听说过吧,但想不起来了。"

"他是崇化里卯金堂刘家的公子。"宋慈道,"大人应该知道卯金堂吧?"

"卯金堂是本县的大刻坊,这我自然知道。"储用有些惊讶,"你说我儿……与卯金堂的公子关系亲近?"

宋慈点头道:"县学有不少学子可以做证,储公子在县学里念书时,常与富贵人家的子弟来往,尤其是这位刘醒。"

"我一直教导我儿,少与富家子弟往来,怕他沾染上那些膏粱子弟的习性。"储用还是不信,"我儿一向孝顺懂事,他……他不可能做出这种事的。"

宋慈见储用不信,也就不再多提,转而问道:"十三年前,也就是庆元二年,本县上坪村一对名叫蓝秀和蓝春的姐弟,相继死于非命,此事大人还有印象吗?"

宋慈昨天在县衙复检尸体时,便对杜若洲提到过这对蓝氏姐弟的事,此时储用听宋慈又一次问起,道:"我审过的案子,尤其是命案,我都多少留有印象。可你说的这对蓝氏姐弟,"他摇了摇头,"我确实一点也记不得了。"

"蓝氏姐弟死于五六月间,听说当时大人病倒了,是杜县丞代理大人审理的案子。"

储用回想当年之事,道:"庆元二年,我是生了一场大病,差点没能活过来,家里险些就要准备后事了。当时一连两三个月,我卧床不起,衙门里的大小事务,都交给了杜县丞处理。"说着点了点头,"难怪你说的案子我没有印象,原来是杜县丞审理的。"

宋慈直视着储用,语气变得严肃起来:"大人就不问问,这对蓝氏姐弟是因何而死?我明明是查储公子的案子,又为何要去追查这些旧案?"

储用稍微一愣,道:"我正想问这些事,还望宋公子能告知。"

宋慈把储用的反应看在眼中。他将蓝秀和蓝春的死简略一说,只讲了案卷上记录的案情,只说了他是因为可竹书铺的泥活字才追查这些旧案,并没有提及他这些天查到的诸多线索,最后问道:"大人是一点也不知情吗?"

储用摇头道:"我确实不知。"

"那大人知道雷老四吗?"

"雷老四?"

"此人姓雷名丁,当年是县衙里的狱卒。"

"人老了,"储用无奈地摇摇头,"我是真想不起来了。"

"这雷老四任狱卒时,曾主守失囚,失的还是死囚。此事也发生在庆元二年,应该也是在大人患病期间。不过此人因此获罪,此后受了整整三年的牢狱之刑。"宋慈仍是直视着储用,"大人是清正有为的好官,自己衙门里出了这样的事,大人不应该没有印象才是。"

"主守失囚?"储用努力回想了一下,"是有这么个狱卒,因失囚被关在了大牢里。这事我还有些印象,好像直到我被罢官,那狱卒还没刑满释放。我早就忘记他的名字了,原来宋公子说的雷老四是他。这个雷老四,难道……也与我儿的死有关吗?"

宋慈不置可否,转而问道:"大人当年出任本县知县,彼时杜县丞是本县县尉,彼此应该多有接触。不知大人觉得杜县丞这人如何?"

"杜县丞一向精明能干,做事周全,是个好属官。"储用道,"我当年治理一县之境,多亏有他相助,才算治理得不坏。"

"十年前大人离任,杜县丞也调任别地,一年前才重回建阳,出任了本县县丞。大人可知,过去这一年里,杜县丞谄上欺下,压榨百姓,在本县做了许多坏事?"

"有这等事?"储用显得很是惊讶。

"大人来建阳已有数日,难道就没听说过吗?"

"我儿死于非命,我……我哪里还有心思去理会其他事?这几日所见之人,多是县衙里的官吏差役,也没人跟我提起过这些事。"

"那当年大人在任知县时,就没发觉杜县丞是这样的人吗?"

储用摇头道:"杜县丞,我记得他……他过去不是这样的人。"

"既是如此,那我不必再问其他了。"宋慈道,"今日之内,卯金堂的刘老爷,也就是刘扁的父亲,会到县衙认尸。到时我会差人来客栈,请大人前去见证。"说罢躬身告辞,离开了客房。

第七章 消失的纨绔 187

刘克庄全程没有说话，此时也向储用行了一礼，随宋慈一起离开了建溪客栈。

从客栈里出来，在横街上走出数十步远，宋慈忽然问道："克庄，你对储大人怎么看？"

刘克庄想了一想，道："建阳众多百姓听说储大人途经本地，都自发地齐聚城门相迎，可见储用是个好官。若非当真清正有为，百姓们不可能如此念着他。但方才听他言语，他似乎不够聪慧敏觉，属官在眼皮子底下知法犯法，儿子在外结交恶少，他竟全无察觉。不过属官有意欺瞒，也不是哪个主官都能察觉到的，儿子刻意隐瞒，也不是哪个父亲都能知晓的，这些不能算是储大人的错。一个人当真那么聪慧敏觉，只怕早就钻营取巧去了，也就不可能做到清正有为。"

宋慈点了点头，道："希望是你说的这样。"眼见县衙在望，"回衙门吧。"

二人一进县衙大门，宋慈便在公堂前左拐，往县衙的西侧走去。停尸房位于县衙西侧，刘克庄以为宋慈是要去那里等候刘老爷来认尸。然而转过一个弯后，宋慈脚下又一拐，径直去了县衙大牢。县衙的东侧是厨房、花厅、钱粮仓库等建筑，至于县衙大牢、杂役房、书吏房和停尸房等建筑，都位于县衙的西侧。

一入县衙大牢，宋慈便向狱卒出示了"建阳尉"腰牌。看守大牢的狱卒有好几个，宋慈最初接手查案时，这几个狱卒当时都在场，认得宋慈是什么人。只听宋慈道："我有些事，想向各位打听一下。"

几个狱卒有老有少，宋慈先问明各人姓名，以及做狱卒的时长，得知其中最长的已有二十来年，这狱卒头发都已花白，算是这县衙大牢里最老的狱卒。

这位最老的狱卒名叫潘忠，身子偏瘦，面相还算和善，看起来是个不难相处的人。宋慈先请潘忠到大牢入门一侧的看守房里，一开口便问起了雷老四："我听梁县尉说，初十那天夜里，这县衙大牢里有个犯人越狱出逃了？"

潘忠坐在宋慈的身前，长有不少白斑的双手平放在膝盖上，不时地来回搓动，应道："是有这么个事。"

"听说那犯人曾是这里的狱卒，你在这里待了二十多年，想必认识他吧？"

"认识的，那犯人叫雷丁，甲乙丙丁嘛，大家都管叫他雷老四。"

"这个雷老四，是从什么时候开始不做狱卒的？"

"很久了，有十来年了。"

"他为何不做狱卒了呢？"

"这事啊……"潘忠的目光有些闪烁，"他看守大牢时，让囚犯跑掉了，害得自个儿被关了大牢。坐过牢受过刑的人，便算是罪囚了，自然不能再在衙门里做事。"

"雷老四是让什么囚犯逃掉了？"

"这……这我想不起来了。"潘忠晃了晃脑袋，"那么久的事，大牢里关过的犯人又多，谁还记得住啊？"

"那雷老四做狱卒时，为人怎样，这你总该有印象吧？"

"雷老四这人啊，别看他脸上有道疤，面相看着很凶，人却不坏。这大牢里关押的都是罪犯，狱卒要够凶够狠，才能镇得住，平

第七章 消失的纨绔　189

时打打骂骂总是少不了的。我自问对犯人算是客气的了，平日里少有打骂的时候，不过雷老四对犯人还要更客气些，很少动手，除非是对那些穷凶极恶的犯人。那时大家都笑他不该来看大牢，该像三贵里的李员外那般，做个大善人才是……"潘忠说着说着，似乎觉得自己说得太多了，忽然住了口。

"照你这么说，雷老四还算是个良善之人。"宋慈道，"那他看守囚犯时让其逃掉，有没有可能是见那囚犯冤枉，故意将人放走的？"

潘忠一愣，干笑了一下，双手在膝盖上搓得更快了，道："公子就别问这事了，我是真不记得了……我就记得雷老四喜好喝酒，说不定是他看守大牢时偷偷喝酒误了事，才让囚犯逃掉的吧……"

"县衙大牢里的每间牢狱，平时牢门都会上锁吗？"宋慈转而问道。

潘忠不知宋慈为何问起牢门上锁的事，应道："当然要上锁，只有提审犯人时，要押犯人出去，才会开锁。"

"既是如此，雷老四就算喝了酒，只要牢门锁着，囚犯又如何逃得出去？"

"这个嘛……"听宋慈又问回了雷老四主守失囚的事，潘忠再次面露干笑，"我这不就是随口一说嘛，都是记不得的事，公子切莫当真啊。"

"十多年前的事你记不得，那几天前的事你总该记得吧。"宋慈的语气加重了几分，"既然牢门上了锁，那初十夜里，雷老四又如何能逃得出去？"

"当晚值守大牢的又不是我，是常老幺。"潘忠道，"我是事后才得知雷老四逃了,常老幺说他就是去上了趟茅厕,回来就发现牢门上的锁被打开了,雷老四不见了踪影。"

"方才那几个狱卒当中,有常老幺吗?"

"有。"

"克庄,你把常老幺叫进来一下。"

刘克庄一直站在房门口守着,当即走出房外,见几个狱卒在狱道里有说有笑,道:"你们谁是常老幺?"

一个尖嘴猴腮的年轻狱卒笑脸一收,应道:"我就是。"

"请你进来一下。"

"进去做什么?"常老幺的语气有些不太客气。

"叫你进来,自然是要问话。"

常老幺走进房中,朝坐着的宋慈和潘忠各瞧了一眼,道:"要问什么?"

宋慈见常老幺不过二十出头,看人说话却总是刻意把脸抬高,道:"听说是你看守大牢时,让犯人雷老四逃了出去?"

"是又如何?"

"主守失囚不是小罪,你就不担心雷老四抓不回来,自己要被问罪论刑吗?"

"又不是我的错,我就上了个茅厕,茅厕还离得那么近,谁知道犯人那么点工夫就能开锁逃狱呢?"常老幺道,"再说就算要问罪,那也要看犯人犯的是什么罪,这点我还是懂的。雷老四不过就是打伤了人,而且伤得也不重,论刑不过打顿板子。我失了他这么个犯人,顶多挨上几板子,有什么好怕的?"

"你当晚值守期间,有没有其他人进入大牢?"

"没有，当晚大伙儿都睡觉去了，前前后后就我一个人。"

"雷老四被关押了多久？"

"也就个把月吧。"

"既然他犯的是打顿板子的事，为何一关就是个把月？衙门不应该尽早审问清楚，早些结案放人吗？"

"谁叫他嘴巴那么臭，一进衙门就大骂杜县丞。得罪了杜县丞，可不就该吃些苦头。"

"他为何要骂杜县丞？"

"这我哪里知道？"

"他是怎么骂杜县丞的？"

"他在公堂上骂杜县丞，怎么骂的我不清楚，我当时没在场。不过他被关进这大牢后，还经常骂杜县丞的祖宗十八代，骂杜县丞不是个东西，该遭天打雷劈。"

"据我所知，抓他到衙门的是梁县尉吧，他有骂过梁县尉吗？"

"没听他骂过。他和梁县尉本就是朋友，自然是不会骂的。"

"你怎知他与梁县尉是朋友？"

"这雷老四被关进来后，一直没人来探视，也就梁县尉隔三岔五来大牢里看他。"常老幺朝潘忠看了一眼，"我一开始还觉得奇怪，后来也是听老忠说了才知道，雷老四过去做过狱卒，梁县尉那时是衙役，他二人是常在一起喝酒的交情。"

"梁县尉隔三岔五便来大牢里看雷老四？"

"是啊，梁县尉有时还会把雷老四带去刑房单独问话。"

"问什么话？"

"都说了是单独问话，他问雷老四什么话，我哪里知道？"

"雷老四越狱当天，梁县尉有来大牢见过雷老四吗？"

常老幺回忆了一下，道："下午好像来过。"看向潘忠，"老忠，那天下午你也在，梁县尉是有来过吧？"

潘忠稍作回想，点了一下头。

"梁县尉下午来时，有与雷老四说过什么话吗？"

"好像没说什么话，只是来看了一眼。不过之前一天，梁县尉来找雷老四单独问过话。"

宋慈想了一想，道："雷老四入狱期间，杜县丞有来大牢见过他吗？"

"杜县丞啊，平时就很少来。"常老幺摇头道，"反正我值守大牢时，没见他来见过雷老四。"

宋慈又问潘忠，潘忠也摇头。

"雷老四犯了小事，却被关押了一个多月，"宋慈道，"他除了骂杜县丞，难道就不闹着要出去吗？"

"怎么不闹着出去？"常老幺道，"他一开始说有事情要做，天天叫人放他出去，吵闹得不得了。后来应该是见吵闹没什么用，便不吵也不骂了，整天一声不吭地躺在牢狱里睡觉。"

"他有什么事情要做？"

"这我就不知道了。"

"他是逐渐减少吵闹，慢慢变得不吵不骂，还是突然就不吵不骂了？"

"你这倒问得奇怪。"常老幺嘴上这么说，但还是回想了一下，"应该是突然就不吵不骂了。"

"是从什么时候开始不吵不骂的？"

第七章　消失的纨绔

"有好一阵了,大概被关了半个多月吧,就是梁县尉老母亲去世那一阵。"常老幺看向潘忠,"老忠,你还记得那天吧,张养民押送犯人进来关押,说起梁县尉的老母亲去世了,当时大伙都很惊讶,一整天都在谈论这事。好像就是从那天起,雷老四突然就不吵不骂了。当时我不是还说雷老四闹腾大半个月都是白闹腾,到头来不还是得老老实实的吗?"

潘忠连连点头:"的确是。"

宋慈眉头一凝,陷入一阵沉思,随后站起身来,让潘忠和常老幺带他去看看关押雷老四的牢狱。二人领着宋慈和刘克庄来到狱道里,指着第一间牢狱道:"就是这一间。"

宋慈方才刚进县衙大牢时,便已留意过这里面的布局,数丈长的狱道在右,六间牢狱在左,比起临安府衙的大牢,规模小了甚多。他看向第一间牢狱,其他五间牢狱都关押了好几个犯人,就这间牢狱里空无一人。"雷老四是单独关押的吗?"他问道。

"是单独关押的。"潘忠应道,"梁县尉本就与雷老四有交情,再加上雷老四犯的事也不大,便吩咐把雷老四单独关一间。"

常老幺道:"幸好是单独关押,不然逃走的就不是雷老四一人,那我这罪可就大了。"

宋慈看向常老幺,道:"雷老四逃走时,牢门上的锁被打开了?"

"是打开了。"常老幺道,"不过我上茅厕时,没人进来过,而且钥匙也一直在我身上,锁却打开了,真是怪事。"

"你怎么就能确定上茅厕时没人进来过?"

"这里面关押了那么多犯人,犯人们都说没见人进来过,就听见铁链子作响,往这第一间牢狱看时,就见牢门大开,雷老四跑了出去。"

"锁是撬开的吗?"

"根本就没有撬锁的痕迹,像是用钥匙打开的。"

这时刘克庄插了一句:"雷老四过去不是做过狱卒吗?他会不会有大牢的钥匙,是自己开的牢门?"

常老幺笑道:"这位公子可真会说笑。雷老四做狱卒,那都是多少年前的事了?锁都是会用坏的,大牢里的锁用个两三年便会更换,算起来都换过好几轮了。雷老四就算有过去的钥匙,还能开如今的锁不成?再说他真有钥匙,早就逃了,又何必把自己关上一个多月?"

刘克庄觉得这话很是在理,竖起大拇指,朝常老幺点头一笑。

宋慈不再发问,向潘忠和常老幺道了谢,与刘克庄一起离开了县衙大牢。他什么话也不说,径直去往停尸房,等候刘老爷前来认尸。

宋慈的预料没有错,下午申时过半,卯金堂的两辆马车,快马加鞭地赶到了县衙。刘老爷从前一辆马车下来,拄着漆金手杖,几个家丁从后一辆马车下来,一路搀扶簇拥,急匆匆地走进了县衙大门。杜若洲得知刘老爷来了,立刻出来相迎。刘老爷一见杜若洲,便问宋慈是谁,人在何处。

此时的宋慈,已在停尸房外等候了多时,刘克庄和梁浅也等在这里。刘老爷在杜若洲的引领下来到此处,一见宋慈便道:"你就是宋慈?"他看过余可竹捎带的信后,从余可竹那里得知写信的人叫作宋慈,此时见到了宋慈的真容,一下子便想了起来,此人是之前跟随梁浅到卯金堂问过话的那个书吏。他道:"你说徐大志死了,尸体在哪里?"

见刘老爷到了,宋慈当即请梁浅差人去建溪客栈禀报储用,随后道一声:"刘老爷请。"他当先跨过门槛,进入屋内,将无头尸体上的白布掀开了。

刘老爷一只脚踏入屋内,一股浓烈的尸臭味顿时扑鼻而来。他立马缩回了脚,就停留在房屋外,吩咐几个家丁道:"你们进去,给我认仔细了,看看是不是徐大志。"

几个家丁齐声称是,捏着鼻子,进入屋内,来到了无头尸体旁。这几个家丁是卯金堂众多下人中惯常跟随刘醒的几个,一向与徐大志来往甚密,对徐大志很是熟悉,刘老爷此番赶来认尸,特意将这几个家丁叫上了。无头尸体是正面朝上,几个家丁看了几眼,恶心犯呕之余,都面露迟疑之色,吃不准到底是不是徐大志。宋慈见状,将无头尸体翻转过来,使其后背朝上。

几个家丁看见后背上的黑斑和伤痕,立时脸色一变,纷纷点头,道:"是徐大志,是徐大志……"回头大声禀道,"老爷,死的是徐大志!"

刘老爷一听这话,脸色一震,当即手杖点地,踏入屋内。几个家丁赶忙过去搀扶,刘老爷再也不顾刺鼻的尸臭,急慌慌地来到了尸体前。他朝无头尸体看了一眼,抬眼盯着宋慈,声音甚是急切:"徐大志死了,我儿子在哪儿?"

宋慈应道:"刘醒身在何处,我正要问刘老爷。"

"我早就说过了,我儿子出了远门,我如何知道他在何处?"

刘老爷道:"这徐大志是怎么死的?是在什么地方发现的尸体?"

"刘老爷还记得我前天去过卯金堂吧?"宋慈语气平静,"就在当天清晨,徐大志的尸体出现在县城北门附近的城墙下。"

"徐大志前天就死了?你当时怎么不说?"

宋慈当时还没见到尸体,并不知道死的是徐大志。但他不做解释,道:"那天清晨只是发现了尸体,徐大志真正遇害的时间,只怕还要更早。"

"我卯金堂的人死了这么多天,"刘老爷厉声道,"你却直到今天才来通知我?"

刘老爷句句咄咄相逼,宋慈虽能保持神色如常,刘克庄却是听得火起,朝徐大志的尸体一指,道:"这具尸体被割去了脑袋,你难道看不见吗?当天宋慈一直在崇化里查案,又没有回县城验过尸,如何能知道死的是谁?宋慈确认死的是徐大志后,立马便托人捎信给你,你倒还怨起宋慈来了。"

刘老爷朝刘克庄斜眼一瞪。

刘克庄并不收敛,继续不吐不快:"那天宋慈上门查案,问起了刘醒,是你爱搭不理,将人拒于门外。如今见徐大志死了,你开始担心自己的儿子,倒是急起来了。早知如此,何必当初?当天你若是肯接受宋慈查问,说不定还能救得刘醒的性命,如今我看嘛,迟了!"

"砰"的一响,漆金手杖在地上重重一杵,刘老爷喝道:"放肆!"一张遍布皱纹的老脸,霎时间涨红了一大片,每一条皱纹都在抖动。

梁浅急忙道:"刘老爷请息怒!发现尸体的那天,宋公子和这

第七章 消失的纨绔 197

位刘公子一直在崇化里,是我带人去北门城墙下,将这具尸体运回了衙门。只怪我这个县尉无能,没能尽早查出死的是谁……"

"梁县尉,此事分明是宋慈的不对,你却还要袒护他?"杜若洲道,"这宋慈自称在临安做过提刑,主动从储大人那里求去了查案之权,可是验起尸来,却是大费周折,这么多天才验出死的是徐大志,岂不是误了衙门查案?"

刘克庄听得火冒三丈,嘴巴一张,正要出言维护宋慈,却被宋慈拦住了。只听宋慈道:"没能尽早确认尸体的身份,是我宋慈的责任。如今既已验明死者是徐大志,那么当务之急,便是查清刘醒的下落,确认其人到底是生是死。"

刘老爷听到"是生是死"四个字,抓握手杖的手一下子紧了几分。

"刘老爷,我实言相告,凶手已连杀储文彬、卞三公和徐大志三人,刘醒长时间未露面,只怕已是凶多吉少。"宋慈说道,"但生要见人,死要见尸,只要尸体没出现,刘醒便还有一丝活着的可能。接下来我会问一些问题,刘老爷愿意如实相告,就请告知于我,倘若不愿意,还请尽早回府。"

这时脚步声响,储用由仆从搀扶着,在缪白的陪同下走了进来。缪白听说刘老爷来衙门认尸,虽然实在不情愿来这满是秽臭的停尸之处,但想到卯金堂的家势,磨蹭了一阵后,还是从后堂过来了,正遇上储用,便一同前来。杜若洲上前行礼道:"见过储大人,见过知县大人。"

"怎么样了?"缪白用袖子掩着鼻子,眉头皱得老高。

杜若洲禀道:"刘老爷已经认过尸了,死的不是雷老四,而是卯金堂的家丁徐大志。"

缪白点了点头。

刘老爷已经沉默了片刻，这时开口说话，两眼看向宋慈："你要问什么？我都如实告诉你。"

"此前你说刘醒出了远门，"宋慈道，"此话当真？"

"当然是真的。"

"他是哪天出的远门？"

"初九。"

"几时出的门？"

"他一早便出门了。"

"他去了何处？"

"他说是要去县城，后来过了两天，又捎了封信回来，说他要去……去建宁府。"

"过了两天，那么书信是十一日捎回来的？"

刘老爷点了一下头。

"建宁府距此有一百多里地，他为何要去这么远的地方？"

"他在信里说……说他在县城里惹了麻烦，要去建宁府避一避，还说……"

"还说什么？"

"还说衙门有可能找上门来，让我别透露他的去向，等风声过了，他自会回来。"

"所以之前我和梁县尉到卯金堂查问刘醒的事，你才会拒而不答。"

刘老爷没有应声，板着一张脸，算是默认了。

第七章　消失的纨绔

宋慈又问道："刘醒在县城里惹了什么麻烦？"

"他信里没说。"

"信里没说，你就不派人去找他，问问是什么麻烦？"

"这有什么好问的？他又不是三岁孩童，三十岁的人了，就算惹出了什么麻烦，他也自会处理。"

刘克庄想起崇化里乡民们说过刘醒做下的斑斑恶行，忍不住道："殴打他人，强占民女，横行霸道，你儿子这些年在外惹是生非，作恶无数，我看你是早就习以为常了吧。"

刘老爷又朝刘克庄瞪了一眼，道："我自己的儿子，我自己会管教，还轮不到旁人来说三道四。就算惹出天大的麻烦，哪怕他自己处理不了，我这个当爹的，也有法子替他解决。"

所谓"溺爱者不明，贪得者无厌"，刘克庄一听这话，当真气不打一处来，正想再嘲讽几句，却被宋慈一个眼色阻止下来。只听宋慈继续问道："刘老爷，刘醒此次外出，徐大志是与他一起的吧？"

"当然是一起的，不然徐大志死在县城，我岂会这么着急忙慌地赶来？"

"除了他们两人，还有其他人随行吗？"

刘老爷摇头道："徐大志驾车，一早载着我儿子出门，没别的人。"

"那刘醒的书信，是怎么捎回来的？"

"是车马行的人送来的。"

"什么车马行？"

"就是这县城里的牛记车马行。"

宋慈此前与刘克庄去崇化里，正是在这家车马行雇的车。他问道："那刘醒捎回的书信，你有带来吗？"

"书信自然是放在家中，哪里会带在身上？"

"信中的字迹，是刘醒的吗？"

"是我儿子的字迹。"刘老爷道，"这有什么不对吗？"

"刘老爷方才说了，就算刘醒惹出天大的麻烦，你也有解决的办法。"宋慈道，"能说出这样的话，想必刘老爷这些年里，没少解决这样的麻烦事吧？"

刘老爷听宋慈又提及此，道："是又怎么样？"

"既然是这样，那刘醒在本地县城惹了麻烦，为何不回家求助于你，反而捎了封书信，便直接去了外地躲避？"

刘老爷听得一愣，觉得宋慈所问在理，道："那……那是为何？"

"无非是两种可能，要么捎信的人是刘醒，他此次惹出的麻烦实在太大，觉得连你也解决不了，这才连家都不敢回，写了封信告知于你，便去建宁府躲避了。"宋慈道，"要么捎信的另有其人，刘醒早就被人控制住了，被迫写了这封信，让你误以为他不归家，是惹出了麻烦事，去了外地躲避。"

刘老爷身子一颤，低头看了一眼徐大志的尸体。徐大志被人杀死，连脑袋都被割掉了，比起宋慈所说的第一种设想，显然第二种设想可能性更大。他道："那是什么人控制了我儿子？"见宋慈闭口不答，当即转头看向缪白和杜若洲，"缪知县、杜县丞，我儿子出了事，衙门可不能坐视不管！"

"刘老爷莫急，这些只是宋慈的猜测，刘醒公子未必真的有事。

第七章 消失的纨绔 201

徐大志是死了,但也有可能是自己招惹了是非,这才被人所杀,说不定与刘醒公子根本就没有关系。"杜若洲说了宽慰之话,随即看向宋慈,"宋慈,你无凭无据,少在这里系风捕影,危言耸听!"

"这些的确只是猜测,"宋慈道,"信与不信,全凭各人。"

刘老爷的手又禁不住抖了几下,宋慈所言虽为猜测,却合情合理,而且徐大志的尸体就摆在面前,由不得他不信。他道:"宋公子,你到底知不知道我儿子身在何处?"

宋慈直视着刘老爷,没有给出回答,反而肃声问道:"庆元二年六月初九,在崇化里的东大街上,刘醒乘坐马车,由徐大志驾车,曾当街撞死了一个路人,刘老爷可还记得此事?"

刘老爷目光微变,道:"你问这事做什么?"

"这么说,你是记得了?"

"我记得又怎样?"刘老爷道,"我在问我儿子的下落,你却提这些不相干的事……"

"谁说不相干?"宋慈道,"在徐大志喉咙的断口里,被塞入了一枚泥活字,此前储文彬和卞三公遇害,口中也被塞入了同样的泥活字,这些泥活字都来自于可竹书铺,而这可竹书铺,正是当年刘醒乘坐马车撞死路人的地方。"

"可竹书铺的泥活字?"刘老爷脸上的皱纹一紧,"你是说,杀害徐大志的,是万卷堂余家的人?好啊,原来是余仁仲。我儿子是撞断了他女儿的腿,可那是一场意外,我已赔了他余家那么多钱,还把我卯金堂一处上好的私坊划给了他。他余仁仲竟然还嫌不够,事隔这么多年,还敢来找我儿子报复?"

"此事与万卷堂余家没有关系。"宋慈道,"当年那个被撞死的路人，刘老爷还记得是谁吗？"

"这谁能记得？不就是撞死了一个路人，天底下那么多车马，撞死人的事也不少见，我卯金堂该赔的钱、该赎的铜，没少过一丁半点。"刘老爷道，"宋公子，我儿子到底在哪里？你知道就说知道，不知道就说不知道，不要再问那些不相干的事。"

宋慈看着刘老爷，把头一摇："我不知道。"

"既然你不知道，那就别耽误我找儿子。"刘老爷手杖点地，冲杜若洲道，"杜县丞，我儿子如今下落不明，还请你多派人手，定要帮我找到才行！"

杜若洲道："刘老爷放心，我这便把衙门里能动用的人手统统派出去，一定竭尽全力，尽快找到刘醒公子！"说罢便转身向外走，打算即刻去安排人手。

便在这时，宋慈忽然提高声音道："县丞大人，刘醒的锦囊还在你那里吧？"

杜若洲一下子止步回头，先是诧异地看了宋慈一眼，随即瞪向梁浅。梁浅听宋慈忽然提到锦囊的事，神色不由得一紧。

"什么锦囊？"刘老爷听到自己儿子的名字，疑惑地看了看宋慈，又看了看杜若洲。

"刘老爷，没……"杜若洲本想矢口否认，但一想到宋慈提到了锦囊，还言明是刘醒的锦囊，显然已经知道他私藏锦囊的事，"没什么锦囊"这句话便没说出口。

只听宋慈说道："储文彬遇害之后，他怀中原本揣有一个锦囊，锦囊上绣有一个'醒'字，正是'刘醒'的'醒'，锦囊里还有一张字条。这个锦囊，连同里面的字条，并没有作为证物存放在书吏房，而是被县丞大人私自拿了去。当日在登高山上，有诸多衙役在场，县丞大人当真觉得此事隐瞒得了吗？"他没有忘记当日对梁浅做过的保证，此时故意不提梁浅的名字，只是说有诸多衙役在场，好让杜若洲误以为他是从衙役那里探知了此事。

储用由仆从搀扶着，已在这间停尸房里旁观了许久。他本以为宋慈请自己来，只是作为刘老爷认尸的见证，哪知宋慈忽然提到储文彬怀中还揣有一个锦囊，而他本人并不知晓这个锦囊的存在。他吃了一惊，诧异地看向杜若洲。

"我身为县丞，做什么事，还用得着隐瞒吗？"杜若洲道，"你说的没错，是有一个锦囊，里面的确有一张字条。不过那是极其重要的证物，放在书吏房我不放心，便亲自把它保管了起来。"

"我曾要求查看本案的所有证物，当时县丞大人也在场，为何不将这锦囊拿出来？"

"你又不是衙门中人，本就没有查案之权，平白无故冒将出来，说是要协助衙门查案，谁知你安的是什么心？"杜若洲道，"储大人在临安听说过你的名头，于是便信了你，但我没听说过，岂能轻易相信你这么一个来路不明的人？如此重要的证物，岂能随随便便拿给你看？"

刘克庄见杜若洲当着这么多人的面，犹自强词夺理，只觉得可恨又可笑。然而当他环视一圈，却发现除了梁浅在暗自摇头外，缪白摸着下巴上稀疏的胡须，频频点头，储用只是望着杜若洲，并无其他表示，至于方才问是什么锦囊的刘老爷，此时也已不再作声，这些人如此轻易便认可了杜若洲的这番说辞。

宋慈把众人的反应看在眼里。他不再深究杜若洲私藏证物一事，道："那现在呢？不知县丞大人可否取来锦囊一看？"

杜若洲看了看在场诸人，道："这锦囊我一直好生保管，就放在后堂，锁在柜子里。我这便去取来，以免有人说我隐瞒藏私。"他哼了一声，转身走了出去。

只不过片刻时间，杜若洲便去而复返，拿来了一个锦囊，上面绣有一个醒目的"醒"字。他没有将锦囊交给宋慈，而是直接当着众人的面打开，从中取出了一张揉捏过的字条，竖拿在手中。字条上写了一行字，是"事恐泄，今夜子时，登高山见"。他先拿给储用、缪白和刘老爷等人看，最后才把字条展示给宋慈，道："看清楚了吧？"

宋慈看得清楚，字条内容与之前梁浅所述的一致。他道："刘老爷，这是不是刘醒的锦囊？"

早在杜若洲拿着锦囊走进来时，刘老爷便认出了这个锦囊，道："是我儿子的锦囊。"

"那字条上的字迹，"宋慈问道，"也是刘醒的吗？"

"杜县丞，"刘老爷道，"让我再看看。"

杜若洲走近刘老爷，将字条交到刘老爷手中。刘老爷仔细看罢，点头道："这是我儿子的字迹。"

"既然是刘醒的字迹，以字条上的内容，可见本月初十深夜，是刘醒约了储文彬于登高山上见面。储文彬这才会入住潭山客栈，深夜如约去见刘醒，结果却被杀，死在了登高山上。"宋慈道，"转过天来，也就是十一日，刘醒便捎了一封书信回家，说他在县城里惹了麻烦，还说衙门可能会找上门去，以至于连家都不敢回，便去了建宁府躲避。"

第七章 消失的纨绔

"你这么说是什么意思？是想说我儿子杀害了储公子吗？"刘老爷的声音一下子变得激动起来，"徐大志死了，我儿子下落不明，你反倒来污蔑我儿子是凶手？"

宋慈没应声，只是一脸平静地看着刘老爷。

"宋慈，你这人真是可笑至极！"杜若洲竖起一根食指，朝着宋慈又指又点，"方才是你亲口所说，刘醒公子早就被人控制，还被逼迫着写了信，难道这字条就不是被逼迫写下的吗？现下你却拿这字条为证，要来指认刘醒公子是凶手？真是荒唐至极！"

"系风捕影，危言耸听。"眼见宋慈默不应声，刘克庄无法忍受，当即学起了杜若洲的腔调，"明明自己亲口否认过的话，转眼间却又认同起来了，也不知是谁可笑，是谁荒唐？"

杜若洲斜睨了刘克庄一眼，道："刘公子，你身无一官半职，还是一个从莆田来的外人，本地衙门议论案情，岂有你一个外人旁听插嘴的份儿？来人，将这位刘公子请出衙门！"一声喝令，立刻有衙役从屋外疾步走入，要将刘克庄强行带出去。

刘克庄环视屋内一众官吏——梁浅官位低微，脸色虽然起急，却终究没有出言阻止；缪白身为知县，本就与杜若洲是一丘之貉；就连请宋慈查案的储用，此时竟也无动于衷，眼睁睁地看着刘克庄被衙役拖拽，仿佛发号施令的杜若洲才是这屋子里最大的官。"好了不得的衙门，好了不得的官威啊，真是令我大开眼界。"刘克庄冷笑几声，胳膊一挣，不让衙役拖拽，"我自己会走！"他嘴上这么说，眼睛却望向宋慈，脚下丝毫不动。

宋慈也看了看屋内众人，尤其是紧盯着储用。他此前问刘克庄对储用的看法，正是因为怀疑储用，不清楚储用当年是不是真的病了，怀疑储用对蓝氏姐弟和方崇阳的冤案不是当真不知情，所以宋慈才故意在刘老爷认尸时请储用到场见证。刘醒那字条里清楚地写着"事恐泄"三字，可储用根本不过问这件唯恐泄露的事是什么。宋慈见储用如此反应，更是觉得储用对当年的冤案应该是知情的，脸上不免流露出失望之色。

"我与刘克庄身无官职，一介布衣。"宋慈道，"既然县丞大人要请刘克庄出去，那我也只好一并离开。"话音一落，便向屋外走去。刘克庄见状，迈开脚步，随他一起往外走。

杜若洲见宋慈头也不回，似乎当真要离开，叫道："宋慈，十日限期已经过半，你到底能不能破案？"他接着又冷笑了一下，"不能破案，那就趁早说出来，省得耽误衙门办案。"

宋慈脚步一顿，回头道："用不着十日期满。"目光扫视众人，"明日一早，我会来衙门查破此案，揪出真凶。到时还请诸位到场，俱为见证。"

宋慈这话说得甚是平静，杜若洲却如闻惊雷，其他各人也都面露惊色。众人尚未回过神来，宋慈已与刘克庄走了出去。

第八章

越狱者冤死狱中

听到明日一早就要破案的话,就连随宋慈离开的刘克庄,也是大吃了一惊。但刘克庄并未把这份惊讶表露出来,直到走出县衙侧门,身边已没有衙门的人了,他才问道:"你已经查出凶手是谁了?"

宋慈却摇了摇头:"还不确定。"

这下刘克庄更加惊讶了,道:"那你还说明早破案?"

"虽不确定,但已八九不离十,只是还欠缺实证。"宋慈道,"今晚还有很多事要做,你我怕是不能回同由里了。走,先去牛记车马行问问捎信的事,看看能不能查到刘醒的下落。"

此时天色已昏,牛记车马行结束了一天的营生,正要关门歇业。掌柜牛万喜看见宋慈和刘克庄径直走来,笑脸相迎道:"二位公子又要雇车吗?"

宋慈把头一摇,道:"请问掌柜,本月十一日,是不是有人来你这里,给崇化里的卯金堂捎过一封信?"

"十一日给卯金堂捎信?"牛万喜不太清楚,叫来伙计问道,"有这回事吗?"

那伙计想了一想,点头道:"是有这回事。"

"是什么人捎的信?"宋慈问那伙计道,"你可还记得?"

"记得是记得,不过那人戴了斗笠,还拿布遮了口鼻,看不到脸。"伙计回答道,"那人留下了信和钱,说了句送给卯金堂,转身便走了。"

"所以你不知道那人是谁?"

"是不知道。"伙计应道,"我当时还觉着奇怪呢,既没下雨,又没出太阳,那人却戴了斗笠,还把脸遮得那么严实。不过奇怪归奇怪,客人捎的只是书信,又不是什么贵重之物,只要给了钱就行。把脸遮得那么严实,想来是不想让人知道身份,我也就没多问。"

宋慈听了这话,向牛万喜和伙计道了谢,走出了牛记车马行。

"现下怎么办?"刘克庄跟在宋慈的身边,"还要继续查刘醒的下落吗?"

宋慈抬头看了一眼天色,夜幕已然降临,冷风一阵阵地吹刮,带来一阵潮湿,眼看又一场雨要落下来了。他道:"刘醒离家时说是要来县城,后来书信也是从县城捎回去的,徐大志的尸体也出现在县城里,可见初九那天,刘醒和徐大志离家之后,极大可能是来了县城。他二人是乘坐自家马车来的,以刘醒的性子,有可能是来城里吃喝玩乐的。我想找城里的青楼、酒肆和柜坊打听一下,看看有没有人见过刘醒。"

刘醒本就是富家纨绔,倘若来县城里吃喝玩乐,光顾的自然是那些有名气的青楼、酒肆和柜坊。建阳县城不算大,有名的酒楼不过三四家,青楼更是只有两处,柜坊虽然稍多一些,但规模足够大的柜坊,也是屈指可数。

宋慈说走便走,先去了离得最近的永安酒肆。永安酒肆同样位于北门附近,这里楼阁开阔敞亮,所卖的千日酒称得上是桂酒椒浆,在建阳城里算是极有名气。永安酒肆的佟掌柜说刘醒过去没少光顾,但最近这段日子没来过。

在永安酒肆一无所获,离开之时,经过斜对面一处挂着丧幡白布的家宅,宋慈朝那处家宅的大门看了两眼。他随即前往更北边,来到了一街之外的红杏楼。红杏楼是一处青楼,这里悬挂着一串串艳红的灯笼,门前招揽客人的角妓,一见宋慈和刘克庄驻足于楼前,便立马挥舞着丝巾来拉二人进楼。宋慈站在原地没动,直接向那角妓说明了来意。

"卯金堂的刘醒公子?"那角妓一听,笑容一收,松开了拉拽的手,径直摊开了手掌。刘克庄见那角妓这般姿态,似乎知道刘醒的下落,当即摸出一张行在会子,放在了那角妓摊开的手中。

那是价值一贯的行在会子,那角妓见刘克庄出手竟如此大方,当即恢复了一脸笑意,道:"刘醒公子前几日是来过,他的马车还一直停在后院里呢。"

宋慈与刘克庄对视一眼,问道:"那他人呢?"

"刘醒公子那天一来就还是点了杏娘作陪,可杏娘那天正好身子不舒服,实在是陪不了他。他喝花酒时,说我们红杏楼的酒变了味，发酸发苦，没以前好喝了，还当场发起脾气，把酒壶给砸了。他身边那个随从也把酒杯摔了，说什么还是永安酒肆的千日酒最有滋味。他便与那随从出门去了，临走时还说等吃完酒回来过夜，杏娘再怎么身子不适，都得陪他。"

"他们离开时没坐马车？"

"他们是走着出门的。"那角妓道，"永安酒肆就离了一条街，这么点距离，没必要坐马车吧？再说他们说了要回来过夜的，马车便停在了后院。"

"那他们后来回来了吗？"

那角妓把头一摇："没有回来。"

"那是什么时候的事？"

那角妓想了一下，道："是初九晚上吧。"

"他们人没回来，马车却一直停在这里，你们红杏楼就没人过问此事？"

"刘醒公子又不是头一回这样。以前他来红杏楼，也有过玩了两天，便出去找别的乐子，隔了好几天才回来的情况，马车也是一直停在我们后院。记得有一回呀，他来我们这吃了花酒，便出去找柜坊赌钱，一赌就是好几天，最后输掉了一座私坊的钱才回来，当时马车也就停在后院，我们红杏楼的人早就见惯不怪了。"

"能请你带我二人去后院，看一看刘醒的马车吗？"

"这有什么不能的？"那角妓笑道，"二位公子里面走。"

宋慈和刘克庄随那角妓走进了红杏楼。一入大门，一股浓浓的酒气夹杂着脂粉香味扑鼻而来。大堂中摆置了数张酒桌，全部铺以红布，各色狎客搂抱着角妓坐于席间，四下里充斥着淫声秽语。那带路的角妓从大堂中穿过，一路上满脸堆笑地挥舞丝巾，不忘与各桌狎客打招呼。宋慈行走于其间，神色多少有些不自在。刘克庄倒是神色自若，还时不时地左顾右盼。

就在即将穿过整个大堂时，宋慈的脚步忽然顿了一下，目光投向了边角一桌。刘克庄察觉了宋慈的异样，顺着宋慈的目光望去，只见边角一桌坐了一个狎客，看起来年龄不大，顶多二十出头，揽着一个妆容艳丽的角妓，正仰着脑袋，大张嘴巴，接住那角妓举高酒壶倾泻而下的酒水。

"怎么了？"刘克庄轻声道。

宋慈的脸上掠过了一抹不易察觉的怒色，道一声："没什么。"继续随那领路的角妓去往后院。刘克庄朝那年轻狎客多看了两眼，这才跟上。

很快来到红杏楼的后院，只见这里搭建了一处马厩，里面拴着一匹鬃毛光亮的马，另有一辆车停在一旁。马厩里的气味不大好闻，那角妓离了十来步远便站住了，指着车和马道："这就是刘醒公子的车，还有拉车的马。"

宋慈当即走进马厩，见那匹马的脖子上挂有小牌，车厢上同样挂有木牌，都写有"卯金"二字，可见那角妓没有说谎，这的确是卯金堂的马车。他撩开帘布，朝车厢里看了一眼，里面空空荡荡。他回头道："刘醒初九来红杏楼时，身边只有一个随从吗？"

那角妓点了点头。

"你可认得那随从？"

"当然认得，凡是来红杏楼的客人，只要来过一两次，便没有我朱三娘不认得的。那随从叫徐大志，刘醒公子每次来，他都赶着马车,跟着一起来的。"那角妓道,"好了,二位公子,我还要去门口招呼客人呢。你们问也问过了,看也看过了,要不要给你们叫两个姑娘?我们这红杏楼呀,什么样的姑娘都有,包管把二位伺候得舒舒……"

"那边是后门吧?"宋慈打断了朱三娘的话,指着后院尽头处的一扇门。

朱三娘应道:"是后门。"

宋慈向朱三娘道了谢,叫上刘克庄,径直从后门离开了红杏楼。

从红杏楼出来,宋慈沿原路返回,很快便回到了永安酒肆。期间又经过斜对面那处挂有丧幡白布的家宅,他仍朝那处家宅的大门多看了两眼。他走进永安酒肆,这一次不再打听消息,而是径直上了楼。楼上坐了不少酒客,他在一张临窗的空桌前坐下。天早就黑尽了,他们忙于查案,晚饭还一直没吃,他吩咐伙计送上饭菜,还不忘给刘克庄要了一壶千日酒。

前日在城南品尝梅花汤饼时,宋慈便提到过永安酒肆的千日酒,还说破案后带他来尝尝。虽说破案在即,但毕竟还没破,宋慈这算是提前兑现了承诺。刘克庄甚是高兴,千日酒刚一上桌,他便迫不及待地满上一盏,只浅尝了一小口,便觉酒香馥郁,味道醇厚,比之临安城里的皇都春竟也不遑多让。"当真是好酒啊!"他笑道,"宋慈,你不来上一盏?"

宋慈摇了摇头,若有所思地吃起了饭菜。刘克庄看在眼中,知道宋慈又在沉思案情了,于是不再出声相扰。

很快吃完了饭,宋慈就在原处坐着,一手搭在窗框上,望着窗

第八章 越狱者冤死狱中 213

外,双眉微凝,似有忧色。刘克庄则拿着那壶千日酒,慢慢地自斟自饮。

楼下是一条还算宽阔的街道,拐个弯便可直通北门,此时街上还有不少行人往来。过了一阵,丝丝点点的雨水开始飘落,梅雨又下了起来。街上的行人开始减少,到得后来,只能偶尔看见一两个打伞或戴笠的行人,急匆匆地从楼下经过。

此时楼上的酒客已经散去了大半,宋慈忽然开口,朝斜对面一指:"克庄,你可知那里是谁的家?"

刘克庄抬眼望去,见宋慈所指之处,是斜对面的一户人家。借着酒肆的灯火,能看见那户人家家门紧闭,门前挂有丧幡白布。此前两次行经这处家宅,宋慈都多看了两眼,刘克庄是留意到了的。此时听宋慈问起,他摇头道:"我当然不知。"

"那里是梁县尉的家。"宋慈道,"梁县尉独自奉养老母,一直住在这里,已经好些年了。上个月梁县尉的老母去世,他为母治丧,此后丧幡便挂在门上,一直没有撤去。"

刘克庄眉头一动,道:"你留在这里,是在盯着梁县尉的家?"

"这段时间凶案频发,县衙事务繁多,梁县尉每日忙到很晚才回家。我方才留意过了,宅子大门上一直挂着锁,家中也没有灯火,可见梁县尉还没有回家。"宋慈回过头来,看着刘克庄道,"我在等梁县尉回来。"

"等他回来做什么?"刘克庄不免好奇,"要寻他,直接去县衙不就行了?"

"有些事,我需要单独问他,不能让旁人知道。"

"可我看你面有忧色,似乎在担忧什么?"刘克庄早就注意到了宋慈的神色。

宋慈没做解释,朝西边一望,道:"这里离潭山客栈不算远,你先去那里落脚。我问过梁县尉后,便去找你。"

刘克庄一听,这是要支开他的意思,这才知道宋慈所谓的旁人,竟也包含了他在内。他心下不免有些失落,脸上却是一笑,将酒壶里仅剩的一点千日酒喝了,起身道:"我这便去潭山客栈。你早些问完,来与我会合。"说完便离桌下楼,不忘去柜台结清了酒菜钱,也不向店家借伞,径直跨出酒肆,走进了雨中。

宋慈坐在原处一动不动,直到刘克庄走下楼梯,他才站起身来。隔着窗户,望着刘克庄在雨中渐渐走远,直到消失在街道的尽头,他轻轻叹了口气,重新坐回了凳子上。

如此等待了好长时间,直到二楼上其他酒客都散尽了,梁浅的身影才终于出现在楼下的街道上。

"梁县尉。"宋慈出声叫道。

梁浅头戴斗笠,身披蓑衣,正从酒肆外经过,闻声抬头,道:"宋公子?"

宋慈伸手一招,道:"还请梁县尉上来一聚。"

梁浅朝自家方向看了一眼,应道:"好,我这就上来。"将斗笠和蓑衣摘取下来,放在酒肆门边的屋檐下,这才走进了酒肆。

佟掌柜认得梁浅,忙迎出柜台,亲自招呼道:"哎哟,是梁县尉啊,快里边请!"

梁浅道:"佟掌柜不必客气,楼上有人相请,我自个儿上去就行,你先忙活你的。"与佟掌柜客气了一番,自行走上了楼。

"梁县尉请坐。"宋慈见梁浅上来了,朝桌子对侧抬手。

梁浅在宋慈的对面坐了,向桌上的盘盏碗碟看了一眼,道:"宋公子,你这么晚才吃饭?"朝周围看了看,"刘公子呢?怎的不见他人?"

"克庄先回去了。"宋慈道,"我在这里等你。"

"等我?"梁浅不免有些诧异。

"先前在县衙时,我当众提起了锦囊和字条的事,还望梁县尉见谅。"

梁浅淡淡笑道:"我明白,此事关系到储公子的死,早晚是要说出来的。之前我隐瞒了此事,心中一直不安,今日宋公子说了出来,我心里头反倒好受了许多。"

"梁县尉待百姓和善,处事公允,我回到建阳这三年来,多有所闻。"宋慈道,"在这样的知县和县丞手底下做事,还能做到这样,实在是难为梁县尉了。"

梁浅道:"宋公子过奖了。我做了三年县尉,上不能规劝上官,下不能造福百姓,算是一事无成。我所能做的,无非是对百姓不那么严苛,不那么烦扰而已。我一个管不了事的属官,百姓们越是说我好,不就越显得衙门昏庸,连个值得称道的官员都找不出来吗?"说到这里,他心里发堵,招呼伙计送酒上楼。他倒了一盏,问道:"宋公子喝酒吗?"

宋慈摇头道:"我不喝酒。"

梁浅也不相劝,拿起那盏酒自行喝了,道:"先前宋公子说,明早就要破案,想必已查到凶手是谁了,为何不告知衙门,好让衙门即刻抓捕凶手?衙门里的人都知道此事了,倘若走漏了消息,岂不是让凶手有机会逃走?"

宋慈却道:"凶手是不会逃走的。"

"为何?"

"因为他想杀的人还没杀尽。"

梁浅奇道:"凶手还要杀谁?"

宋慈一时没有说话,目不转睛地盯着梁浅,那目光仿佛是在说,凶手还要杀的人,不在别处,就在眼前。

梁浅并没有理解宋慈的意思,道:"既然宋公子不肯透露,那就当我没有问过吧。"

宋慈没有点破心中所想,移开了目光,朝窗外望了一眼。雨丝又密了不少,屋檐上的水珠一滴滴地落下,落得越来越快了。"梁县尉,我记得你说过,你曾做过本县的衙役。"宋慈转回头来,"可是依照本朝官制,衙役应该是不能为官的,不知你是如何当上了县尉?"

梁浅应道:"宋公子说的是,做官要么靠科举,要么靠恩荫,我做了十多年的衙役,原是不可能做官的。不过三年前,福州提刑司发生了一起灭门大案,那凶犯一路杀人越境,逃到了建阳地界,最终被我擒住,为此我还挨了几刀,险些丢了性命。当时主政的还不是缪知县,而是上一任的竹知县。竹知县还算是个好官,如实为我报了功,我才得以被朝廷破格提拔,做了本县的县尉,竹知县也因功得以升迁。可是竹知县一走,继任的缪知县便来了……"摇头一叹,"说起来,若不是我抓住那凶犯,竹知县便不会升迁,缪知县便不会来,本县百姓这三年也不会过得这般苦……"说罢倒上一盏酒,一口喝了。

衙役因功提拔为官,实在是少之又少,梁浅这个县尉的官位,算是拿命换来的。宋慈道:"梁县尉这么想,那可就错了。就算竹知县三年官满离任,继任的不是缪白,而是其他人,也未见得就会是好官,更奸更贪,那也不是没有可能。"

"宋公子就别宽慰我了,本县百姓日子过得比以前苦,那是实实在在发生了的,我这三年常感内疚,这个县尉一直做得不安。"梁浅道,"好在缪知县即将三年官满,用不了多久,就要改任他地了。就是杜县丞还有两年任期,只盼往后能来个好知县,能稍稍约束杜县丞,本县百姓就能有好日子过了。"

"可惜梁县尉要守制离任,"宋慈道,"以后不能再护着本县百姓了。"

提到守制,梁浅的目光穿窗而出,朝自家门前挂着的丧幡白布望去,道:"我这县尉即将做满三年,就算老母还在世,不必守制,我也终归是要离开的。"

梁浅这话,让宋慈不禁想起了自己亡故已久的母亲。两人都听着窗外的雨声,一时没有说话。

如此过了好一阵,宋慈才道:"梁县尉,衙门里的旧案证物,通常能留存多久?"

"什么旧案证物?"

"比如当年的走车马案,还有蓝秀遇害的案子。"

"那些案子的证物早就不在了。衙门的证物,通常结案之后,过个两三年便会销毁。毕竟衙门就那么大,每年都在发生新案子,没那么多地方一直存放证物,只会留存案卷。"

宋慈点了点头,忽然话锋一转:"我听衙门里的狱卒说,梁县尉曾与雷老四甚是亲近,是常在一起喝酒的交情。可之前从崇化里回县城的路上,我听你讲起雷老四的事,似乎你对他并不熟悉?"

梁浅应道:"过去雷老四做狱卒时,我与他是很亲近,不过他犯事之后,我便与他渐渐断了往来。我上次与宋公子说起过,雷老四主守失囚,失的还是死囚,受了三年牢狱之刑。他出狱之后,我一开始还与他见过几次,但最近两三年没再见过他,不承想他如今混迹市井,不务正业,还与人打架斗殴……"

"梁县尉,"宋慈忽然道,"你打算一直骗我吗?"

梁浅一愣,道:"宋公子,你这是说的什么话?"

"你说雷老四主守失囚,失的还是死囚,难道不是在说谎?"

"我……我哪里说了谎?"

"你说那越狱出逃的死囚,是杀害蓝秀的凶手方崇阳,可我经查问得知,方崇阳入狱后,他在县学里的一位同窗,曾到县衙大牢里探视过他。那同窗亲眼所见,方崇阳被折磨得遍体鳞伤,双腿外翻,已经折断。"宋慈直视着梁浅的眼睛,"试问一个双腿断掉的囚犯,如何越狱出逃?"

梁浅神色微变,偏开了头,不去对上宋慈的目光。

宋慈继续说道:"上坪村蓝秀的坟中,多出了一具男人的骸骨,那骸骨的两根髌骨从中断开,经煮骨法检验,断口处色呈青黑,可见此人死前曾断过双腿。能与蓝秀同葬,此人很可能与蓝秀存在关联。我查问过了,上坪村及附近乡里,这些年并没有人断过双腿。断了双腿,又与蓝秀存在关联的,除了方崇阳,不可能再有其他人了。蓝秀坟中的那具骸骨,应该就是方崇阳,诸多骨头上都有生前伤损,也与方崇阳死前在大牢中被折磨得遍体鳞伤相吻合。髌骨上的断口没有任何愈合的迹象,可见方崇阳当年根本没有越狱,而是直接死在了狱中。衙门怕担责问罪,便谎称方崇阳越狱出逃,雷老四并没有主守失囚,而是被推出来顶了这失囚之罪。也正因为如此,这么多年来,才一直没有方崇阳的踪迹,直至他母亲去世,他也从没回去过,仿佛从这世间消失了一般。"

梁浅没有说话,拿起酒壶往盏里倒酒,直到一盏倒满,酒水溢出了不少,他才一下子停住。

"梁县尉,"宋慈道,"我说的对吗?"

梁浅目不转睛地盯着酒盏,酒水里映出了他自己的脸。他忽然举高酒壶,头一仰,往喉咙里灌酒。酒水灌得太猛,不断涌出嘴角,顺着他的脖子往下淌。很快酒壶倒空,他把桌上那盏酒也一并喝了,回头叫道:"再上几壶酒来!"

"好嘞!"楼下传来了应答声,旋即楼梯作响,伙计又送上来三壶酒,摆放在桌上。

"下去吧。"梁浅抓起一壶酒,"没叫你,就别再上楼来。"

伙计点头称是,退下了楼去。

梁浅拔掉塞口,仰起头来,又将一壶酒灌入喉中,接下来是第二壶、第三壶。他一口气喝尽了所有的酒,把下巴上的酒水一抹,终于开口道:"你说的对,我是说了谎,方崇阳是死在了大牢里,雷老四是无辜顶了罪。方崇阳不肯招认杀害蓝秀,被严刑拷打至死,是我……是我偷偷挖开蓝秀的坟,把他二人葬在了一起。"

"尸体是你埋进去的?"宋慈道,"你为何要将他与蓝秀合葬?"

"方崇阳根本就没有罪,他从始至终没有害过蓝秀,只是一心爱慕对方,是衙门要逼他认罪,他宁死不从啊。"梁浅道,"我至今还记得,那时雷老四找我喝酒,说方崇阳是无辜的,他从没见过一个人，被拷打成了那般模样，还不肯认罪的。方崇阳对蓝秀有情，蓝秀也对他有意，他还特意买了一把银梳子，作为定情的信物送给了蓝秀。可是蓝秀死了，衙门抓了他，他把这些事都说了出来，衙门还是要拿他定罪。他死之后，衙门处理了尸体，把他埋在了城外的荒山里。是我见他死得可怜，事后将他的尸体挖了出来，偷偷运到上坪村，与蓝秀葬在了一起。"

"偷运尸体，还要掘坟合葬，"宋慈道，"哪有那么容易？"

梁浅道："是不容易啊，我把他的尸体挖出来，又不敢点灯照明，就夜里摸着黑，尽拣山野小道，背着尸体走了好几里地，才到了蓝秀的坟前。我一锹又一锹地挖土，撬开棺材，把尸体放进去，再一锹又一锹地埋上土。等把他二人合葬完，天都已经大亮了。"说罢他眼睛一闭，回想起当年那一幕幕场景，握住酒壶的手不住地颤抖。

"人都已经死了，你这么做，又有何意义？"

"方崇阳活着的时候，我救不了他，眼睁睁地看着他蒙冤而死，我良心不安啊！是，人已经死了，是什么意义都没有了，可我难道不该这么做吗？"

宋慈默然了片刻，道："所以蓝秀坟头发现的那把银梳，你早就见过？"

"我是见过。"梁浅道，"当年蓝春整理蓝秀的遗物，发现了那把银梳，连同一封方崇阳写给蓝秀的书信，一并交到了衙门。方崇阳说蓝秀遇害的前一天，他去找过蓝秀，就是为了送那把银梳，梳子有梳头结发之意，那是他花了不少积蓄打造的信物。他说之前给蓝秀送过书信，表明了爱慕之意，蓝秀没有回避他，所以他才又送去了银梳,想看看蓝秀肯不肯收下。他说蓝秀收下了银梳,他当时还牵到了蓝秀的手,结果这一幕被路过的乡民瞧见了,被说成是他对蓝秀动手动脚。"

"这些你都记得清清楚楚?"

"我是记得清清楚楚。那把银梳和书信,本是证明方崇阳和蓝秀互有情意的证物,却被衙门说成是方崇阳纠缠蓝秀的证据。"

"那把银梳后来去了哪里?为何会出现在蓝秀的坟头?"

"这我不知道。证物都放在衙门,按理说结案后过个两三年便会销毁,我也不知它为何会出现在坟头。"

"那衙门为何一定要拿方崇阳顶罪?"

"我当年只是个衙役,这事我如何能知道?"梁浅双目一张,眼中透着幽深的恨意,"杜若洲当时身为县尉,是他一口咬定方崇阳是凶手,命令手下的人把方崇阳往死里打。方崇阳被打成重伤,没过多久便死在了牢里。方崇阳若是在这世上无亲无故,直接谎称他暴病而死,或是畏罪自杀,便可遮掩过去,可当时方崇阳的母亲还在世。他母亲之前就想到牢里探视,被杜若洲百般阻挠,这下方崇阳死了,尸身遍布伤痕,在他母亲那里如何遮掩得过去?杜若洲于是吩咐衙役偷偷处理了尸体,对外宣称方崇阳越狱出逃了。方崇阳咽气之时,是雷老四在看守大牢,杜若洲就让雷老四顶了失囚之罪。"

"明知杜县丞胡作非为,明知自己要被拿来顶罪,你们就听之任之?"

梁浅苦笑了一下,道:"宋公子,人在屋檐下,不得不低头啊。换了是你在场,你一个小小的衙役,一个小小的狱卒,又能做得了什么？你还能奋起抗之，与整个衙门作对吗？"他的说话声越来越紧，"我身在衙门，大小官吏，庇护相卫，这些年见得还少吗？你就算告到府衙，告到提刑司，甚至告上朝廷，又能有什么用？难道那些上司衙门的官员就能是好官？还不是官官相护，大事化小，小事化无，到头来只会害了自己。试问你身在其中，又能做得了什么？"说到最后，他脸色发赤，瞪大了眼睛。

宋慈看着梁浅，好长时间没有说话。窗外风声稀疏，雨声滴答，听来好生刺耳。

"梁县尉，"良久之后，宋慈的声音响起，"你喝醉了。"

"我没有醉。"梁浅摇头道，"我在衙门待了那么久，见过太多肮脏的人，见过太多肮脏的事。雷老四是衙门里少有的老实人，偌大一个衙门，我只与他能处到一起，曾经也算是最好的朋友，可他却恨上了我。他恨我眼睁睁地看着杜若洲拿他顶罪，恨我不肯跟他一起离开衙门，他出狱后见过我几次，却一次比一次生疏，最后断了与我的往来，再也不肯见我。我留在衙门，就是想尽力多做些事，想着上官们胡作非为时，我能偷偷收着点手，让百姓们少受些苦。我以为做衙役时管不了事，做了县尉，当上了官，就能有些用处了。可别的官员要么是科举出身，要么是高门大族靠恩荫入仕，我一个市井出身的小小县尉，处处不受待见。需要做事时，就使唤我去，得了功劳都归上官，出了问题便扣我头上。这三年来，我尽力约束手下衙役，尽力护着本县百姓，可到头来又有什么用？缪白和杜若洲还是为所欲为，县里的豪强富绅还是肆意枉法，百姓的日子还是越过越苦。我这个县尉真是没用，没用啊……"他还想往嘴里灌酒，拿起酒壶倒了几下，才发现酒壶早已空了。他身子晃了晃，把酒壶往桌上用力一搁，又大喊伙计拿酒。

宋慈起身走到楼梯处，对闻声上楼的伙计摇了摇头，让伙计不必再送酒了。他询问酒钱，得知刘克庄已经付过之前的酒菜钱，只有梁浅后来喝的那四壶酒钱未付，一共是四十文钱。他摸出钱袋，付了酒钱。伙计道过谢，下楼去了。

宋慈回到桌前，道："梁县尉，明日还要破案，你不能再喝了。"

"我还要喝，再拿酒来……"梁浅嘴里这么说着，可他哪怕坐在凳子上，身子也在摇晃，整张脸更是通红，已是醉态明显。

宋慈伸手去扶梁浅，道："我送你回去吧。"

"不用你送，我自己能回……"梁浅掀开了宋慈的手，撑住桌子站了起来，刚走出两步，身子便偏偏倒倒，撞到了其他桌子。

宋慈见状，上前扶住了梁浅，哪怕梁浅还在说着自己能回去，他仍是扶着梁浅下了楼。伙计将二人送到门口，宋慈拿起门边的斗笠，遮在了梁浅的头上，随后一手拿着蓑衣，一手扶着梁浅，走入了雨中。走出没几步，身后便响起了关门声。酒肆早就到了打烊的时辰，若不是见梁浅来了，只怕伙计早就催促宋慈离开了。见二人终于离开，伙计打着哈欠，关上了门。

夜已经很深了，湿漉漉的街上空无一人，等宋慈扶着梁浅走到挂着丧幡白布的家门前时，身后永安酒肆的灯火也熄灭了。

四下里顿时暗了下来。

门上挂着铁锁，梁浅往怀中摸了好几下才摸出了钥匙。他试着将钥匙插入锁孔，但酒后手不够稳，试了好几下都没成功。宋慈把蓑衣放在地上，从梁浅手中拿过钥匙，摸着锁孔插入，一下便打开了铁锁。

门推开后,屋里一片昏黑,一眼望去,只能隐约看见桌椅的轮廓。宋慈伸手摸到了就近的椅子,先扶梁浅坐下了,然后回身关门,不忘把刚才放在地上的蓑衣拿进了屋内。眼前出现了一点火星,是梁浅从怀中摸出了火折子,正在尝试吹燃火苗,可是连吹了好几下,还是没燃。宋慈拿过火折子,用力吹了一口气,豆苗大小的火光立刻亮了起来。

宋慈手持这一束火苗,往身旁桌子照去,寻找哪里有灯烛。

一片昏暗之中,侧后方墙角处的一团阴影忽然动了,从背后悄无声息地接近宋慈。

就在这时,"嗡"的一声响,一只苍蝇从眼前飞过,宋慈稍稍偏头一让。就是这偏头一让,他忽有所觉,刚想朝侧后方转头,脑袋一下子被迫仰起,脖子被一只粗壮的手臂死死勒住。火折子脱手掉落,摔灭在地上,他一口气接不上来,眼前骤然一黑……

第九章

凶手现身

雨势逐渐大起来时，刘克庄走进了潭山客栈，一入客栈，便向冷掌柜要两间上房。

冷掌柜认得刘克庄，竖起一根食指，道："公子晚来一步，楼上四间上房，本来有三间空着，可官差交代过，储公子住过的那间上房不能住人，天黑时又来了一位客人，要去了一间上房，眼下只剩最后一间了。公子多要一间上房，那是没有了，不过一楼还有不少通铺。"

"通铺就算了，上次我就住过了。"刘克庄道，"剩一间就一间吧。"

冷掌柜道一声"好嘞"，叫来大伙计，吩咐他领刘克庄上楼去客房。

"先拿壶酒来！"刘克庄没有上楼，拿袖子擦了擦额头上的雨水，就在大堂里一张酒桌前坐了。

一壶酒很快送到，刘克庄独自喝了起来，打算就这么等着，一直等到宋慈前来。想到宋慈支走自己，他起初是有些不痛快，但喝了半盏闷酒，转念一想，宋慈既然不让自己在场，自然有其道理，反正明早便会破案，早一刻知晓、晚一刻知晓，又有什么分别？他这么想着，后半盏酒下肚，一句"好酒"便脱口而出。

便在这时，一个声音忽然在头顶响起："刘兄！"

这声"刘兄"甚是粗豪，刘克庄猛一抬头，霎时间惊喜万分："辛兄！"

楼上一人虎背熊腰，须髯如戟，正是阔别已久的辛铁柱。辛铁柱咧嘴一笑，快步走下楼来。

刘克庄赶忙起身相迎，打量辛铁柱道："辛兄，你……你已经到了？"

"一见到刘兄的信，我便启程，铅山离此不过四百里地，快马加鞭，两日便到。"辛铁柱道，"不过我此前去了外地，等回到家时，刘兄的信已到了三日。我今日天黑才赶到建阳，算是来迟了。"

刘克庄这才知道，原来冷掌柜说的天黑时要去了上房的客人，竟然是辛铁柱。他笑道："不迟不迟，来得正好！"拉了辛铁柱的手，走回到酒桌前，满上一盏酒，"辛兄，请！"

辛铁柱当即接过，一饮而尽。刘克庄招呼伙计再拿一只酒盏来，给自己也满上一盏喝了。

眼见刘克庄是独自一人，辛铁柱道："刘兄应该早就到了吧？宋提刑是没在建阳吗？"时隔三年，他仍然对宋慈以提刑相称。

"宋慈就在建阳，我方才还与他在一起呢。"刘克庄道，"不过他忙着查案,要过会儿才能来。到时见到辛兄也在,他不知能有多高兴!"

"宋提刑又在查案了?"辛铁柱粗眉一皱。

"近几日发生了不少事,辛兄先坐下,我慢慢与你说。"

两人相对而坐,又吩咐伙计送来了好几壶酒。刘克庄一边与辛铁柱对饮,一边将这几日建阳县接连发生命案,宋慈受储用所托,追查案件的事说了。

"刘兄还说我来得不迟,我这是错过了多少好戏?"辛铁柱道,"只可惜我没早些看到你的信,不然早几日来建阳,还能追随宋提刑查案,帮着出上一份力。"

刘克庄小声透露了宋慈明早就要破案的消息,道:"辛兄可不来得正是时候吗?"

辛铁柱想起当年在临安亲历宋慈破案时的场景,一时心潮翻涌,吩咐伙计换上大碗,倒上了满满一碗酒。刘克庄一改往日的书生气,也换了一只大碗,与辛铁柱痛饮。

一大碗酒下肚,刘克庄问起了一件往事,亦即辛铁柱离开临安回铅山后的经历。辛铁柱说他一开始闲在家中,后来铅山县衙的都头听说他勇武过人,特意来与他结交,请他帮忙捉拿一名在逃的凶犯,还说那凶犯如何如何厉害,逃入了葛仙山中,都头带人围捕了好几次,全都失手,反倒折损了不少手下。他闲着也是闲着,便答应了下来,就当是活动活动筋骨。他只身入山,一出马便手到擒来,将那凶犯押去了县衙。

自那以后,但凡遇到拿不下来的凶犯,都头都会请辛铁柱相助,只要他出手,没有一名凶犯能够脱逃。他就此名声大噪,不止在铅山县广为人知，就连邻近几个县的人也听说了他的事迹。有时邻县出了棘手的凶犯，实在抓捕不到，也会来请他相助。前些日子他之所以去外地，便是去了相邻的弋阳县，帮忙捉拿一个在信河上杀人越货的江洋大盗。

刘克庄听得血气澎湃，原本还担心经历了北伐失利，再加上父亲辛弃疾亡故，辛铁柱只怕会终日活在悲苦之中，哪知辛铁柱的经历竟是如此精彩。与之相比，他自己回家后度过的这两年，实在是不值一提。不过他还是把自己被父亲禁足于家中，被逼迫入仕和完婚的事说了。

在此期间，还住在潭山客栈里的赵师秀听到声音，走出客房，从楼上下来，道："刘公子，我就说听到了你的声音，果真是你。"

刘克庄忙起身相迎，道："紫芝兄，你来得正好！"他便引荐其与辛铁柱认识，"辛兄，这位是永嘉赵紫芝，当世大才，诗作可称一绝。紫芝兄，这位是铅山辛铁柱，是稼轩公的后人。"

赵师秀听刘克庄对自己如此过誉，连连摆手，又听刘克庄介绍了辛铁柱，吃了一惊，道："稼轩公的后人？"打量辛铁柱，恭敬作揖，"赵某能结识辛公子，深感荣幸。"

辛铁柱拱手道："幸会。"

刘克庄拉了赵师秀入座，吩咐伙计再拿一只酒碗来，三人同桌共饮。

一碗酒喝罢，赵师秀道："刘公子，怎的不见宋公子？不知查案进展如何，我要何时才能归家？"

刘克庄对赵师秀的才学深为佩服，一口一个"紫芝兄"，但他还是没透露破案进程，道："过去这几日，宋慈一直在极力查案，相信用不了多久便可查明真相,不会让紫芝兄等上太久。"

赵师秀点点头,不再过问此事,陪二人又饮了两碗酒,一张脸已是通红。他不胜酒力,向二人告了别,回楼上客房休息去了。

刘克庄兴致高昂,没有强留赵师秀,继续与辛铁柱一边喝酒,一边畅谈。二人向来好酒,酒量也远胜于常人,不觉间喝空了好几大壶,仍只是微有醉意。

忽听"吱嘎"一声,刘克庄转头望去,见是潭山客栈的大伙计关上了大门,正在插上门闩。原来时辰已晚,早就到了打烊的时候,为了不打扰刘克庄和辛铁柱的酒兴,冷掌柜和大伙计已特意多等了好长一阵。见二人兀自喝个不停,冷掌柜困倦得不行,实在是等不下去了,这才吩咐大伙计去关门。冷掌柜来到酒桌前,正打算向刘克庄和辛铁柱赔礼,还没开口,就听刘克庄道:"冷掌柜,先别忙着关门,我朋友还没来呢。"

"这么晚了,外面又下着雨,公子的朋友还能来吗?"冷掌柜道。

"他说了会来,便一定会来。"刘克庄道,"你们把门留着,再留下一盏灯,自去休息就行。我二人小声些,不会吵着大家。等我朋友来了,我会把门关好的。"

冷掌柜点了点头,让大伙计先不插门闩,熄灭了大半灯火,只留下一盏油灯,回后堂休息去了。

"宋提刑到底做什么去了?"辛铁柱朝大门方向望了一眼,"这么晚了,也该来了吧?"

刘克庄方才只说宋慈是查案去了,这时才详细道来,说他原本与宋慈在北门附近的永安酒肆吃饭,后来宋慈有事要问本县的县尉，所问之事似乎不能让他知道，这才让他先来潭山客栈等着，还说问完话后就来找他。

辛铁柱听得皱眉，道："宋提刑若是不想让你听他问话，让你在楼下等不就行了，何必叫你来这潭山客栈？"

刘克庄身子一震，心道："是啊，他没必要支使我来这么远的地方……"猛地一拍大腿，叫道："我常自诩聪明，却是个榆木脑袋！"宋慈保不准又是要去做什么冒险的事，这才故意支使他离开，不想连累他涉危犯险。他方才只想着宋慈对他有所隐瞒，心中不大痛快，便没往更深处想，这时经辛铁柱提醒，才一下子明白过来。眼见宋慈这么久都没来，指不定是出了什么事。他当即起身，冲出客栈大门，飞奔进雨里。辛铁柱不清楚出了什么事，但见刘克庄如此着急，也冲入雨中，紧追而去。

片刻之后，二人赶到了永安酒肆。此时酒肆大门已闭，灯火已灭。刘克庄急切地拍打大门，隔了好一阵，门才打开，伙计擎着一盏油灯，睡眼惺忪地出现在门内。

"我朋友还在这里吗？"刘克庄问话之时，朝伙计身后望去，酒肆里黑漆漆的，显然早就没有了客人。

伙计将油灯凑近，照见了刘克庄的脸，想起刘克庄之前来酒肆里喝过酒，道："公子那位朋友，与梁县尉喝完了酒，一起走了。"

"他们去了哪里？"

"这小的不清楚。"伙计打着哈欠，"他们一出门，小店便关门打烊了。"

刘克庄不再多问，穿过街道，奔向斜对面那处挂有丧幡白布的家宅。宋慈是与梁浅一起离开的，要弄清楚宋慈的去向，自然要寻

第九章 凶手现身

梁浅打听。刘克庄用力拍打梁浅的家门,大声叫道:"梁县尉,梁县尉!"

然而无论他怎么拍门叫喊,门始终不开,似乎屋子里没人,但他注意到门上没有锁具。之前跟着宋慈往返于永安酒肆与红杏楼之间时,这门分明是上了锁的。如今锁没了,门是从里面闩上的,可见梁浅一定回了家。他越发觉得不对劲,见拍门叫喊没用,心急之下,开始用力撞门,试图把门撞开。

辛铁柱见状,既不问这户人家是谁,也不问刘克庄为何撞门,道一句:"刘兄让开。"他退后两步,弓背沉肩,猛地向前一撞。"砰"的一声巨响,门闩被他撞断,门一下子开了。

刘克庄立刻便要进屋,辛铁柱却横手一拦。

盯着眼前这间黑沉沉的屋子,辛铁柱如一头嗅觉灵敏的猛兽,嗅到了潜藏在暗处的危险。他打了个手势,示意刘克庄留在门外,随即伸手入怀,摸出随身携带的火折子,拇指推掉塞口,一晃即燃。他将这一星火光持于身前,右手提拳于腰间,跨过门槛,独自踏入屋内。

辛铁柱缓步走向黑暗深处,边走边倾耳细听,能听到角落里传来轻微的呼吸声。他向呼吸声一步步靠近,火折子的光亮渐渐照见了两团人影。那两团人影蜷缩在墙角,其中一人是梁浅,辛铁柱并不认识,另一团人影他一眼便认了出来,正是宋慈。两人都被捆住了手脚,不见动弹,但能听见呼吸声,可见没有性命之危,只是昏迷不醒。

辛铁柱叫了一声"宋提刑",俯下身去,作势要替宋慈松绑,忽然返身一抓,一下子抓住了一条粗壮的胳膊。他一见宋慈昏迷被缚，想到方才房门从内闩上，便知行凶之人仍在屋内，只怕就躲在黑暗之中。是以他故意卖个破绽，假装解救宋慈，引此人现身偷袭。他料敌在先，拿住了偷袭之人的胳膊，用力拽向自己身前，顺势沉肩一撞。他这一撞势大力沉，连厚实的门闩都能撞断，更别说是一个活人了。

果不其然，那偷袭之人受了这一撞，伴随着砸地的闷响声，重重地跌翻在地上，他痛哼一声，翻爬起来，知道辛铁柱厉害，不敢再动手，转身夺门而逃。

刘克庄留在门外，见一道人影冲出来，他拦截不住，让那人闯了出去。辛铁柱追了出来，将火折子塞到刘克庄手中，留下一句："进去救人。"飞步追入了雨中。

刘克庄急忙进屋，寻到了墙角处的宋慈和梁浅。他慌忙寻到灯台，点燃照亮，解开了宋慈手脚上的绳子，好一阵摇晃呼喊，宋慈才缓缓睁开了眼。

眼前的景象由昏暗模糊逐渐变得清晰，宋慈看见眼前之人是刘克庄，一声"克庄"刚叫出口，便连咳了好几声，忍不住揉了揉自己的脖子。

"你怎么样？伤到哪里没有？"刘克庄极为关切。

"我没事……"一开口说话，喉咙便作痛，宋慈又咳了两声。他转过头去，看见了身边仍旧昏迷不醒的梁浅。

梁浅的额头上破了一道口子，血还在流着。宋慈道："救梁县尉……"

刘克庄赶紧搬来椅子，扶宋慈坐下，再去给梁浅松绑，试图叫醒梁浅。梁浅哼唧了两声，并未醒来。刘克庄掏出随身手帕，擦去梁浅额头上的血,再按在破口上,好一阵才止住了血。他闻到梁浅满身酒气,想必是喝了不少酒,见其脸色潮红,周身又没有其他伤口,应该是酒劲没过,一时还醒不过来,想着梁浅既然能哼唧出声,又止住了血,应该不会有大碍。他回到宋慈身边,围着宋慈反复检查,除了脖子上有发红的勒痕外,没看见其他伤痕,紧绷的心弦才终于一松,道:"没事就好,没事就好。"

宋慈此时已完全清醒过来,喉咙的疼痛也稍有缓解,道:"你怎么来了?"朝屋子里看了看,"这里没别的人吗?"

刘克庄知道宋慈问的是刚才那个夺门而逃的偷袭之人,道:"方才有个人跑出去了。"

"跑了?"宋慈有些起急,撑着椅子扶手就要起身。

刘克庄忙将宋慈按住,道:"你且安心坐着,再多缓缓。辛兄追那人去了,料那人也跑不掉。"

"辛兄?"宋慈有些诧异,"辛铁柱?"

"你不是叫我去潭山客栈等你吗?"刘克庄点头道,"我一去那里,便遇到了辛兄,他今天天黑时刚到建阳。"

宋慈一听这话,坐回了椅子里,神色彻底放松了下来。他在临安时见识过辛铁柱的本事,辛铁柱一出马,这世上少有人能逃脱。

"到底出了什么事?"刘克庄道,"你和梁县尉怎么会被人绑起来?"

宋慈将前因后果简单给刘克庄说了。

刘克庄朝梁浅看了一眼,道:"有人躲在梁县尉家中,那是要袭击梁县尉了?"说着看向宋慈,"你是不是早就知道有人要加害梁县尉?难怪之前在永安酒肆,你会面带忧色。你叫我去潭山客栈，是不是明知有危险，故意支走我？"

宋慈的确是故意支走刘克庄，想到自己的担忧没有错，没让刘克庄跟着自己身处险境，心下甚安。他淡然一笑，道："还好支走了你，不然就没人来救我了。"

"你还好意思说？"刘克庄道，"下次再这么来，我可真要见死不救了。"

宋慈又是一笑。耳边响起了嗡嗡声，他循声看去，是只苍蝇在乱飞。

便在这时，门外脚步声响起，伴随着一声低喝："进去！"只见辛铁柱押着一人走了进来。所押之人头发散乱，浑身湿透，满脸泥水，被辛铁柱反剪了双手，便如被上了一副铁镣，无论如何也挣脱不得。

"辛兄！"宋慈站起身来，声音甚是惊喜。他仔细打量辛铁柱，三年不见，其人更为壮硕，面容却是沧桑了不少。

"宋提刑，看来你没什么大碍。"辛铁柱押着那人，来到宋慈身前，"这人想逃，让我给抓回来了。"

宋慈看着那人，哪怕沾满了泥水，一道歪斜的疤痕，仍然在其左脸上清楚可见，他道："你就是雷老四吧？"

那人不应声，哪怕被辛铁柱擒住，仍是一脸凶色。

"越狱出逃，行凶杀人，连日来藏身匿迹，"宋慈道，"找到你可不容易。"

那人哼了一声，撇开头去，依然不说话。

刘克庄盯着那人看了几眼，道："这人就是雷老四？他就是凶手？"

宋慈点了一下头。

"好啊，杀人不说，还敢来偷袭，被抓个正着。"刘克庄向宋慈道，"你还说明早破案，看来现在就可以破案了。辛兄，押他去衙门！"

辛铁柱喝道："走！"押着雷老四便要转身。

"且慢。"宋慈忽然道。

刘克庄和辛铁柱都停了下来，回头望着宋慈。

"先不去衙门。"宋慈道，"说了明早破案，那就等明早再说。"

"为何？"刘克庄一脸疑惑。

宋慈应道："还有事情没做完。"

一夜过去，天色大亮。十六日这天早晨总算彻底放晴，久违的阳光洒满了全城。

算起来，自己给出的十日限期刚刚过半，宋慈便要破案了，守在县衙公堂门口的杜若洲来回踱步，显得有些焦躁不安。在他的身后，公堂内已等候着好几道身影——缪白当堂而坐，储用和刘老爷各带仆从和家丁坐在堂下。只因宋慈说了今早到衙门破案，各人一大早便来了。

"辰时已经过了大半，怎的还不来？"缪白揉搓着胡须，不耐烦地挪了挪屁股。

刘老爷握着漆金手杖，接口道："说了一早破案，可这姓宋的不来，梁县尉也不见人影，到底搞什么名堂？"

储用则是默不作声，一直若有所思地望着在公堂门口踱步的杜若洲。

"知县大人，下官再出去看看。"杜若洲说了这话，快步走出公堂，来到县衙大门外。他朝街上望了一阵，零零星星的行人来来往往，但始终不见宋慈等人的身影。

大门外把守着好几个衙役，杜若洲吩咐道："记住我之前说的，今日是闭门审案，不许他人旁听。等宋慈一进公堂，便给我把大门一闭，不得放进来一个外人！"

几个衙役如一夜没睡般，神色甚是疲惫，这时强打精神，手按捕刀，齐声应道："是，县丞大人！"

杜若洲正要跨过门槛回县衙，却忽然收住了脚。只因他回身之时，朝街上最后望了一眼，正好看见街道尽头的转角处，一道认识的身影出现了。

来人是刘克庄，他不紧不慢地来到县衙大门前，见杜若洲等在这里，道："哟，县丞大人这么早便候在这里，莫不是在等宋慈？"

杜若洲朝街上看了看，并不见宋慈的身影，也没见到梁浅，道："宋慈呢？他不是说今早要破案吗？"

"宋慈说过破案，自然不会食言。"刘克庄道，"他让我来衙门知会一声，请各位大人移步城北梁县尉家中，他将在那里破案。"

杜若洲眉头一皱，道："审案破案，当在衙门公堂，宋慈这是什么意思？知县大人和储大人已在公堂上等候多时，赶紧去叫他来！"

刘克庄却是一笑，道："各位大人愿意留在公堂，那就尽管留下。宋慈说了，巳时一到，他便在梁县尉家中破案。各位大人就算不在，那也无妨，到时有梁县尉，还有不少街坊乡邻在场，大家共为见证。"说罢拱手一礼，转身便走。

第九章　凶手现身　237

眼见刘克庄头也不回地走远,杜若洲立在原地,目光甚是阴鸷。连日来,宋慈不但开始追查蓝氏姐弟的旧案,而且昨日更是挑明了锦囊的事,还说今早便要破案,杜若洲若是放任不管,当年在蓝氏姐弟的旧案上枉法遮掩的种种勾当,势必会被宋慈抖出来。于是昨日宋慈离开县衙后,杜若洲便私下召集了几个亲信衙役。这几个衙役一向对他唯命是从,替他办过不少见不得光的事,他吩咐几个衙役乔装打扮一番,趁夜前往同由里,暗中将宋慈除掉。

几个衙役奉命而行,赶到同由里的七子桥畔,趁黑摸入宋慈家中,却发现空无一人,于是各持刀刃,就地埋伏起来。然而这一晚宋慈并未归家,几个衙役空守了一夜,最终只落得一身疲惫,不得不赶在天亮之前,回去向杜若洲复命。

刺杀没能得手,杜若洲于是改变计划,打算来个闭门审案,到时县衙大门一关,案子该怎么审,可就由不得宋慈做主了。因此他吩咐几个亲信衙役把守大门,等候宋慈到来。可宋慈根本没来县衙,反而要在梁浅家中破案。杜若洲一向与梁浅不对付,想到这段时间梁浅处处维护宋慈,如今更是让宋慈在其家中破案,还请了街坊乡邻作为见证,看来是铁了心要与他作对。他快步回入公堂,将宋慈巳时在梁浅家中破案的事,告知了缪白、储用和刘老爷。

众人甚是惊讶,尤其是缪白,想到自己身为堂堂知县,居然空等了这么久,怒道:"哪有不在公堂破案的说法?这个宋慈,简直胡作非为!"

杜若洲虽与宋慈接触不久,但也算见识过宋慈的为人,知道以宋慈的性子,当真干得出来在梁浅家中破案的事。眼见辰时将尽,巳时已然不远,他道:"知县大人,宋慈在公堂之外破案,还聚集百姓围观，倘若不管，指不定惹出什么乱子。"

缪白道："那就派人去，把宋慈叫回来。"

"宋慈在梁浅家中破案，还敢召集百姓围观，定是有梁浅撑腰，单是派人去，怕是叫不回来。"杜若洲道，"这个梁浅，眼看离任在即，反倒越来越胆大包天了，竟伙同宋慈一起胡作非为。只怕这次要请知县大人亲自走一趟，才能疏散百姓，把梁浅和宋慈叫得回来。"

缪白想起上次梁浅对宋慈开棺验骨知而不报的事，哼了一声，起身道："我倒要看看，这个梁浅有多了不得。"向储用道，"储大人，请你在此多等片刻，下官去去就回。"

储用却在仆从的搀扶下起身，道："我也一起去，看看到底是怎么回事。"

缪白于是吩咐杜若洲叫上一众衙役，请了储用同行，刘老爷也带着家丁相随，一起离了县衙，往城北而去。

一路上穿街过巷，越接近城北，沿途的路人便越多，绝大部分人都在往北边走。杜若洲叫住几个路人一问，原来都是听说宋慈要在梁浅家中破储文彬遇害一案，纷纷赶去看热闹的。杜若洲不禁脸色发紧，等赶到北门附近，到了梁浅家宅所在的那条街上时，其脸色已变得铁青。

只因这条街上黑压压的一大片，前来围观破案的市井百姓有数百人之多，已将梁浅的家宅围得水泄不通。杜若洲吩咐众衙役看守县衙大门，意在闭门审案，不让任何一个百姓进入县衙旁听。他听刘克庄说了会有街坊乡邻到场见证，本想着率领衙役赶到梁浅家中，想办法驱离百姓，不让百姓有围观旁听的机会，然而眼前这

第九章 凶手现身　239

人山人海的阵仗，而且能望见梁浅家门大敞，已有不少百姓挤在里面，仅凭衙门的数十个衙役，只怕是难以驱赶。不但难以驱赶，众衙役喝叫推搡，一时居然难以开出一条道来。

这时候，人群中有人看见了储用，就叫了声"储大人"，接着有更多的人回头。于是，"储大人"的叫声此起彼落，拥挤的人群竟自发挤开了一条道。储用老眼含泪，不由冲着围观百姓频频点头。缪白见所有百姓都在呼喊储用的名字，却没一个人搭理他这个现任知县，不免脸色发黑。杜若洲见道路已经让出，连忙示意众衙役在前开路，引着缪白、刘老爷等人穿过人群，进入梁浅家中。储用则由仆从搀扶着，走在了最后，过了好一阵才穿过迎接他的人群，进入到屋内。

在这间不算开阔的屋子里，几张桌子一字排开，将整间屋子从中横断，围观百姓都被挡在了桌子外侧，梁浅额头上挂着一道伤口，正守在桌子内侧，不让百姓越过这条界线。如此空出来了半间屋子，一条凳子居中摆放，四条凳子分列左右，其中左侧的两条凳子空着，右侧的两条凳子已坐了人，分别是赵师秀和雷老四。雷老四虽然坐着，却是手脚被缚，身旁还站着负责看守的辛铁柱。宋慈站在几条凳子之间，见杜若洲一行人到了，朝居中的凳子抬手道："知县大人，请。"又朝左侧两条凳子抬手道，"储大人、县丞大人，二位请坐。"

缪白心里怨怒积压，黑着一张脸，站在原地没动。

杜若洲同样不动，道："审案破案，当在衙门公堂进行。宋慈，你在这里破案，岂不是坏了法度？"

"我之所以这么做，是因为只能在这里才能破案，换在衙门公堂，这案子未必破得了。"宋慈拱手道，"还望各位大人多加谅解。"

杜若洲听得皱眉："你这话是什么意思？"

"县丞大人若想知道，"宋慈仍是向凳子抬手，"那就请坐。"

杜若洲仍不打算坐下。但储用由仆从搀扶着，径直走了过去，在左侧的凳子上坐了，看了一眼居中的凳子，向缪白道："缪大人，请吧。"储用官位更高，亲自开口相请，缪白虽然心中有气，但犹豫了一下，到底还是换了笑脸，走过去在居中的凳子上坐了下来。杜若洲见状，知道今日在梁浅家中破案之事已无法改变。眼见只剩最后一条凳子，显然宋慈并未给刘老爷准备位置，于是杜若洲请刘老爷在最后的凳子上坐了，他本人则站到了缪白的身边。杜若洲还在琢磨，宋慈方才说的只能在梁浅家中才能破案的话究竟何意，就忍不住朝周围看了看，见屋子里的器具都移到了两侧靠墙之处，墙角还放了两口罐子和一盆木炭，看起来并没有什么特别之处，实在想不明白宋慈话中之意。

杜若洲朝雷老四看了一眼，见雷老四手脚被缚，倒不免有些诧异，瞅了一眼看守雷老四的辛铁柱，不知从哪里冒出这么一个虎背熊腰的雄莽大汉。他又打量了一眼赵师秀，赵师秀当即从凳子上起身，向他这位故人行了一礼。杜若洲想起当年放赵师秀启程赴任的事，没想到时隔这么多年，此人竟还念着当年相助之恩，会找上门来道谢，他当时敷衍一番，说自己白天公务繁忙，入夜后会差人相请，过后便忘在了脑后，那是全然没把赵师秀放在心上。他对赵师秀没有任何表示，转头冲宋慈道："差不多到巳时了。宋慈，知县大人和储大人都到了，你还不赶紧开始？"

宋慈却道："还请各位大人稍等片刻。"

"还要等什么？"杜若洲颇不耐烦。

"等刘克庄回来。"

杜若洲这才注意到，刘克庄没在现场，道："等他做什么？"

宋慈不作回答，就站在原地等候。

如此等待了片刻，当围观百姓的哄闹声越来越大时，刘克庄终于到了，好不容易才挤过人群，拿着一件叠起来的囚衣，来到宋慈面前。原来之前刘克庄去县衙转告宋慈已时破案的消息后，并没有离开，而是绕道去了县衙侧门。等看守侧门的衙役都随缪白、杜若洲等人离开，刘克庄得以从侧门进入县衙。他去书吏房找到了付子兴，拿出宋慈交给他的"建阳尉"腰牌，请付子兴取出徐大志尸体穿过的那件囚衣。他得到囚衣后，方才往回赶，因此比杜若洲一行人晚到了片刻。

眼见刘克庄取回囚衣，宋慈这才走近那排隔断屋子的桌子，面朝外面的围观百姓，朗声说道："今日临时相请，诸位街坊乡邻能在百忙之中赶来见证，宋慈在此多谢了。"说罢双手作拱，躬身一礼。

原来昨夜抓住雷老四后，宋慈并没有离开，而是留在了梁浅家中。后来过了一阵，梁浅渐渐清醒了过来。宋慈询问梁浅，得知自己被袭击勒晕时，梁浅看见了，曾试图反击那行凶之人，但当时梁浅喝多了酒，整个人晕晕的，连站都站不稳当，反击不成，被那行凶之人打伤额头，当场晕了过去。

醒来之后，梁浅见到了被辛铁柱擒住的行凶之人，认得是雷老四，不免大为惊讶，问雷老四为何要这么做，雷老四却一声不吭。当时梁浅想抓雷老四去县衙，但被宋慈制止了。之后宋慈就在梁浅家中歇了一夜，因为担心雷老四逃了，他让辛铁柱拿绳子绑住了雷老四的手脚，打算几人轮流看守。辛铁柱与雷老四动过手，雷老四虽不是他的对手，但换了宋慈和刘克庄看守，他并不放心，因此执意独自看守雷老四，让宋慈、刘克庄和梁浅都去休息。

天亮之后，宋慈请梁浅去斜对面的永安酒肆，借来了几张桌子和几条凳子，按照他的要求摆放在屋子里。随后他让刘克庄走一趟县衙，取徐大志尸体穿过的那件囚衣，并转告已时在梁浅家中破案的消息，请储用、缪白和杜若洲等人前来见证。他本人则走了一趟北门附近的早市，买了一罐酽米醋和一罐酒，又买了一盆炭，随后当众说了破案的事，请街坊乡邻到梁浅家中作为见证。储文彬在登高山上遇害一案，早就闹得满城风雨，人人尽知。听说宋慈要破这起案子，消息一下子便传开了，市井百姓们争相赶来围观。

眼见巳时已到，宋慈终于要正式开始破案了，原本还闹哄哄的围观百姓，赶紧彼此提醒，四下里很快安静了下来。

宋慈回转身去，目光扫过缪白、杜若洲和刘老爷等人，最后落在了储用身上，道："今天是五月十六，七天前的五月初九，储大人南下赴任，途经本县，住进了城北十里的驿舍。当天储大人回来的消息便传遍了全城，以至于转过天来，本县许多百姓自发前往城门迎候。不过储大人最终没有来，只是让其公子储文彬来到建阳城中，安抚百姓们散去。

"当天是五月初十，储文彬并没有回去与储大人会合，而是住进了城北的潭山客栈，随后在当天深夜，于登高山顶的凉亭内被人杀害。当晚最先发现尸体的人，是本县的梁县尉和他手下的一批衙役。梁县尉是为了追捕一名越狱的逃犯，带着衙役一路追到了城北一带,搜寻了各条街巷不得,又见潭山客栈的大门没关,担心逃犯闯入客栈躲藏,进入客栈搜寻无果后,这才前往登高山搜寻逃犯的行踪,最终发现了储文彬的尸体。此后,梁县尉安排衙役全城查访,追查储文彬一案的同时,不忘分派衙役把守各道城门,以免越狱的逃犯逃出城去。

"连日来,这名逃犯藏身匿迹,始终不知所踪,直到昨天夜里,他潜藏在这里,袭击了梁县尉和我。"说到这里,抬手向雷老四一指。

所有人的目光都跟着一转,落到了雷老四身上。雷老四坐在那里,仍是闷声不吭,左脸上的疤痕对着围观百姓的方向,神色带着几分凶厉。

"储大人,"宋慈指着雷老四的手并未放下,向储用问道,"你可认得此人?"

储用朝雷老四打量了几眼,觉得有些脸熟,但一时没想起是谁,摇了摇头。

"此人便是雷丁,也就是我对你说起过的雷老四。当年你任本县知县时,他曾是县衙里的狱卒,因为主守失囚,被关了三年大牢。"宋慈的嗓音忽然提高了几分,"杀害你儿子储文彬的凶手,就是此人。"

此言一出,储用老眼一张,盯住了雷老四,两手不住地颤动。围观百姓一阵骚动,冲着雷老四指指点点。

宋慈看向刘克庄,头轻轻一点。刘克庄当即会意,将手中那件叠起来的囚衣展开,将囚衣的背面示与众人。宋慈指着上面一道缝补过的口子,道:"梁县尉,这件囚衣的右肩后侧,有一道缝补过的口子,你曾说这是雷老四越狱时所穿的囚衣,对吧?"

梁浅点着头,应了声"是"。

"除了这道缝补过的口子,在这件囚衣的后背上,还另有一道破口。"宋慈整理囚衣的背面,将那道破口展示了出来,随后从怀中摸出一方折叠起来的手帕,取出里面包裹着的一小绺布条,"这一小段布条,是我在登高山顶的凉亭中发现的。那处凉亭年久失修,美人靠上的木头已经破损开裂,这段布条就挂在上面。所谓'赭衣塞路,囹圄成市',自秦汉以来,历朝历代的囚衣多以赭色麻布制成,本朝亦是如此。这一小段布条,正是赭色的麻布,而这件囚衣,也正是用赭色麻布制成。"说到这里,他将布条挨近囚衣上的破口,二者长短大小一致,正好严丝合缝,"这一小段布条,很显然是从雷老四穿过的这件囚衣上挂扯下来的。发现储文彬的尸体之后,衙门便安排了衙役守在登高山上,闲杂人等靠近不了那座凉亭。由此可见,这一小段布条能挂在凉亭中,只可能是初十夜里越狱之后,雷老四当夜便去过登高山顶,到过那座凉亭。"

"这件囚衣,之前不是穿在那个……那个什么家丁身上吗?"缪白忽然插了一嘴。

"难得知县大人有这么好的记性。"宋慈这么一句话,说得缪白脸色一沉,"本月十三日清晨,徐大志的尸体出现在北门附近的城墙下,当时便是穿着这件囚衣,想必在场的一些街坊乡邻,当时也见到过这具尸体。这具尸体被割去了脑袋,起初因为穿着这件囚衣,一度被误认为是雷老四。不过后来经查验认尸,确认死者是崇化里卯金堂的家丁徐大志,并且确认徐大志不是十三日遇害的,其死亡时间更早,是死于胸口被刺,死后才被割去了脑袋。这件囚衣,倘若是在徐大志被杀之前换上去的,那么凶手杀死徐大志时,囚衣的胸前位置必定会染上成片的血迹,割去脑袋之时,领口位置也会沾染上血迹。"他示意刘克庄双手翻转,将囚衣的正面展示给众人看,"然而这件囚衣的胸前和领口位置并没有明显的血迹,可见这件囚衣是在徐大志死后很长一段时间,甚至是在抛尸之前才换在尸体身上的。"

"你这不是睁眼说瞎话吗?"杜若洲指着囚衣道,"这囚衣上不是有血迹吗?"

"县丞大人好眼力,囚衣上是有血迹,但都位于囚衣的正面,不是成片的血迹,而是斑点状的血迹。"宋慈指着囚衣的正面,的确有不少发干发黑的血迹,呈斑点状分布,"当日查验徐大志的尸体时,县丞大人也在场,应该还记得徐大志身上有不少瘀痕,但见血的伤口只有胸前一处,以及脖子上的断口。在徐大志死后换上囚衣,就算其伤口流血未干,囚衣因此沾染上了血迹,也不应该是这样的斑点状。这些斑点状的血迹,其实并不是来源于徐大志,而是来源于储文彬。"

储用听到"来源于储文彬"这几个字,身子不由得一颤。

"储文彬胸前插着一把伞,经验尸查证,他是先被利刃刺入了胸口,之后才将伞柄沿伤口插进去的。储文彬当时的死状,是下半身在凉亭里,上半身倒在凉亭外的台阶上。我去现场查看过,凉亭入口处的地砖上,留有不少溅落的血迹,可见储文彬是刚走进凉亭,便被人迎面刺中了胸口,利刃拔出之时,血便溅在了地上。但那地砖上的血迹,只有左右两侧才有,中间却有缺失,只因中间溅出来的那些血,都溅到了凶手的身上。这件囚衣正面的斑点状血迹，就是在那时溅上去的。"宋慈目光一转，看向了雷老四，"斑点状的血迹，再加上挂在凉亭里的囚衣布条，足以证明杀害储文彬的凶手，就是你雷老四。之所以割掉徐大志的脑袋，再给尸体换上这件囚衣，无非是想让人以为死的是你，如此一来，你与储文彬一样遇了害，自然就可以彻底脱罪。只可惜此举聪明反被聪明误，反倒将这件证物送上了门。没有这件囚衣作为物证，其实很难指认你是凶手。"

在场所有人再次朝雷老四投去了目光。这次雷老四嘴角一抽，左脸上的疤痕跟着动了一下，终于开口了，嗓音甚粗："人是我杀的。要杀便杀，要剐便剐，少来啰唆！"

"为……为什么？"储用盯着雷老四，颤巍巍地站了起来。

漆金手杖在地上一杵，刘老爷也一下子站起来，冲雷老四喝问道："我儿子呢？"

雷老四瞪了刘老爷一眼，随即瞧着储用，嘴角一斜："为什么？你难道不知道吗？"

储用神色一僵，嘴唇抖动，一时说不出话来。

"好你个雷老四，杀了人竟还如此猖狂！"杜若洲叫道，"来人，将雷老四拿下，押回衙门！"

立刻便有好几个衙役上前，试图捉拿雷老四。辛铁柱当即横步一跨，挡在了雷老四的身前。他身形魁梧，不怒自威，几个衙役瞧见了他，竟不自禁地迟疑了一下。

"案子还没破，"宋慈看着杜若洲，"县丞大人就这么急着拿人吗？"

"雷老四自己都招认了。"杜若洲道，"凶手既已抓到，这案子自然是破了。"

"十一日深夜，本县仵作卞三公死在了西清巷的夹墙内，还有十三日清晨徐大志的尸体出现在城墙下。雷老四是杀了储文彬，但还有两条人命，其遇害尚未解释，如何能叫破案？"宋慈道，"难道在县丞大人那里，储文彬的命就是命，卞三公和徐大志的命就不是命吗？"

杜若洲道："这三人的尸体你都验过，全是被利刃刺入胸口，再插入木头，这些都是你亲口说的。明明是一样的死法，那还不都是雷老四杀的？"

"死法相同，却未必就是同一个凶手所为。"宋慈道，"我方才说了，徐大志的尸体是十三日清晨出现的。但当时他的尸体已有明显的腐坏发臭之状，而且发现尸体的地方很是干净，看不到任何血迹，那里并非杀人现场，他在被抛尸之前，早就已经死了。我去城北的红杏楼查问过，本月初九夜里，徐大志和刘醒曾一同到过红杏楼，后来说要去永安酒肆喝酒，临走时说了会回红杏楼过夜，却一去不回，二人的马车至今还停在红杏楼的后院里，永安酒肆的佟掌柜则证实二人根本没有到过酒肆。也就是说，刘醒和徐大志在初九夜里便已不知所踪，从后来二人再也没有现过身来看，只怕初九夜里，二人便已遭遇了不测。雷老四是初十夜里才越狱出逃的，初九时他还被关在县衙大牢里，又如何能对徐大志和刘醒下手？"

刘老爷听宋慈提到了刘醒，神情变得极为关切，紧抓着漆金手杖起身，再也没有坐回凳子上。

"照你这么说，凶手不是雷老四，那又是谁？"杜若洲道。

"眼下指认凶手，还为时过早。要想拆解案情揪出真凶，就需要先讲清楚这一切的源头。"宋慈道,"仵作卞三公遇害当晚,曾以整理检尸格目为由,独自待在县衙的书吏房里,从新添的灯油用掉了一半可见,他在书吏房里待了很长时间。然而,整理检尸格目,根本用不了多久,他之所以在书吏房待那么长时间,其实,是在查看案卷。"

宋慈接着说:"事后,我检查过书吏房中的所有案牍,几乎都落满了灰尘,县衙的书吏付子兴也证实近期没有取用过案牍,可是其中有一份案卷,而且是一份放在最里面的十三年前的案卷,几乎不见任何积灰,可见这份案卷曾被卞三公找出来翻阅过。卞三公是在验完储文彬的尸体后,专门去书吏房找出这份案卷看了,随后离开县衙便遭凶手杀害。卞三公钱囊里的钱都在,可见凶手不为图财害命,那么凶手杀害卞三公,就应该有其他动机。所有的动机都有其来源,凶手杀害卞三公的动机,正是来源于那份案卷上所记录的一起陈年旧案。"

杜若洲听到这里,脸色不禁有些发紧。

"这起陈年旧案,发生在十三年前,也就是储大人主政本县的庆元二年。当年六月初九,卯金堂的家丁徐大志驾驶马车,搭载着刘醒,在崇化里的东大街上撞死了一个名叫蓝春的路人。按照案卷上的记录,当天刘醒乘车外出游玩,途中犯病晕倒,徐大志赶着送其就医,一时驱车太急,加之当时又下着雨,路面湿滑,以至于马车失控,冲进了街边的可竹书铺,将路人蓝春也撞了进去。书铺里的几排木架被撞毁,蓝春被一根木条戳穿了胸口,死在了当场。因为犯病送医,属于公私要速,如此走车马撞死了行人,衙门便定为过失之罪,最终以卯金堂赎铜一百二十斤结案。"宋慈又道,"照常理而言，一个人跌上一跤都有可能骨折伤损，更别说是被马车撞击，而且是从街上被撞进了书铺，甚至马车还将书铺里的墙壁都撞裂了。如此大力度的撞击，此人全身骨头应有多处折断才对。然而我开棺查验了蓝春的骸骨，他只有两根肋骨上存在微小的生前伤损，其他骨头别说有过折断，便连一点损伤都找不出来。由此可见，蓝春生前其实没有遭受过马车撞击……"

"你如此轻易便下定论，未免太过想当然了吧？"杜若洲打断了宋慈的话，"谁说遭受马车撞击，全身骨头就一定多有折断？就算从百丈悬崖上跌落，不也有过没被摔死的人吗？世上之事，总有万一，我说的在理吧？"

"杜县丞所言在理，要证明蓝春没有遭受马车撞击，还需要其他佐证。"宋慈道，"你当年是本县县尉，这起走车马案发生时，你因为前一夜蔡家失火，正好就在崇化里，是以很快便赶到了现场。我来问你，当时在可竹书铺的现场，有没有撑开的伞，或是撞坏的伞？"

"你上次问我时，我便已经说过，"杜若洲道，"十多年前的事，我早就记不得了。"

"你身为查案主官，当真能忘得一干二净？好吧，就算年岁久远，你是一点也不记得了。但有一些亲历之人，尤其是留下过惨痛回忆的人，记忆会更加深刻，不会忘得那么干净。"宋慈道，"可竹书铺的余可竹小姐，在当年那场撞击中受了重伤，原本负责照看她的徐老先生和阿生，为此极为自责，至今还记得当年现场的不少细节。我问过他们，他们说现场没有伞。"

"有伞没伞，又有什么关系？"杜若洲眉头一皱。

宋慈却道："大有关系。"说着走向右侧的赵师秀，"这位赵兄，庆元二年离家赴任，取道建阳，慕名前往崇化里游玩，正好撞见了这起走车马案，成了这起陈年旧案的见证者。当时他就走在东大街上，马车与他擦身而过，等他听见撞击声回头时，马车已经冲进了街边的可竹书铺。事后他也进入了书铺。赵兄，你当时进入可竹书铺后，曾看见那死去的路人满身是血，对吧？"

赵师秀点头应道："没错。"

"这一点不仅赵兄记得，可竹书铺的徐老先生和阿生也都记得。"宋慈道，"那赵兄可还记得，那路人身上有穿蓑衣吗？"

赵师秀回想了一下，摇了摇头："我不记得他有穿蓑衣。"

"是啊，既然能看到满身是血，可见当时蓝春身上的衣物已经被血浸透了，他又怎么可能穿着蓑衣呢？蓑衣防水，不可能被染得全是血，就算沾上了血，也会因为蓑衣本身颜色偏深而不明显。然而现场没有伞，可见当时蓝春也没有打伞。"宋慈道，"当天明明下着雨，倘若蓝春真是行人，他在露天的大街上行走，会既不穿蓑衣，也不打伞吗？"

杜若洲愣了一下，随即说道："说不定他有什么急事，冒雨赶路，那又有什么稀奇的？"

"冒雨赶路，是不稀奇。"宋慈把目光转向左侧，看向了刘老爷，"刘老爷，你是卯金堂的家主，是刘醒的父亲，当年这起走车马案，你说是一场意外，对吧？"

刘老爷道："那本就是场意外，我儿子犯病晕倒，徐大志急着送他就医，才不小心撞死了人。我卯金堂该赔的钱都赔过了，该赎的铜也没少过……"

宋慈打断了刘老爷的话:"可是这位赵兄走进书铺时,曾看见马车上一位年轻公子露了面,随后迅速钻入车厢,放下了帘布。当时马车上只有刘醒和徐大志,刘醒时年不到二十岁,赵兄看见的那位年轻公子,只可能是刘醒。刘老爷,你说刘醒犯病晕倒,那他如何能起身露面?"

刘老爷尚未答话,杜若洲已指着赵师秀道:"难道这姓赵的就不会看走眼吗?万一他看见的是徐大志,不是刘醒公子呢?"

赵师秀诧异地望着杜若洲,这位故人处处刁难宋慈,已是令他颇为不解,此时居然称他为"姓赵的",似乎与他没有过半点交情,更是令他难以置信。

"也许是赵兄看走了眼,错把一个家丁认成了公子,但马车的方向总不会看错吧。"宋慈道,"赵兄,请你回想一下,当年那辆马车是从东大街的哪边驶来的?"

赵师秀回想着道:"我当天刚到崇化里,顺着东大街往崇化里的深处走,马车是朝我迎面驶来的。"

"崇化里有东、西、北三条大街,你顺着东大街往崇化里的深处走,那就是从东往西而行。马车迎面而来,自然就是从西往东。"宋慈道,"不止赵兄记得,可竹书铺的徐老先生也记得,马车是从东大街的西侧驶来的,当时街上有刮出来的车辙印子,他记得很是清楚。刘老爷,崇化里号为图书之府,书坊书肆有数十家之多,但整个崇化里只有一家医馆,我没说错吧?"

刘老爷应道:"是只有一家医馆。"

"请问这家医馆,是在崇化里的哪条街上?"

"在……"刘老爷愣了一下,额前的皱纹一拧,"在西大街……"

"那就奇怪了，崇化里唯一的医馆明明就在西大街上，刘醒乘坐的马车，却在东大街上自西往东行驶。如果刘醒当真犯病晕倒，徐大志急着送医，应该驱车往西去医馆才对。"宋慈沉吟道。他记得徐老先生说起过，余可竹被撞后昏迷不醒，余仁仲曾叫人去西大街请大夫，还说崇化里只有那一家医馆，虽然那里的大夫未必医术了得，但急切之间只能先找那里的大夫救急，事后才从建宁府请来名医救治。

宋慈看向杜若洲，这一次不等杜若洲说话，他先开口道："县丞大人，你是不是还想说，也许崇化里的医馆大夫不够高明，徐大志赶着马车往东走，是想把刘醒送到县城，找更好的医馆救治？可崇化里距县城有五六十里地，即使快马加鞭，也需一个时辰以上，刘醒若是突犯急病，徐大志敢耽搁这一个时辰吗？徐大志充其量不过是个家丁，就算不想把刘醒往西大街的医馆送，那也应该赶回卯金堂禀报刘老爷，请刘老爷定夺才对。卯金堂同样位于西大街上，马车的方向也该是往西，而不是向东。"

这一次杜若洲没再说话，实则他已想不出刁难的由头，只是目光阴冷地盯着宋慈。

"所谓的马车撞击路人，其实根本就没有发生过。"宋慈加重了语气说道，"蓝春两根肋骨上的生前伤损，是较为平整的缺口，更像是利刃切割所致。蓝春根本就不是死于木条穿胸，他是被利刃刺入胸膛杀死的。他从始至终就没有走在东大街上，而是被杀死在了马车里。也许是雨天路滑，也许是马有失蹄，也许是驾车的徐大志心慌意乱，总之马车偏离了东大街上的车辙印，撞进了街边的可竹书铺。因为担心杀人事实暴露，刘醒和徐大志将蓝春的尸体丢出车

第九章 凶手现身　253

厢，拿了根撞断的木条，插入其胸前的伤口，假装是马车撞死了路人。"

宋慈接着说："当时，可竹书铺里只有年幼的余可竹和阿生，余可竹受了重伤，当场昏厥，阿生见这位赵兄从书铺外经过，冲出书铺寻求赵兄帮忙，可谁料想雨天地滑，在街上重重摔了一跤，稍稍耽搁了片刻，刘醒和徐大志就是趁那时将蓝春的尸体丢出车外，插入了木条。赵兄随后走进书铺，正好撞见刘醒钻回车厢，只可惜没有看到丢出尸体的那一幕。蓝春死在马车上，车内难免会留下血迹，只不过撞击发生后，徐大志被撞破了头，流了不少血，装作在车里晕晕乎乎地守着刘醒，车内就算留有蓝春的血迹，也可以被说成是徐大志的血。但急切之间，刘醒和徐大志丢弃尸体，根本就没想过被撞击之人应该是什么样子，以至于蓝春的尸体就平放在地上，既没有身子扭曲，也没有手脚弯折。也正因为蓝春在那之前就已经被杀害了，所以他身上的衣物才会被血浸透。蓝春这般死状，我想任何一个仵作，都不难查验出来。本县仵作卞三公，当时……当时已做了多年的仵作……"

说到这里，宋慈话音一顿，声音低沉了下去："当年蓝春的尸体，是由卞三公检验的。尸体上有没有撞击伤痕，有没有骨头折断，胸前伤口有没有异样，以卞三公的经验，不可能验不出来。然而案卷上却写着死者身上有多处瘀伤，都是被马车撞击所致，这与我查验骸骨的结果不相符合。那就只有一种解释，当年卞三公验尸时……他并未如实检验，而是……作了假。"

刘克庄没有真正接触过卞三公，但从宋慈此前对卞三公的描述，他深知宋慈对这位师父有多么敬重，然而宋慈不但查出了卞三公验尸作假,此时还不得不当着众人的面,亲口将这事说出来,宋慈看似平静的神情之下,不知有着怎样的纠结和难受。梁浅也知晓宋慈与卞三公的关系,见宋慈能不避亲疏,当众指认师父验尸作假,不禁暗暗点了点头。

宋慈多年来对师父卞三公深为敬重,实不愿指认师父作假,但要揭开真相,这一切必须公之于众。他道:"卞三公其实知道蓝春是怎么死的,所以当验出储文彬死于相似的死法时,他才会连夜去书吏房翻看当年这起走车马案的案卷。凶手之所以杀他,也正是因为他曾在此案上验尸作假,无论他是出于何种目的,终究是铸成了冤案。"他看向杜若洲,"县丞大人,你当年主办此案,第一时间便抵达了可竹书铺,本可勘验现场,收集证据,替枉死的蓝春主持公道,可你却草草了事,将这样一起杀人凶案,以过失罪结案。"

"仵作作假,与我何干?是他卞三公验出蓝春死于马车撞击,衙门才会以意外结案,他若不弄虚作假,衙门自然能明断案情。"杜若洲道,"我身为主官,没能约束好仵作,是我不对。可衙门那么大,各色杂役那么多,难免会有奸邪之辈,我又岂能个个分辨得出来?"

听杜若洲将卞三公说成奸邪之辈,原本就心头发堵的宋慈,顿时神色一怒,道:"蓝春的案子是你查办的,也是你代储大人审理的,到头来却被你推得一干二净!"他深吸了一口气,"那蓝春姐姐的案子,你还敢说与自己无关吗?"

"什么蓝春的姐姐?今日是查储公子的案子,不是翻什么陈年旧账,再说你也无权另查他案。"杜若洲朝缪白拱手道,"知县大人,杀害储公子的凶手既已抓到,这宋慈的查案之权,你看是不是应该

第九章 凶手现身 255

收回了?"

缪白把头一点,摸了摸稀疏的胡须,起身道:"凶手已然抓到,这查案之权嘛,理当收回。来人啊,将凶手拿下,回衙门!"

几个衙役早就围在雷老四的周围,哪怕慑于辛铁柱的威势,此时也只能强行拿人。辛铁柱只认宋慈,不认他人,见宋慈没有点头答允,当即不让衙役靠近。衙役强行上前,他三拳两脚便将几个衙役尽数撂倒在地。

"你这莽夫,是要伙同宋慈反了不成?"杜若洲直指辛铁柱,厉声叫道,"所有人听着,将宋慈和这莽夫一并拿下。胆敢拒捕,就地格杀勿论!"

倒地的衙役都是杜若洲的亲信,也是昨晚意图刺杀宋慈的几人。剩余的数十个衙役,因为屋内太过拥挤,之前都留在了外面,这时听到杜若洲的命令,都拨开围观百姓,强行往屋里闯。冲进来的衙役,翻过那排桌子,唰唰唰地拔出捕刀,朝宋慈和辛铁柱围了上去。围观百姓见到刀兵,惊吓之余,纷纷退涌向外,唯恐伤及自己。刘克庄看见了明晃晃的捕刀,却是毫不犹豫地上前,挺身挡在宋慈的身前。

梁浅忽然喝道:"都给我退下!"他步子横跨,将冲在最前面的衙役一把掀开。众衙役见状,一时不敢轻举妄动。

"梁县尉,连你也要反吗?"杜若洲道,"都愣着干什么?给我上啊!"

"我看谁敢上来?!"梁浅抽出捕刀,刀口一横,"宋公子尚未揪出其他凶手,今日案子不破,谁都不许离开!"

众衙役平日里没少跟随梁浅办事,见梁浅神色凶厉,再没一人敢踏前一步。

"梁浅,"缪白指着梁浅道,"你好大的胆……"

不等这话说完,梁浅刀尖一抬,直指缪白:"缪大人是本县主官,破案少不得你,还请坐下!"

缪白看了看明晃晃的刀尖,咽回了没说完的话,转头看向杜若洲。杜若洲喉咙发紧,见所有衙役都不听自己使唤,一时也不敢强行回衙门,嘴里道:"梁浅,你可真行啊!"缪白见状,知道杜若洲也不敢贸然离开,只好说道:"好你个梁浅,我倒要看看你怎么收场?"黑着一张脸,坐回了凳子上。

"宋公子,"梁浅道,"请你继续。"

宋慈望着梁浅,眼神颇为复杂,点头道:"多谢梁县尉。"

第十章

最后一个活字

宋慈深吸了一口气,环顾在场众人,继续说道:"刘醒是崇化里卯金堂的富家公子,蓝春是三贵里上坪村的穷苦乡人,二人身份有别,地位悬殊,原本不该有什么关联,刘醒之所以要杀害蓝春,其实是源起于同一年的另一起命案。这起命案,遇害之人名叫蓝秀,正是蓝春的姐姐。庆元二年五月十三,在麻阳溪的下黄墩一段,蓝秀遭人侵犯杀害。按照当年县衙案卷所录,杀害蓝秀的凶手,是三贵里黄墩村一个叫方崇阳的县学学子,说是方崇阳贪图蓝秀美貌,趁其出村浣衣之时,将其侵犯杀害,并抛尸于麻阳溪中。方崇阳很快被捕入狱,在大牢里招认了罪行,被判以绞刑结案,但他趁看守不备,越狱出逃,至今仍没被抓到。

"然而经我查证,当年方崇阳入狱后,其在县学的同窗蔡珪曾到县衙大牢里探视过他。蔡珪亲眼所见,方崇阳遭受酷刑,被折磨得遍体鳞伤,两腿外翻,已经折断,整个人躺在狱中,已是奄奄一息。试问这样的方崇阳如何能够越狱出逃?我开棺查验蓝秀的骸骨时,在其棺材中发现了另一具男人的骸骨。经煮骨法检验,这具骸骨的绝大部分,如头骨、肋骨、尺骨、手骨和髀骨等等,生前均有过骨折骨裂,其两根臁骨,也就是小腿骨,更是从中断开,没有任何愈合的迹象。"

宋慈总结说:"可见,此人死前遭受过极为暴虐的殴打和折磨,全身多处骨折,双腿也被打断。这具骸骨不是别人,正是当年受酷刑折磨、断掉了双腿的方崇阳。方崇阳根本就没有越狱,他是直接死在了大牢里,衙门隐瞒了此事,偷偷处理了他的尸体,对外宣称他越狱出逃,所以他十三年来才会踪迹全无。当时是梁县尉趁夜将他的尸体偷挖出来,背着尸体在荒山野岭走了好几里地,最终将他与蓝秀合葬在了一起。"

围观百姓听到这里,人人神情惊骇,一道道目光落在了梁浅的身上。杜若洲也是大惊失色地盯着梁浅。梁浅两腮鼓起,手中的捕刀微微抖动,似在极力克制胸中翻涌的情绪。

"梁县尉之所以要将方崇阳与蓝秀合葬,是因为这二人彼此爱慕,互有情意。当年方崇阳写了一封表达爱慕之意的书信给蓝秀,还送了一把刻有两人姓氏的银梳作为信物,蓝秀则是将书信和银梳好好地收存了起来,二人情意由此可见一斑。方崇阳在大牢里遭受各种严刑拷打,始终不肯招认罪行,否则他也不会被折磨得那么惨。他其实根本就没有杀害蓝秀,真正的凶手另有其人。"宋慈说道,"当年蓝秀被杀害抛尸时,麻阳溪的对岸正好有一个樵夫在砍柴。那樵夫名叫黄一山,他听见了水声,走出树林查看,看到有两

第十章 最后一个活字 259

个穿着县学学子服的书生跳上马车,逃离了对岸。可是到衙门做证时,黄一山却突然改了口,说他只看到一个书生,还说认得那书生就是方崇阳。麻阳溪在下黄墩拐了个弯,那里的水宽有三四十丈,那么远的距离,就算对岸的人站着不动,也根本不可能看清是谁。自那之后,黄一山便发了大财,据同村人讲述,他此后再也不去砍柴,反而经常到县城里吃喝嫖赌,甚至在柜坊一夜输掉好几十贯。由此可见,应该是有人拿钱买通了黄一山,让他改口作了假证,指认方崇阳是凶手。"

说到这里,宋慈看向杜若洲、储用和刘老爷,道:"我说的这些事,其实一点也不难查证,然而当年审理此案的杜县丞,却无视了这一切,吩咐狱卒将方崇阳往死里打,想方设法逼迫方崇阳认罪,就算最终把人打死在大牢里,也要污蔑他是畏罪逃狱,让他永远背上杀害蓝秀的罪名,为何?只因真正侵犯杀害蓝秀的凶手,是卯金堂的公子刘醒,以及储大人的公子储文彬。"

围观百姓顿时哗然,尤其听到储文彬的名字,人人都难以置信地望向储用。

储用老脸苍白,面对一道道惊疑的目光,没有反驳宋慈,而是老眼一闭,默然不语。刘老爷却抓起漆金手杖,指着宋慈道:"姓宋的,空口无凭,少来污蔑我儿子!"

宋慈却根本不停,继续说道:"刘醒当年在县学念书,仗着家中有钱有势,平日里时常欺辱方崇阳。储文彬那时也在县学,与刘醒关系亲近,又因为方崇阳学业出众,有时甚至会抢去储文彬的风头,于是储文彬也加入到其中。还有我方才提到的蔡珏。他们三人常在一起欺辱方崇阳,有时散学休假,还会坐上马车,去黄墩村找方崇阳的麻烦。方崇阳虽是文弱书生，为人却很有骨气，无论三人如何欺辱，始终不肯屈服。后来刘醒发现方崇阳常去上坪村等候蓝秀，知道方崇阳有了爱慕的女子，便打算对蓝秀下手，要让方崇阳知道他的厉害。蔡珪不肯做出太过分的事，就此与刘醒闹了矛盾，选择了退出。之后没过几天，便发生了蓝秀被侵犯杀害、方崇阳被抓去衙门的事。方崇阳被捕之后，那几日刘醒尤为得意，储文彬则神色惶惶，在县学里时常心不在焉。蔡珪知道此事有蹊跷，便以同窗之名，花钱买通衙役，去大牢里探视了方崇阳。见到方崇阳被折磨得那么惨，蔡珪一时动了恻隐之心，于是鸣冤告屈，将刘醒和储文彬的所作所为告知了衙门，心想储大人一向为官清正，哪怕是自己儿子牵涉案情，想必也会秉公处置，至少不会置之不理，任由方崇阳蒙冤受屈。"

宋慈强调说："然而，当时储大人患病在身，将衙门的事全部交给了杜县丞处置。杜县丞嘴上说会查明案情，叫蔡珪回家等候消息，然而蔡珪回家之后，没有等来方崇阳恢复清白的消息，却等来了一场大火，将他蔡家的一切都烧没了。就在蔡家当天失火之前，蓝春找去了崇化里，向蔡珪打听方崇阳的事。原来蓝春听了黄一山的话，对方崇阳杀害蓝秀存有怀疑，仍在追查姐姐被杀的真相，又得知了蔡珪为方崇阳鸣冤告屈一事，这才上门去询问。蔡珪将他知道的一切告诉了蓝春。蓝春知道这一切后，想必会去找刘醒，结果转过天来，他便被杀死在了刘醒的马车上。"

宋慈话音一顿，道："刘老爷方才说得不错，我宋慈是空口无凭，蓝氏姐弟和方崇阳早已成家中枯骨，当年的一切证物都已被衙门销毁，留下来的，只有那些弄虚造假的案卷。也许黄一山发财只是巧合，蔡家失火也是巧合，储大人是凑巧生了病，蓝春也是凑巧去了崇化里。可是这世上总有人不信这些巧合，哪怕过了十三年之久，仍将这一切记在心上。"他朝雷老四一指，"雷老四曾是县衙的狱卒，方崇阳咽气之时，正好是他值守大牢。杜县丞对外宣称方崇阳越狱出逃，将雷老四推出来顶罪，定了个主守失囚之罪，让他平白无故地受了三年徒刑。就在一个多月前，雷老四因为殴伤他人被抓去了衙门，在公堂上一见到杜县丞，他便破口大骂，后来被关进了大牢，仍是对杜县丞叫骂不止。只因他没有忘记当年杜县丞徇私枉法的行为，没有忘记自己所受的失囚之罪，更没有忘记方崇阳和蓝秀的无辜枉死。不止雷老四记着这一切，这世上还有一人，也记着这一切。"

"储文彬、卞三公和徐大志都是先被利刃刺入胸口而死，死后伤口再被木头插入，凶手这是将蓝春的死法，用在了这三人的身上。此外在储文彬和卞三公的口中，分别发现了一枚泥活字，在徐大志的颈部断口里，也发现了一枚泥活字，三枚泥活字上的刻字分别是'于''死''入'。"宋慈一边说话，一边从怀中取出了三枚泥活字，昨日请徐老先生辨认之后，他便没有将这三枚泥活字还回书吏房，而是随身带着，"凶手杀人之后，留下这三枚泥活字，必然有其用意。起初，我并未解透这三枚泥活字的含义，那是因为我将顺序弄错了。徐大志初九便没了踪影，他其实是死在储文彬和卞三公之前，所以这三枚泥活字的顺序，应该是'入'字在前，接下来才是'于'字和'死'字。"

宋慈接着说："我去考亭村查问蔡珪时，偶然在他的住处看到书架上摆放着一套《欧阳文忠公集》，这让我想起了一篇文章。那是神宗朝文忠公欧阳修所著的《纵囚论》，收录在《欧阳文忠公集》第十八卷中。这篇文章论的是唐太宗纵放死囚的事，说唐太宗曾将数百个死囚放归家中，约定秋后回官府就死，结果所有死囚一个不差地如期归狱，唐太宗很是高兴，当场赦免了这批死囚。欧阳修认为唐太宗这么做，有悖人情，有违法度，不值得效法，哪怕这些死囚纵而复归，也应该杀之无赦，否则杀人者不死，天下还有什么公道可言？这篇《纵囚论》的开篇，乃是'信义行于君子，而刑戮施于小人。刑入于死者，乃罪大恶极，此又小人之尤甚者也。宁以义死，不苟幸生，而视死如归，此又君子之尤难者也'。凶手留下的'入''于''死'三字，正是取自'刑入于死者'这句话，是说被杀之人个个罪大恶极，都是该死之人，凶手不愿坐视这些人逃脱刑罚，要私自将刑戮施加在这些人身上。

"这三枚泥活字的底部都有十字凹槽，我查过其来历，是出自崇化里的可竹书铺，也就是当年那起走车马案发生的地方。可竹书铺的泥活字，通常使用一两年，磨损就很严重，会重刻新字加以替换。我见过那些替换下来的泥活字，无一例外，都已破损残缺到了根本不能使用的地步。这三枚泥活字都有不少磨损，但没有严重到需要替换的程度，我请可竹书铺的徐老先生辨认过，说这三枚泥活字是多年前的旧物，从其磨损程度来看，应该使用了半年左右。可竹书铺的主人是余可竹，庆元二年，时年九岁的她在父亲余仁仲的支持下，于过年期间正式开铺，使用泥活字印书，半年后的六月间，走车马案便发生了。"

宋慈若有所思道："当时，现场不止有被撞坏的木架，还有散落一地的泥活字，这些泥活字都作为证物被运回了县衙。多年前的旧物，使用了半年左右，倘若我推想不假，这三枚泥活字，应该是来源于那一批从蓝春死亡现场运回县衙的证物。能得到这批证物的人，自然是县衙里的人，而且是十三年前就身在县衙的人。"宋慈说道，"此人从最开始便记着这一切，他等了十三年，也忍了十三年，只因他家中还有妻儿老母待养。十三年间，他的儿子体弱多病，最先离世，接着是妻子哀伤成疾，没两年也撒手而去，最后是老母逝世。他终于了无牵挂，无须再忍，于是决定宁以义死，不苟幸生，要趁着储大人父子途经建阳的机会，将当年那些害死蓝氏姐弟和方崇阳又逃脱了责罚的人，一个个地诛杀殆尽！"

听到这里，在场所有人，无论是官吏还是百姓，均目光一转，看向了梁浅。梁浅这些年丧子丧妻，独自奉养老母，上个月其老母离世，至今家门前还挂着丧幡白布，这些事在本县可谓人人尽知。面对一道道或震惊万分、或迷惑不解的目光，梁浅立在原地，纹丝不动。家宅内外，一时寂静无声。

就在这片寂静中，宋慈望着梁浅，目光一如先前那般复杂，道："此人这么做，不单单是为了诛除凶恶，替天行道，也是为了替冤死的蓝氏姐弟和方崇阳讨回公道，尤其是为了蓝春。此人的儿子之所以体弱多病，是因为曾在濯锦南桥看灯会时落水受惊，从此身体变得虚弱，只能以药石续命。上坪村乡民范平安曾与蓝春交好，据其所言，蓝春与方崇阳其实早就相识，那是在庆元二年的上元节灯会，一个孩童跟随母亲在濯锦南桥观赏花灯，被挤入了麻阳溪，是蓝春和方崇阳不顾天寒地冻，跳入水中，合力将那孩童救了起来。

"那孩童的母亲感激在心，事后曾带着丈夫上门道谢。都是濯锦南桥，都是灯会落水，其实当年蓝春和方崇阳合力救起的那个孩童，就是此人的儿子，对他而言，蓝春和方崇阳是救命的恩人。方崇阳蒙冤入狱，他当时身为衙役，没能救得了方崇阳的性命，只能事后偷偷将方崇阳与蓝秀合葬。蔡珪曾为方崇阳鸣冤告屈，衙门不可能对外传扬此事，蓝春身为一个穷苦乡人，原本不可能知道此事，想必也是他透露给蓝春的。他的本意，应该是想让蓝春知道方崇阳没有杀害蓝秀，没想到蓝春竟会找去崇化里，最终害得蓝春也被杀害。两位恩人死在眼前，尤其是蓝春，算是被他间接害死的，所以他才能记十三年之久，才会选择用蓝春的死法来诛杀那些仇人，为其报仇。"

梁浅听到此处，两眼一闭，面容不住地颤动。

宋慈继续说道："此人与雷老四曾是最好的朋友，虽然他嘴上说与雷老四交情已断，还说雷老四一直恨他，恨他当年看着自己被杜县丞拿去顶罪，可上个月雷老四入狱后大骂杜县丞，却从没骂过他一句，所谓的恨意根本看不出来。雷老四入狱后，他以县尉身份进入大牢，多次以提审为名，屏退狱卒，与雷老四单独相见，这期间二人大可商量报仇除恶的计划。他做了三年县尉，获取牢狱钥匙，再另行打造一两把，并非难事，只要单独见面时，将牢狱钥匙偷偷交给雷老四，雷老四便可随时越狱。"

宋慈稍作停顿，又说道："初十夜里，趁着狱卒上茅房的机会，雷老四用钥匙打开牢门，越狱而逃，赶往县城西北角的登高山，埋伏在山顶的凉亭中，等候储文彬到来。他则带着衙役去城北一带追捕逃犯，他明知雷老四不可能藏身在城北，还故意搜寻城北的各条街巷，随后又进入潭山客栈搜寻，其实是为了亲自确认储文彬是否已离开客栈前往登高山,同时也能尽可能地拖延时间,让雷老四有更多时间来杀害储文彬并逃离现场,而且他本人从始至终与衙役待在一起,自然就不会与储文彬的死产生任何关联。等到时候差不多了,他再故意带着衙役进入登高山搜寻。登高山的山路有好几条,想必他早就与雷老四商量好了,他会带着衙役从石狮子巷那条路进山搜寻,雷老四则从其他山路下山,避免在途中撞见。等到众衙役跟随他在山中搜寻时,雷老四早就逃到他家中,躲藏了起来。

"转过天来,他带着衙役在全城奔走查访,却一无所获。当然会一无所获,毕竟人人都知道他与老母住在一起,如今老母离世,家中自然没人,而且家门前还刻意挂着丧幡白布,根本就不会有衙役想到去他家中搜寻。他明知雷老四不会出城,还故意安排衙役,把守各道城门,检查每一个出城之人,防止雷老四逃出城去,以显得自己是真的想抓回雷老四,也就不会有人怀疑雷老四是被他放走的。如此一来,此人的嫌疑自然被排除得干干净净。至于雷老四的嫌疑,他们也早就想到了排除之法,那就是割掉徐大志的头颅,套上雷老四穿过的囚衣,让雷老四就此'死'了,如此一来,雷老四便可以彻底脱罪了。至于卞三公,十一日深夜走出县衙便遭此人杀害,一是因为卞三公当年查验蓝春尸体时作了假,二是因为本县唯一的仵作死了,便没人懂得验尸,也就不会有人识破他的计划了。

"一连杀了好几个人,总需要有一个凶手来担下这些罪名。这个凶手也不难找,那就是刘醒。初九夜里,此人抓了刘醒和徐大志,逼迫刘醒写下约储文彬深夜在登高山相见的字条,以及那封告知自己惹了麻烦要去建宁府躲避的书信。字条用刘醒的锦囊装起来,初十当天想办法交到储文彬的手中。储文彬看到绣有'醒'字的锦囊,再加上字条上写着'事恐泄',自然会想到庆元二年与刘醒一起杀害蓝秀的事,这才会深夜前去赴约。潭山客栈的伙计看见储文彬入住客房后心事重重,便是因储文彬在担心此事。至于那封书信,则请车马行的人送往卯金堂。"

宋慈推断说:"如此一来,储文彬一死,衙门从他的怀中搜出了锦囊和字条,自然就会怀疑行凶的人是刘醒,再加上那封书信,刘醒的嫌疑就更大了。只是此人没想到,锦囊刚一出现,便被杜县丞明目张胆地拿走,私藏了起来,于是他故意向我提起锦囊的事,好误导我往刘醒是凶手的方向上查。

"可是只要杀人,还是接二连三地杀人,再怎么算计周全,也难免会有弥补不了的疏漏。当年走车马案发生时,此人是本县的衙役,跟随杜县丞去了可竹书铺的现场,必定看到过满地的泥活字,然而我接手查案之初,第一次提起活字时,此人和杜县丞都在场,两人却都说不知道那是活字,更没有表现出见过泥活字的样子。所以去可竹书铺查证过泥活字后,我便开始怀疑此人和杜县丞。随着我查到的线索越来越多,杜县丞的嫌疑变得越来越小,此人的嫌疑反而越来越大。然而无论是命案现场,还是尸体身上,始终查验不到指认凶手的证据,我多日追查下来,虽已大致推想出了案情的来龙去脉,却一直欠缺足以定罪的实证。"宋慈说道,"本月初九夜里,刘醒和徐大志离开红杏楼后,在前往永安酒肆的途中便杳无踪迹。此人的家,就位于红杏楼和永安酒肆之间,从红杏楼去往永安酒肆,必然会经过这里。徐大志的手脚上有被捆绑过的勒痕,倘若我推想不假,徐大志应该曾被捆住手脚关在这里,那么杀害徐大志的第一现场,很可能也是这里。这里是此人的家,倘若能在这里查找到杀人的痕迹，那就是最为有力的实证了，所以我昨晚才等候他回家，无论用什么借口都要进入其家中，查找其杀人的实证。"

长时间静默不动的梁浅，这时终于抬起了目光，道："宋公子，你有查找到吗？"

宋慈直视着梁浅，道："昨晚我跟随此人回家，在其家中遭到雷老四的袭击，一度陷入了昏迷，好在我两位好友赶来，救下了我。当时此人为避免暴露身份，也假装遇袭昏迷，其额头还破了一道口子，仍在流血。可是伤口既然还在流血，那就是刚刚才打伤的，否则血应该早就凝住了，就算伤口太深凝不住血，那么血也应该早就流过了额头，流过了面部，然而并没有。我没有戳穿他，趁他假装昏迷之际，将这家中的各处房间都查看了一遍。"宋慈举起右手，指向左侧的里屋，"自从昨晚进入这里，我便发现时不时有苍蝇飞舞。那边是卧室，我进去看过了，里面明明打扫得很干净，却有好些苍蝇聚集。徐大志被刺胸割头，必定流了极多血，就算血迹被清洗了，可气味难以彻底清除干净，哪怕人的鼻子闻不出来，嗜腥嗜血的苍蝇也能嗅到。我今早特意买来了酽米醋和酒，只要用火炭烤热苍蝇聚集之处，再浇上酽米醋和酒，二者遇热化气，便能将渗入地下的血迹带上来，使之显现。"他说话声一顿，朝墙角处装有酽米醋和酒的两口罐子指了一下，"梁县尉，需要我现在验给你看吗？"

梁浅轻轻一摇头，眼望宋慈，目光中竟透着些许欣慰："不劳宋公子查验了。人，是我杀的。"

家宅内外已长时间寂静无声，直到此时梁浅亲口承认杀人，四下里才一片哗然。许多围观百姓都是一脸的难以置信，要知道梁浅可是这些年建阳县少有的好官，任谁都接受不了他是凶手。

身处惊涛骇浪之中，梁浅却是淡然一笑，道："原来昨晚宋公子送我回家，是故意为之。"

宋慈道："你不也是假装醉酒，故意引我送你回家吗？"

梁浅点了点头，道："难怪你今早不肯去衙门，非要在这里破案，看来我什么都瞒不了你。"

雷老四听到这话，叹了声气，两眼一闭，原本凶厉的神色中，多了几分不甘。

梁浅转头看向了雷老四，见到了雷老四那不甘的神情。当年蓝秀遇害，方崇阳蒙冤入狱，雷老四身为狱卒，亲眼目睹其受尽折磨，冤死于狱中，死后还要背上杀人的罪名，本就为此耿耿于怀，结果到头来还被杜若洲栽赃失囚，平白无故受了三年徒刑，由此积聚了一腔愤怨。然而，当雷老四十年前出狱时，杜若洲早已调任别地，雷老四有心寻仇，却无处可报。当时雷老四找过梁浅，问杜若洲调任去了何处，无论隔了多远，他都打算寻上门去报仇，不仅是为了自己，也是为了冤死的方崇阳。但梁浅劝止了雷老四，不是不让雷老四去报仇，而是梁浅自己心里早有盘算，他想除掉的不只是杜若洲，还包括刘醒和储文彬，以及其他在内的所有造成这一系列冤案的人。

蓝春和方崇阳的确救过他儿子的性命，是他的恩人，他的确是他私下把蔡珪鸣冤告屈的事告诉了蓝春，本是出于好心，不希望蓝春将方崇阳当成杀害姐姐的仇人，没想到反而害死了蓝春。他一直为此耿耿在心，甚至为此偷拿了当年的种种证物，包括那些泥活字和那把银梳，私下保存了起来。只是他家中还有妻儿需要照顾，还有老母需要奉养，他才一直隐忍，没有付诸行动，于是与雷老四定下了约定，让雷老四等着他，他终有一天会与雷老四一起动手报仇。雷老四答应了下来，不想这一等，竟是十年之久。

这十年间，雷老四从一开始的耐心，逐渐等成了不耐烦，最后等成了意志消沉，这期间他多次找过梁浅，梁浅总是让他再等等。一年前，杜若洲居然回到建阳出任了县丞，雷老四重燃报仇之念，哪知梁浅以奉养老母为由，仍是让他等待。他不能理解，甚至一度对梁浅生出了怀疑，心想梁浅是不是做了县尉，当上了官，暗地里与杜若洲那些奸官污吏同流合污了，为此他开始整日喝酒赌钱，以此消愁解闷。直到上个月，雷老四因为在柜坊打伤了孟小满，被告到了衙门，梁浅处事公允，只能将他抓回衙门。他心中愤怨积聚，一见到杜若洲便破口大骂，由此被再次关入大牢。雷老四在牢狱中仍是整日叫骂杜若洲，以泄心头怨恨，直到有一天听狱卒谈论，得知梁浅的老母去世了。他知道梁浅在这世上再也没有牵挂了，只是他不清楚，如今的梁浅还是不是当年与他定约的那个梁浅。

梁浅没有变过。儿子、妻子和老母相继在他眼前离世，他认为是自己坐视恩人蒙冤而死，对不起天地良心，才会遭到老天爷唾弃，上苍才会降下惩罚，夺去他妻儿和老母的性命。十三年的岁月流逝，不但没有改变他，反而让他报仇的信念愈加坚定。这一次他没有再让雷老四等太久，短短几日之后，处理完丧事的他便来到狱中，单独提审雷老四，一开口便提起了当年的约定，问雷老四还记不记得。雷老四当然记得，梁浅于是当场把牢门的钥匙交给了雷老四。此后就在县衙大牢里，二人多次以提审的名义单独相见，暗中商量报仇除恶的计划。

原本二人打算除掉刘醒和徐大志，再杀掉作假证的下三公，以及徇私枉法的杜若洲，甚至梁浅还决定将为祸本县的知县缪白也一并除去。只不过计划还没定下来时，储用竟带着储文彬从建阳经过。那一天是五月初九，正巧刘醒和徐大志也来到县城玩乐，梁浅觉得这是天意安排，再也没有比这更好的机会了。他当即决定动手，去大牢里见了雷老四，敲定了最终的计划，随即便付诸行动。他们本以为这一系列杀人计划天衣无缝，负责追凶查案的又是梁浅本人，就连唯一懂验尸的仵作也被除掉了，定然不会被人识破。然而让二人没想到的是，凭空冒出一个做过提刑官的宋慈，接过了梁浅的查案之权，其人不仅懂得验尸，一下子便验出那具无头尸体不是雷老四，而且查案还那么神速，短短几日便说已经破案。也就在昨天，得知宋慈翌日一早会到衙门破案后，梁浅便决定加快自己报仇除恶的计划。他在衙门待了那么多年，深知宋慈一旦破案，杜若洲虽是元凶巨恶，但大小衙门都是官官相卫，尤其有缪白这样的知县当政，杜若洲就算被问罪，只怕也很难是死罪。他不甘心让杜若洲有活命的机会，于是他外出买了两罐火油，放在了衙门里。他打算第二天破案之时，等杜若洲、缪白、刘老爷等人齐聚公堂，便将这些该死之人一把火烧个干净。

梁浅虽然只与宋慈接触了短短几天，但宋慈的为人，以及验尸查案的本事，他是十分敬佩。他不希望这样的人跟着葬身火海，本打算第二天放火之时，想办法将宋慈从公堂支走。不过夜里回家之时，宋慈正好在永安酒肆等他见面，于是他假装醉酒，故意引宋慈送他回家，趁宋慈寻找灯烛时，朝躲藏在暗处的雷老四比画了手势，让雷老四打晕了宋慈，将宋慈捆绑了起来。他这么做，不是想加害宋慈，而是为了救宋慈。

如此一来，第二天宋慈便不会去衙门，他放火烧死众人之时，也就不用担心宋慈枉送了性命。只是接下来又生意外，明明宋慈说刘克庄已经回去了，可是没过多久，刘克庄居然找上门来，还带来了一个身手了得、勇武非凡的辛铁柱。雷老四临时决定独自担下杀人的罪名，让梁浅可以继续实施纵火除恶的计划。然而今日一早，宋慈突然改变主意，不再去衙门了，而是要留在他家中破案，让刘克庄去把杜若洲、缪白和刘老爷等人叫来，还请来了许多市井百姓围观。他不禁想起了昨晚在永安酒肆，宋慈说凶手要杀的人还没杀尽时，曾目不转睛地望着他，很显然宋慈是猜到了他还要继续杀人，这才不去衙门。此刻雷老四之所以那么不甘，正是因为他二人最后纵火的计划不得实施，除恶不能务尽。

不过梁浅并不觉得遗憾，道："老四，你又何必叹气？有宋公子这样的人在，你该觉得高兴才是。"

雷老四明白梁浅的意思，可他眼望宋慈，却无论如何也高兴不起来，道："宋公子，你要么早生十几年，要么永远不要出现，偏偏这时候冒出来查案，真是可惜，真是可恨啊！"

"那晚在蓝秀坟前出现的人，是你吧？"宋慈望着雷老四，"当时梁县尉走在我前面，远远便大叫一声'什么人'，他是想提醒你逃走，我说的对吧？"

雷老四应道："你说的不错。"

"那天是五月十三，庆元二年蓝秀遇害，也是在这一天。坟前燃烧着香烛纸钱，是你趁夜偷偷去祭拜蓝秀。"宋慈道，"你之前被关入大牢时，曾叫喊自己有事要做，让人放你出去。你所说的事，是忌日当天去祭拜蓝秀吗？"

雷老四把头一点："不错，每逢蓝秀和方崇阳的忌日，我都会到坟前祭拜，十年来从未断过。"

宋慈回想当夜所见，雷老四曾将手伸进坟头的杂草之中，一下又一下地划动，像是在拨弄着什么，道："方崇阳和蓝秀定情的那把银梳，是你带去坟地的吧？我很好奇，你当时拨弄坟头的杂草，到底是在做什么？"他已推想出了几乎所有案情，但唯独这一点，始终猜解不透。

"原来你也有不知道的时候。"雷老四应道，"我是在为他二人梳头。"

"梳头？"宋慈不禁眉头一皱。

雷老四的记忆，一下子翻回到了十三年前。当年因为杜若洲一口咬定方崇阳是凶手，所以他入狱后，所有狱卒都对他很是凶恶，唯独雷老四心生怜悯，待他还算和善。方崇阳便将自己与蓝秀定情的事告诉了雷老四，说他没有害过蓝秀，真凶另有其人，他不在乎自己冤不冤枉，只是不愿看到蓝秀含冤枉死，求雷老四能帮帮他。可雷老四终究没有帮到方崇阳，眼睁睁地看着方崇阳冤死于狱中，为此一直不得释怀。十年前出狱后，雷老四得知梁浅偷偷保存了当年的证物，便要来了那把银梳。

自那时以后，每逢蓝秀和方崇阳各自的忌日，他都不忘去上坪村的坟地祭拜二人。每次燃烧香烛纸钱后，他都会拿出二人定情的银梳，梳理坟头的杂草，意在为二人梳头结发，只是没想到这次宋慈会突然深夜找去坟地，他当时一惊，手里的银梳不小心掉落在杂草丛里，来不及捡拾便逃走了。蓝、方二人此生不得相守，他为二

第十章　最后一个活字　273

人梳头结发,是盼着二人来世能续得前缘,共结连理。不过他也明白,哪有什么来世,这只不过是他的一腔痴愿罢了。"算了,"他苦笑了一下,摇头道,"你是不会明白的。"

宋慈见雷老四不愿解释,很罕见地选择了不再追问。

"梁县尉,我儿子呢?"这时刘老爷的声音响起了,"他……他到底在哪儿?"

梁浅不看刘老爷,而是朝宋慈投去了目光,道:"宋公子,你有查到刘醒的下落吗?"

"刑入于死者,'入''于''死'三字都已出现,但还缺了第一个'刑'字。我想,这第一个'刑'字,应该是用在了刘醒的身上吧?徐大志的尸体,因为要冒充雷老四,需要被人发现,所以你将之抛尸在了北门附近。至于刘醒,既然要拿他作为凶手,就不可能让他的尸体出现,想必是抛尸在了一个让人难以找到的地方。让一个死人背上凶手的罪名,这正是当年方崇阳的遭遇,你是要把这一切,都报还在刘醒这个始作俑者的身上。"宋慈摆了摆头,"不过刘醒的尸体在何处,我并没有查到。"

"我儿子死了?"刘老爷望着梁浅,连连摇头,"我儿子他……他还活着,对不对?"

梁浅没有理会刘老爷,只是看着宋慈,目光中仍是带着欣慰。宋慈虽不知刘醒的具体下落,但这番推想没有错,早在初九那天夜里,刘醒便已经死了。当时刘醒和徐大志进出红杏楼,梁浅一直在暗处盯着,见二人深夜前往永安酒肆,恰好要经过他家门外,而且当时街上没人,他便以家中私藏了好酒为名,将二人引入自己家中。于是,待房门一关,便将二人打倒在地,捆绑了手脚,塞住了嘴巴。他逼迫刘醒写下字条和书信，刘醒一开始不从。于是，他当着刘醒的面殴打徐大志，一直将徐大志打到没有半点人样，刘醒这才害怕地点头，按照他的要求写下了字条和书信。徐大志尸体上用梅饼法验出来的众多红黑色伤痕，便是这样来的。

  当时，刘醒和徐大志并不知道梁浅为何要这么做，也不知道写下的字条和书信是什么意思。直到字条和书信到手，梁浅才说起当年蓝氏姐弟和方崇阳的死。徐大志受了极为惨虐的毒打，知道梁浅这是要杀人了，连连哼声，想开口说话。梁浅除去他口中布塞，他为求活命，说当年是刘醒和储文彬杀害了蓝秀，靠杜若洲遮掩，嫁祸给了方崇阳；蓝春也是找上门去为蓝秀的死讨要说法，才被刘醒骗上马车杀害，本打算外出抛尸，却因为雨天路滑，马车冲进了可竹书铺，于是伪造成撞死路人，还是靠杜若洲遮掩，最终以过失结案。他那时作为车夫，只是负责驾车，没有杀过人，他试图撇清自己的干系，求梁浅饶他性命。梁浅自然不会饶了他。当天夜里，就在自己家宅的卧室里，梁浅拿刀杀了刘醒和徐大志，将一截木头插在刘醒的胸口，又将一枚刻有"刑"字的泥活字塞入刘醒口中。随后，割下了徐大志的头颅，拿麻布袋将刘醒的尸体和徐大志的头颅一并装了，趁夜骑官马出城。他是县尉，偶尔深夜出城办案，门房早已见惯了，根本不会过问阻拦。他出城向西，往麻布袋里塞入几大块石头，沉尸在了下黄墩一带的麻阳溪里。他要将刘醒做过的一切，都报还在其身上。

  眼见梁浅不搭理刘老爷的问话，杜若洲道："梁浅，刘老爷问你话呢，刘醒公子到底在哪儿？"

  梁浅目光一转，盯住了杜若洲，眼中透着森森寒意。他忽然迈开脚步,持刀朝杜若洲而去。杜若洲面露惧色,慌忙后退,冲众衙役叫道:"梁浅是杀人凶手,不再是什么县尉,你们还不赶紧上!"

众衙役犹犹豫豫,你看看我,我看看你,仍然无一人上前。

宋慈忽然道一声:"辛兄。"

辛铁柱会意,飞步上前,一把拿住了梁浅的手腕。梁浅试图反抗,但终究敌不过辛铁柱,被辛铁柱擒住了两条胳膊,捕刀脱手,掉落在地上。

杜若洲顿时恢复了嚣张气焰,冲梁浅叫道:"好你个杀人凶手,当着知县大人和储大人的面,还敢持刀行凶,如此猖狂!"又看向众衙役,目光中透着恼恨。众衙役方才没有阻拦梁浅,不由得神色发紧,都知道此番回到衙门,一定会被杜若洲责罚。

"杜若洲!"宋慈不再称之为县丞,而是直呼其名。

杜若洲转过脸来,盯着宋慈。

只听宋慈道:"当年你包庇真凶,冤害无辜,如今你又枉法取私,私藏物证。储文彬身上的锦囊和字条,刚一发现便被你拿走,无非是为了替刘醒遮掩,便如当年遮掩蓝秀一案和走车马案那般。不过这次你留了个心眼,毕竟死的不是蓝春、蓝秀那样的平民百姓,而是储大人的公子,所以发现锦囊和字条的事,你既没有告诉刘老爷,也没有告知储大人,你这是打算视案情进展,待价而沽吧?卯金堂若是给够好处,你便将这证物捏在手中;若是情况有变,觉得包庇刘醒风险太大时,你便将这证物拿出。你身为衙门官员,明目张胆地欺上瞒下,徇私枉法,这么多年,不知在你手上铸成了多少冤假错案?你难道就不知道,你这样的官员,才是真正的罪魁祸首吗?"

杜若洲脸色数变，道："宋慈，你可别忘了自己是谁。你不过是协助衙门查案，如今案子告破，知县大人已经收回了你的查案之权，你还真当自己是临安的提刑官吗？"

宋慈转头看向储用，案子已破，真凶揭晓，当初那个为了儿子的死而悲痛万分的储用，那个颤巍巍地要跪下求他查案追凶的储用，此时竟一直保持着沉默，始终没有任何反应。此前请储用见证刘老爷认尸那次，他便已试探出储用对蓝氏姐弟和方崇阳的冤案是知情的，此时见储用一直沉默不语，他对此更加确信，道："储大人，当年储文彬牵涉蓝秀一案，你想保全自己的儿子，又顾惜自己的名声，这才假装生病，让杜若洲代理审案，是也不是？"

储用看了看宋慈，又看了看杜若洲，最后看了看围观百姓。他不置可否，没有说话。

宋慈道："你说过储文彬孝心很重，见你身子老弱，十年来一直留在家中陪伴照料你。可依你所言，当年你病得那么严重，连政务都无法处理，甚至一度要准备后事了，储文彬却不留在家里照顾你，还照常去县学念书，照常与刘醒等人厮混。要么是储文彬毫无孝心，要么便是他知道你根本就没病，所以才不担心你。"

储用仍是一言不发。

刘克庄看得胸中发堵，道："储大人，当初是你请宋慈来破案的，如今你真打算就这样结案吗？"他望着储用，直到此时，他仍不愿相信一个清正有为的好官，会甘愿与杜若洲那样的人同恶相济。

然而储用依旧沉默，没有回应刘克庄的话，只是闭上了眼睛。

杜若洲知道宋慈和刘克庄这是想激储用出面来问罪于他，毕竟储用在这里官位最大,然而储用一味保持沉默,更加令他有恃无恐。他当即命令众衙役道:"来人,将梁浅绑了,连同雷老四,一起押回衙门。谁再敢奉令不遵,有他好受!"又冲围观百姓叫嚷道,"这里没你们的事,全都给我散了。谁敢回去枉口嚼舌,造谣生事,让衙门知道了,绝不轻饶!"最后回头去请缪白和储用,"二位大人,案子已破,还请先回衙门吧。"

刘老爷见缪白和储用都站起身来,忙道:"杜县丞,我儿子还没……"

"刘老爷莫急。"杜若洲道,"凶手已然抓住,押回了衙门,我自会严加审问,定能审出刘醒公子的下落。"

刘老爷知道严加审问是什么意思,也知道这里不是严加审问的地方,心里虽然着急,却也只能点了点头。

杜若洲朝宋慈恶狠狠地瞪了一眼,引着缪白、储用和刘老爷等人走出了门外。围观百姓人人愤怨,可终究没人敢生事,开始陆续退散。众衙役虽然不大情愿,但还是找来了绳子,默默走到梁浅身前,准备捆绑梁浅。

就在这时,梁浅猛地一挣,辛铁柱似乎没有防备,竟被他挣脱了。他顺势抓向身边衙役的腰间,抽出一把捕刀,跃过那排桌子,纵身追出了门外。

杜若洲走在最前面,正回头为缪白、储用和刘老爷引路,突然瞧见梁浅杀出门来,吓得惊慌失色,当即拔腿就跑。缪白慌忙回头,还没看清是怎么回事,颈口一凉,脑袋一下子歪斜到了一边。梁浅拔出捕刀,顿时鲜血喷溅。杜若洲想夺路而逃,可是街上到处是散离的百姓,一时去路受堵,发髻被梁浅一把抓住,脖子被迫仰起。

"梁……梁县尉，饶……"

求饶的话还没说出口，杜若洲心口一凉，一截血淋淋的刀尖从胸前穿出。

宋慈、刘克庄、辛铁柱和赵师秀追出门外，众衙役也都赶了出来，正看见杜若洲身子晃了几下，喉咙里嗬嗬数声，扑倒在地，身子抽搐几下，不再动弹。刘老爷被几个家丁拥着，还想拨开人群奔逃。梁浅赶上前去，挥刀就砍，几个家丁吓得慌忙各自逃散。刘老爷摔倒在地，举起漆金手杖想要抵挡，被梁浅一刀砍断了手腕，紧接着被数刀砍死，漆金手杖连同断手滚落在一边。梁浅回转身来，将沾满鲜血的刀口，对准了储用。

自打梁浅冲出家门持刀杀人，储用便一直站在原地，一步也没挪动。他不逃不避，仿佛已接受了自己的命运。他的几个仆从并没有逃散，仍旧围在他身边，有的甚至跪在地上，求梁浅饶了自家主人。周围百姓无不惊得目瞪口呆，直到见储用被刀口对着，终于有人出声道："梁县尉，你不要杀储大人……""储大人没犯什么大错，他罪不至死啊……""储大人于本县有恩，梁县尉，你就放过他吧……"不断有百姓出声，为储用求情。储用听着这一声声求情，神容颤动，眼角流下了泪水。

梁浅举起的刀最终没有砍下去。他握着淌血的刀，环望了一圈围观百姓，最后把目光落在了宋慈身上，道："宋公子，我不知道你为何不做提刑官了，但愿你他日还能为官，主政一方。真有那么一天，希望你不要忘了我这个罪人。"他望向自家挂着丧幡白布的家门，人影阻隔，已看不到雷老四了。

第十章　最后一个活字　279

"老四，我先走一步了！"他伸手入怀，摸出一样东西，咬在口中，双手反握捕刀，一下子刺进了自己的胸膛。

宋慈、刘克庄和辛铁柱等人冲了上去。梁浅仰天倒下，胸前鲜血染开，他双目圆睁，望着青天白云，再也没有闭上。他口中所咬之物，乃是一枚泥活字，其上一个"者"字，在阳光下分外夺目。

雷老四在屋内听到梁浅的诀别之语，两眼一闭，泪水无声涌出，顺着脸上的疤痕滚落。

尾声

三天后,同由里。下三公的灵柩出了家门,被抬往屋后山上下葬。宋慈身穿丧服送葬,刘克庄和辛铁柱随行在侧。

过去的三天里,先是赵师秀辞别宋慈、刘克庄和辛铁柱,离开建阳,回永嘉去了。随后储用也离开了,他装殓了储文彬的尸体,在一个还没什么行人的清晨,运着儿子的灵柩悄悄地离开了建阳城。离开之前,储用给朝廷上了一封札子。建阳知县、县丞和县尉尽皆死去,如此大的事,处置稍有不善,便可能祸及百姓,储用向朝廷如实奏明了原委。

围观百姓那一声声求情,以及梁浅最终没有砍下的那一刀,终究触动了他,哪怕奏明原委,自己会因此名誉尽毁,即使是丢掉了官位,他也不在乎了。再后来,是雷老四被押走了,他作为凶手之一,因为建阳县衙暂无官员主政,建宁府于是派来官差,将他押去了府衙听候发落。最后,是徐老先生来到县城,他认领了徐大志的尸体,并顺道给宋慈送来了一册新印的《疑狱集》。本来说好的五日取书,可竹书铺果然如期印好了,徐老先生还说书里的每一页都是余可竹亲手印制的。当宋慈翻开书页之时,只见雪白的纸张上,字字端谨,用墨均匀,不见丝毫墨点污痕,足可见余可竹印制之用心。送走徐老先生后,宋慈带着刘克庄和辛铁柱去了上坪村,到蓝氏姐弟和方崇阳的坟地祭拜。宋慈特意为三人的坟墓立了碑,并拿出那把定情的银梳,在坟头的杂草间梳理了一番,最终埋在了蓝秀和方崇阳的坟前。

亲自送了卞三公的灵柩上山,看着一锹又一锹的泥土覆盖于其上,宋慈的神情甚是复杂。刘克庄知道宋慈在想什么,轻抚其肩膀,道:"你师父当年验尸,定是心系储大人,不愿看到一个好官因为儿子犯错而声誉受损、贬官离任,所以才那么做的,你就别太多想了。"

宋慈点了点头,内心深处却是一声暗叹。他很想知道卞三公当年验尸为何要作假,是否有着不可告人的苦衷,但梁浅已经自尽,杜若洲也已死去。宋慈后来去问了雷老四,但雷老四对此并不清楚,他又想去问储用,储用却不肯再见他。"断案就是断人心,钱有两面,人也是如此。世人都把背面藏起来,只拿正面给你看,你怎么去断?"卞三公说过的话,又一次回响在他的耳边。直到这时候,宋慈才明白过来,原来卞三公从一开始便告诉了他,自己也是有两面的,也会把另一面遮掩起来,只把正面拿给他看。他不禁又想起了卞三公钱囊上的那枚铁钱。

卞三公死前抓着那枚"春二"钱不放,或许是因为临死时仍记着当年的走车马案,又或许是因为那是一枚折二钱吧。折二钱便是两文钱,"两钱"与"梁浅"同音——也不知是巧合,还是卞三公有意为之。这枚铁钱,连同卞三公的钱囊,被宋慈一并放进了棺材,此刻一起入了土,将永远陪伴在卞三公的身边。

安葬好卞三公后,帮忙抬棺埋土的乡民们陆续散了。宋慈伫立在坟前,木然不动,刘克庄和辛铁柱在身边一直陪着他。

"不分善恶,追查真相,"不知过了多久,宋慈忽然道,"我这么做,是不是错了?"

梁浅为官有道,所杀之人也都是该死之人,刘克庄明知其是凶手,却从心底敬佩其为人。刘克庄心里明白,倘若宋慈不坚持追查真相,或是查出真相后选择了隐瞒,梁浅便不会死,说不定以后还会除掉更多的恶人。但他看向宋慈,道:"只因是好人行凶,所杀的是恶人,便为之遮掩隐瞒,不也是徇私枉法吗?今日能为好人遮掩,他日便可能为坏人遮掩,那与杜若洲之流又有何分别?无论凶手是谁,死者是谁,我想真相就是真相,都应该追查到底。"

宋慈默然一阵,看向辛铁柱:"辛兄,你那天是故意放开了梁县尉吧?"辛铁柱勇武过人,一旦擒住了某人,对方几乎不可能脱身,就算脱了身,辛铁柱也不难再度擒回。

当日衙役拿绳子捆绑梁浅时,辛铁柱的确是故意松了手,放开了梁浅的胳膊,之后也没有追上去再抓住梁浅。他也不否认,道:"宋提刑,你要责怪,就尽管责怪我吧。"

宋慈却道:"多谢了。"最后朝卞三公的坟墓看了一眼,"我们回去吧。"

三人从山上下来,沿着乡间土路,朝七子桥而去。行过了一里地，七子桥已然在望，却见桥头宋慈家门前，一个身穿浅绿色布裙的女子正等在那里，来来回回地踱着步。

"桑姑娘？"隔着七子桥，刘克庄不确定地叫了一声。

那女子闻声回头，这下刘克庄认清了，转头冲宋慈道："当真是桑姑娘！"那女子的确是桑榆，只是三年不见，其人消瘦了一大圈，看起来憔悴了许多。

宋慈神色一怔，立在了原地，似乎桑榆的突然出现，带给他的不是惊喜，而是意外。

桑榆望见了宋慈，赶上桥来，两手急切地比画着，双膝弯曲，"扑通"一声，就在宋慈身前跪了下去。

宋慈急忙去扶起桑榆，不觉凝起了眉头。只因他认得桑榆比画的手势，那是在对他说："宋公子，求你救救我丈夫……"

（第一册全文完）

宋慈洗冤笔记第二季

作者_巫童

特约编辑_杨嘉鱼　　装帧设计_邵飞　　主管_程峰
技术编辑_谢彬　　责任印制_梁拥军　　出品人_程峰

鸣谢（排名不分先后）

鹅啾啾　大七　采薇　影子　郑为理　凌梦辰　水净陈桉

果麦
www.goldmye.com

以微小的力量推动文明

图书在版编目（CIP）数据

宋慈洗冤笔记. 第二季 / 巫童著. -- 成都：四川文艺出版社，2025.8. -- ISBN 978-7-5411-7363-9
Ⅰ. I247.5
中国国家版本馆CIP数据核字第2025ZA1870号

SONGCI XIYUAN BIJI.DIERJI

宋慈洗冤笔记.第二季

巫童 著

出 品 人	冯 静
特约编辑	杨嘉鱼
责任编辑	王思鈜
装帧设计	邵 飞
责任校对	段 敏
出版发行	四川文艺出版社 （成都市锦江区三色路238号）
	果麦文化传媒股份有限公司
网　　址	www.scwys.com
电　　话	021-64386496（发行部）　028-86361781（编辑部）
印　　刷	嘉业印刷（天津）有限公司
成品尺寸	145mm×210mm
开　　本	32开
印　　张	9.25
字　　数	205千
印　　数	1-8,000
版　　次	2025年8月第一版
印　　次	2025年8月第一次印刷
书　　号	ISBN 978-7-5411-7363-9
定　　价	58.00元

版权所有　侵权必究。如发现印装质量问题影响阅读，请联系021-64386496调换。